잠자는 살인

AGATHA CHRISTIE MYSTERY AGATHA CHRISTIE MYSTERY AGATHA CHRISTIE MYSTERY AGATHA CHRISTIE MYSTERY AGATHA CHRISTIE MYSTERY AGATHA CHRISTIE MYSTERY AGATHA CHRISTIE MYSTERY AGATHA CHRISTIE MYSTERY AGATHA CHRISTIE MYSTERY AGATHA CHRISTIE MYSTERY

애거서 크리스티 추리 문학 61

잠자는 살인

정성희 옮김

해문

■ 옮긴이 정성희

이화여자대학교 사범대학 영문학과 졸업.
번역서로 《러브 스토리》, 《셰익스피어 이야기》, 《나의 라임 오렌지 나무》,
《폭풍의 언덕》 등.

잠자는 살인

초판 발행일	1988년 09월 20일
중판 발행일	2009년 08월 24일
지은이	애거서 크리스티
옮긴이	정 성 희
펴낸이	이 경 선
펴낸곳	해문출판사
주 소	서울시 마포구 합정동 392-2 써니힐 202호
TEL/FAX	325-4721~2 / 325-4725
출판등록	1978년 1월 28일 (제3-82호)
가격	6,000원
ISBN	978-89-382-0261-1 04840
	978-89-382-0200-0(세트)

차 례

차 례

제1장

집

부둣가에서 그웬다 리드는 몸을 떨면서 서 있었다.

조선소와 세관 건물 등, 그녀의 눈에 들어오는 온 영국이 부드럽게 위아래로 흔들리고 있었다. 그녀가 마음을 정한 것은 바로 그 순간이었다―그 결심이 나중에 그렇게 엄청난 사건을 불러일으키게 된 것이었다.

임항열차(철도와 선박을 연결하는 열차)편으로 런던에 가려고 한 계획을 바꾸기로 했다. 군이 런던에 가야 할 이유가 있을까? 그녀를 기다리는 사람도, 그녀가 오리라고 기대하는 사람도 없었다. 그녀는 이제 삐걱대며 위아래로 흔들리는 배에서 막 육지로 내려서고 있는 중이었다(배는 그 만(灣)을 지나 플리머스에 이르는 사흘 동안 특히나 거칠게 요동쳤었다). 그 때문에 그녀는 또다시 덜컹거리며 흔들리는 기차를 타고 싶은 생각이 조금도 없었다.

곧바로 호텔, 단단한 땅 위에 굳건히 버티고 선 훌륭한 호텔로 직행해서 흔들리지도, 또한 소리를 내며 삐걱대지도 않는 튼튼하고 멋진 침대 위에 몸을 눕히고는 다음 날 아침까지 푹 자는 거다―그래, 이 얼마나 근사한 생각인가! 그러고는 자동차를 한 대 빌려서 느긋하게 서두를 일 없이 영국 남부를 두루 돌아다니며, 남편인 가일스와 함께 찾아보기로 계획을 세웠던 그런 멋진 집을 찾아봐야지. 그렇다, 그건 정말 근사한 생각이었다.

그렇게 하면 웬만큼 영국을 살펴볼 수도 있을 것 같았다. 가일스가 그녀에게 들려준 영국을. 뉴질랜드의 대부분 사람들처럼 그녀도 조국이라 불렀지만, 사실 그녀는 한 번도 영국에 와본 적이 없었다. 지금 영국은 그다지 매력적인 모습은 아니었다. 금방이라도 비가 쏟아질 듯이 하늘은 잿빛으로 잔뜩 흐려 있는데다가 바람마저 살을 에는 듯이 매섭게 불고 있었다.

줄을 서서 여권과(旅券課)와 세관을 통과하며 그웬다는 플리머스가 영국에서 가장 훌륭한 곳은 아닌가 보다고 생각했다.

그러나, 다음 날 아침 이러한 그녀의 생각은 완전히 바뀌었다.

태양이 밝게 빛나고 있었다. 창가에서 내려다보이는 경치가 무척 매력적이었다. 그리고 그녀를 둘러싸고 있는 세상도 이제는 흔들리거나 하지 않았다. 모든 것이 땅속에 단단히 뿌리를 박고 굳건히 서 있었다. 여기가 바로 영국이고, 이제 여행 중인 스물한 살의 젊은 기혼녀인 그웬다 리드가 와 있는 곳이다.

가일스는 언제 영국에 돌아올지 확실치가 않다. 몇 주일 안에 그녀를 뒤쫓아 올 수도 있고, 그렇지 않으면 6개월 이상 걸릴 수도 있다. 그는 그웬다한테 먼저 영국으로 가서 살 만한 집을 찾아보라고 했다. 두 사람 모두 어딘가에 영원히 안주해서 지낼 만한 집을 구했으면 좋겠다고 생각하고 있었던 것이다. 가일스는 직업상 늘 오랫동안 여행을 해야 했다. 때로는 그웬다가 동행할 때도 있었지만, 형편상 그렇지 못할 때도 있었다. 아무튼 둘 다 자신만의 장소—둘만의 보금자리를 꾸미는 것이 좋겠다고 생각했다. 가일스는 최근 한 친척 아주머니한테서 가구를 몇 점 물려받았다. 따라서 모든 점에서 생각해 볼 때 집을 장만한다는 것은 당장 눈앞에 닥친 현실적인 문제가 되어 있었던 것이다.

그웬다와 가일스는 상당한 재산을 물려받았기 때문에 집을 장만하는 데에는 아무런 어려움이 없었다. 처음에 그웬다는 자기 혼자 집을 고르는 데 반대했었다.

"우리 둘이 함께 골라야 해요." 그녀가 말했다.

그러자 가일스가 웃으며 대꾸했다.

"나는 집을 고르는 일에는 재주가 없는 걸. 당신 마음에 드는 집이라면 내 마음에도 들 거야. 물론 커다란 정원이 있어야 하지. 볼썽사나운 현대식 건물이라든가 터무니없이 커다란 저택 같은 것은 딱 질색이고 말이야. 남부 해안 어딘가쯤이면 괜찮겠다고 생각해 왔어. 어떻든 바닷가에서 너무 멀리 떨어진 곳은 싫거든."

"어디 특별히 생각해 둔 곳이라도 있어요?"

그웬다가 물었지만 가일스는 없다고 했다.

그는 어려서 고아가 됐다(그들은 둘 다 고아였다). 따라서 휴가 때가 되면 여러 친척들의 집을 전전했었는데, 그에게 특히 인상을 준 장소도 사실 없었다. 그런 곳이 있다면 그건 바로 그웬다의 집이 될 것이다. 그런데 그런 걸 둘이서 함께 고를 수 있게 될 때까지 기다려야 한다면, 그것도 가일스가 6개월 뒤에나 도와줄 수 있게 된다면 어떻게 될까? 그동안 그웬다는 혼자서 무엇을 하며 지낸다는 말인가? 그냥 호텔에서 하릴없이 세월만 보내야 하나? 그럴 수는 없는 노릇이다. 그녀는 집을 구해서 자리를 잡기로 했다.

"결국 나보고 모든 걸 다 해놓으라는 거로군요!" 그녀가 말했다.

하지만 그녀도 가일스가 오기 전에 모든 것이 다 갖추어진 안락하고 편안한 집을 장만해 놓는다는 구상이 그리 싫지만은 않았다. 그들은 이제 결혼한 지 세 달밖에 되지 않았다. 또한 그녀는 가일스를 몹시 사랑하고 있었다.

아침식사를 침대로 가져오도록 일러놓고 나서 그웬다는 자리에서 일어나 계획을 세웠다. 하루는 플리머스에서 관광을 즐기고, 다음 날 그녀는 운전사가 딸린 안락한 다임러 자동차를 빌려 온 영국을 돌아보는 본격적인 여행을 시작했다.

날씨가 좋아 여행은 무척 즐거웠다. 데번셔군(영국 남서부 끝쪽의 군)에서 그런대로 괜찮아 보이는 집을 몇 채 발견했지만, 그녀의 마음에 꼭 드는 건 하나도 없었다. 서두를 필요는 없었다. 그녀는 더 돌아보기로 했다. 그러는 동안 그녀는 부동산 소개업자들의 요란한 선전문구 뒤에 숨어 있는 진정한 의미를 알 수 있게 되어, 쓸모없는 집들을 돌아보느라고 헛되이 시간을 낭비하는 일이 없게 되었다.

그로부터 1주일쯤 지났을 무렵, 차가 딜머스로 통하는 구불구불한 언덕길을 천천히 내려가 조용하고 매력에 넘치는 바닷가 휴양지의 끄트머리께로 나왔을 때 숲 사이로 '팔 집'이라는 푯말이 붙은 아담한 빅토리아풍의 하얀 별장이 흘끗 눈에 들어왔다.

그 순간 그웬다는 거의 확신에 가까운 가슴 설렘을 느꼈다.

이것이 바로 내가 살 집이다! 벌써 그녀는 마음속으로 결정해 버렸다. 집을 보기도 전에 정원과 기다란 창문을 그려볼 수 있었다—그녀는 이 집이 바로 자기가 원하던 바로 그 집이라고 확신했다.

그날은 너무 늦어서 로열 클래런스 호텔에 묵고, 다음 날 아침 그 푯말에서 보아둔 부동산 소개사무실을 찾아갔다. 이윽고 그녀는 집을 봐도 좋다는 소개장을 손에 들고 고풍스러운 긴 거실에 서 있게 되었다.

방에는 두 쌍의 프랑스식 창문이 돌을 깔아놓은 테라스로 통하고 있었고, 테라스 앞에는 돌로 꾸민 정원에 활짝 꽃이 핀 키 작은 나무들이 잔뜩 심어져 있었으며, 그 뒤로는 갑자기 아래로 꺼지며 넓은 잔디밭이 죽 펼쳐져 있었다. 정원 안쪽에 있는 나무들 사이로는 바다가 보였다.

이곳이 바로 내 집이야—하고 그웬다는 생각했다.

"바로 이 집이야. 난 마치 이 집 구석구석까지 이미 알고 있는 듯한 느낌이 들거든."

문이 열리면서 코감기가 들었는지 연신 코를 훌쩍거리는 우울한 표정의 키가 큰 여인이 들어왔다.

"헨그레이브 부인인가요? 갤브레이스 펜덜리 부동산 소개사무실에서 소개장을 가지고 왔어요. 너무 일찍 찾아온 게 아닌지……."

헨그레이브 부인은 코를 힘껏 풀고 나서는 처량한 목소리로 괜찮다고 했다. 그러고는 집 안을 둘러보도록 앞장을 섰다.

그렇다, 참으로 알맞은 집이었다. 지나치게 크지도 않고, 다소 구식이기는 했지만 욕실을 한두 개쯤 덧붙일 수 있을 테고, 부엌은 보다 현대식으로 꾸미리라. 다행히도 애가식 스토브가 설치되어 있었다. 새로 싱크대를 들여놓고 최신식 설비를 갖추기만 하면—.

그웬다가 이러한 여러 가지 계획들로 골몰해 있는 동안, 헨그레이브 부인은 나지막한 목소리로 최근에 세상을 떠난 남편인 헨그레이브 소령의 임종 당시 모습을 소상하게 들려주고 있었다. 그웬다는 듣는 둥 마는 둥하면서도 적당히 위로와 애도의 말을 던지는 것을 잊지 않았다.

헨그레이브 부인의 친척들은 모두 켄트 군에 살고 있다. 따라서, 그녀도 그들 가까이로 가서 살고 싶다. 죽은 소령은 이곳 딜머스를 몹시 좋아했고, 골프 클럽에서 오랫동안 서기 일을 맡아왔다고 한다. 하지만 그녀는……

"예……물론이죠……정말 힘드셨겠군요……정말 당연한 말씀이세요……그래요, 요양소란 다 그런 곳이랍니다……물론이에요……그렇죠……."

그러면서도 그웬다의 생각은 다른 곳을 달리고 있었다. 여기는 속옷용 옷장으로 쓸까……그래, 이 더블 룸은 바다가 잘 보이니 가일스도 마음에 들어 할 거야. 이 작은 방은 정말 쓸모가 있겠는걸. 가일스는 이 방을 옷 갈아입는 방으로 쓰자고 할지도 모르지. 욕실은 어떨까—욕조 가장자리가 마호가니 재(材)로 되어 있으면 좋겠는데. 어머, 정말이야! 정말이지 멋진데. 게다가, 욕실 한가운데 놓여 있다니! 이건 손대지 말아야지—정말 역사적인 유물이라고 할 수 있으니 말이야.

어쩜 욕조가 이리도 클까! 욕조 턱에 걸터앉아 사과를 먹을 수도 있겠어. 그리고 돛배하고 오리들을 그려 넣는다면 마치 바다 한가운데 있는 듯한 착각이 들 거야. 그래, 저기 뒤쪽에 있는 어두운 방은 요즘 유행하는 초록색과 크롬색의 두 개의 욕실로 만들어야지. 배관은 부엌 천장으로 해서 끌어들이면 될 테고 여기는 그대로 놔두어야지…….

"늑막염이었어요." 헨그레이브 부인이 말을 이었다.

"사흘 뒤에는 폐렴까지 겹쳤죠."

"저런, 세상에. 이 복도 끝에는 침실이 또 있나요?" 그웬다가 말했다.

있었다—그녀가 머릿속으로 상상하던 바로 그런 종류의 방인데, 거의 둥그스름한 내부에 커다란 창문이 바깥쪽으로 툭 불거져 나와 있었다. 물론 한번 손을 봐야 하겠지만, 그런 대로 상태가 좋은 편이었다. 그런데 어째서 헨그레이브 부인 같은 사람들은 벽을 겨자색으로 바꾸었을까?

두 사람은 다시 복도를 돌아 나왔다. 그웬다가 진지한 표정으로 중얼거렸다.

"여섯, 아니 침실이 일곱 개로군요—저 작은 방과 지붕 밑 방까지 합치면."

그웬다의 발밑에서 마룻장이 희미하게 삐걱거렸다. 그녀는 이미 이곳에 살고 있는 사람은 헨그레이브 부인이 아니라, 바로 자기 자신인 듯한 기분이 들었다.

헨그레이브 부인은 남의 일에 참견하기를 좋아하는 여인이었다. 겨자색으로 방의 색깔을 바꾸기도 하고, 거실 벽을 등나무 조각으로 꾸미는 그런 여인이었다. 그웬다는 손에 들고 있던 타자기로 친 그 집에 대한 자세한 설명과 가격이 적혀 있는 서류를 흘끗 들여다보았다.

요 며칠 동안 그웬다는 집 가격에 대해서 제법 알 수 있게 되었다. 집값은 그리 비싸지 않았다—물론 집을 수리하는 데는 상당한 비용이 들 테지만. 그렇다고 하더라도……. 게다가 '협상 가능함'이라고 쓰여 있었던 것을 그녀는 기억하고 있었다. 헨그레이브 부인은 켄트 군으로 옮겨가서 친척들 곁에서 지냈으면 하고 몹시 바라고 있음이 분명하고…….

두 여인이 층계를 내려가기 시작했을 때, 그웬다는 갑자기 이해할 수 없는 공포의 물결이 자신을 휩쓸고 지나가는 듯한 기분을 느꼈다. 그것은 일종의 메스꺼움 같은 것인데, 찾아왔을 때와 마찬가지로 순식간에 사라져버리는 것이었다. 그러나 그것은 나중에 새로운 생각을 떠올리게 했다.

"설마 이 집에 유령이 나오는 건 아니겠죠?" 그웬다가 물었다.

그때 헨그레이브 부인은 한 계단 내려서서 남편인 헨그레이브 소령이 급속히 쇠약해져 가던 모습을 설명하고 있는 참이었는데, 그 말을 듣자 모욕을 당한 듯한 표정으로 그웬다를 올려다보았다.

"무슨 말인지 모르겠군요. 아니, 대체 누가 그런 터무니없는 말을, 누가 그런 소리를 하던가요?"

"부인은 뭔가를 보거나 이상한 점을 느낀 적이 없었나요? 이 집에서 사람이 죽은 적은 없었나요?"

순간 너무 불쾌한 질문을 한 게 아닌가 싶었지만 이미 엎질러진 물이었다. 왜냐하면 헨그레이브 소령은 아마—.

"우리 남편은 세인트 모니카 요양소에서 죽었어요."

헨그레이브 부인이 냉랭한 어조로 대꾸했다.

"참, 그렇다고 했죠? 아까 들었는데."

헨그레이브 부인은 여전히 냉담한 태도로 말을 이었다.

"지은 지 아마 100년도 더 되는 집이니 그동안 죽은 사람들도 있는 게 당연할 거 아니에요. 7년 전에 바깥양반이 엘위시 양한테서 이 집을 샀는데, 그때 그 여자는 아주 건강했고, 또 어디 외국엔가 나가서 선교사업을 할 계획이라고 들었어요. 그리고 엘위시 양의 가족 중에서 그 무렵 세상을 떠난 사람이 있다는 말은 듣지 못했고요."

그웬다는 허겁지겁 침통한 표정을 짓고 있는 헨그레이브 부인을 위로해 주었다. 두 사람은 다시 거실로 돌아왔다. 평화스럽고 매력적인 방인데, 그웬다가 늘 꿈꾸던 바로 그런 분위기를 풍기는 방이었다.

그녀가 조금 전 순간적으로 느꼈던 공포심은 언제 그런 일이 있었냐는 듯이 정말 감쪽같이 사라지고 없었다. 도대체 그녀를 엄습한 그것의 정체는 무엇일까? 이 집에는 잘못된 점이라고는 하나도 없었다.

그웬다는 헨그레이브 부인에게 정원을 구경시켜 달라고 부탁하고는 프랑스식 창문(바닥까지 닿아 있어 사람이 드나들 수 있음)을 통해 테라스로 나갔다.

'여기에는 계단이 있을 법도 한데.' 하고 생각하며 그녀는 잔디밭으로 내려갔다.

그러나 그곳에는 계단 대신 울창한 개나리 숲이 있었으며, 바로 그곳에 심어져 있으므로 해서 실제보다 더욱 울창하게 보였고, 또한 시야를 효과적으로 차단해서 바다 쪽 풍경이 전혀 보이지 않게 하고 있었다.

그웬다는 고개를 끄덕였다.

'나중에 이곳을 완전히 바꾸어버려야지.' 하고 생각하며…….

그녀는 헨그레이브 부인의 뒤를 따라 테라스를 지나서 저쪽에 있는 계단을 통해 잔디밭으로 내려섰다. 여러 가지 크고 작은 바위들로 꾸며진 정원은 돌보지 않아 잡초가 무성했고, 꽃나무들도 대부분 가지를 쳐주어야 할 것 같았다.

헨그레이브 부인은 정원 손질이 안 되어 있는 것에 대해서 미안하다는 듯이 뭐라고 중얼거렸다. 1주일에 두 번 정도만 손질하면 되는데도 정원사는 걸핏하면 일을 뒤로 미루고 요령만 부린다는 것이다.

두 사람은 작지만 그런대로 아담한 크기의 뒤뜰까지 돌아본 다음 다시 집안으로 들어왔다. 그웬다는 다른 집들도 좀더 봐야겠으며, 비록 이 힐사이드 저택(정말이지 너무 흔해 빠진 이름이야!)이 몹시 마음에 들지만 당장 마음을 결정할 수는 없노라고 말했다. 헨그레이브 부인은 유난히 길게 코를 훌쩍이며, 다소 섭섭한 표정으로 그녀와 작별 인사를 나누었다.

그웬다는 부동산 사무실로 돌아와 자신이 직접 살펴본 결과를 토대로 해서

최종적인 가격을 써넣었다. 그러고는 나머지 오전 시간을 딜머스를 돌아보며 보냈다. 딜머스는 상당히 매력적이고도 예스러운 멋을 풍기는 작은 해변 도시였다. 거리 저쪽 끝, 이른바 현대화된 구역에는 새로 지운 호텔 건물이 두 채, 그리고 날림으로 급조한 듯한 방갈로가 몇 동 있었지만, 뒤쪽이 언덕으로 둘러싸인 해안의 지리적인 여건으로 인해서 딜머스 거리는 마구잡이로 확장되는 위험에서 보호받고 있었다.

점심식사 뒤에 그웬다는 헨그레이브 부인이 그녀가 제시한 값에 집을 팔겠다고 응했다는 내용의 전화를 부동산 사무실로부터 받았다.

그웬다는 입가에 장난기 어린 미소를 띤 채 우체국으로 달려가서 가일스에게 전보를 쳤다.

'*집을 샀음. 당신의 그웬다.*'

"틀림없이 그이도 기뻐할 거야." 그웬다는 혼자서 중얼거렸다.

"내가 아무 하는 일 없이 그냥 빈둥빈둥 지내지 않았다는 것을 보여주어야지."

제2장

벽지

1

그웬다가 힐사이드 저택으로 옮겨온 지도 벌써 한 달이 지났다. 그동안 창고에 맡겨놓았던 가일스의 아주머니가 물려준 가구들도 찾아와 집 안에 들여놓았다. 그 가구들은 고풍스럽고도 상당히 훌륭한 것들이었다.

그웬다는 지나치게 큰 옷장은 한두 개 팔아버렸지만, 나머지는 크기도 적당해서 집과도 잘 어울렸다. 거실에는 자개를 박고 성(城)과 장미꽃을 그려 넣은 아담한 잿빛 파피에 마쉐 테이블을 놓았다. 주름 잡힌 갈색 비단 주머니를 밑에다 댄 자그마한 고급 재봉틀과, 커다란 자단나무 책상, 그리고 소파용 마호가니 재(材) 테이블도 거실에 들여놓았다.

그웬다는 소위 안락의자라고 할 수 있는 것들은 모두 여러 침실들에 갖다 놓고, 자신과 가일스가 쓸 수 있게 크고 말캉말캉한 것 두 개를 사다가 벽난로 양쪽에 하나씩 갖다놓았다. 커다란 체스터필드 소파는 창문 기까이에다 놓았다. 커튼으로는 엷은 달걀빛이 도는 푸른색의 고풍스러운 친츠 천을 골랐는데, 장미꽃이 있는 깔끔한 단지와 노란 새들이 그려져 있었다. 그 방은 그녀 생각엔 아주 좋아보였다.

그러나 그녀는 마음이 안정되지 않았다. 아직도 집 안에 일하는 사람들이 있었기 때문이다. 그 사람들은 지금쯤은 나갔어야 했다. 그러나 그웬다는 자신이 살러 들어올 때까지는 그들이 나가지 않을 거라고 대략 짐작하고 있었다.

부엌 개조는 끝났으며, 새 욕실도 거의 끝나가고 있었다. 더 이상의 치장은 좀 시간을 두고 하고 싶었다. 자신의 새로운 집을 감상할 시간이며 침실에 알맞은 색깔을 생각해 볼 시간도 갖고 싶었다. 집은 정말로 제대로 갖춰졌으며, 한꺼번에 모든 걸 할 필요는 없었다.

부엌은 지금 코커 부인이라는 여자에게 맡겨졌는데, 자신을 낮추는 겸손함을 지닌 이 여자는 그웬다의 지나친 친절함에 거부감을 나타내는 것이었다.

그러나 그웬다가 일단 자신의 위치를 만족스럽게 되찾자 마음을 터놓고 대했다.

이날 아침 코커 부인은 아침식사 쟁반을 그웬다의 무릎에 갖다놓았다. 그녀는 침대에서 막 일어난 참이었다.

"집 안에 남자분이 안 계실 때는요—." 코커 부인은 단언하듯이 말했다.

"부인은 침대에서 아침을 드셔야 해요."

그래서 그웬다는 영국의 관습으로 짐작되는 이 말에 따르기로 했다.

"오늘 아침은 달걀찜이에요."

코커 부인은 이렇게 말하면서 달걀을 가리켰다.

"부인은 훈제된 대구를 말씀하셨지만, 침실에서는 좋아하지 않으실 거예요. 냄새가 나거든요. 저녁때 만들어 드릴게요. 토스트에 크림을 쳐서요."

"고마워요, 코커 부인."

코커 부인은 공손하게 미소 짓고서 물러날 준비를 했다.

그웬다는 커다란 더블베드가 있는 침실은 사용하지 않고 있었다. 가일스가 올 때까지는 기다릴 수 있었다. 대신에 그녀는 끝에 있는 침실을 골랐는데, 둥근 벽과 위에 둥근 창문이 있는 방이었다.

그녀는 그 방에서 완벽한 안락함을 느꼈고, 또 행복했다. 그녀는 방 안을 둘러보면서 충동적으로 외쳤다.

"난 이 방이 좋아."

코커 부인도 천천히 둘러보았다.

"참으로 멋진 방이에요, 부인. 하지만, 좀 좁군요. 창문에 난간을 한 걸 보니까 전에는 아기방이었던 모양인데요."

"그 생각을 해보지 않았는데, 아마 그런가 보죠."

"아, 그러세요."

코커 부인은 무슨 의미를 담고 있는 듯이 말하고는 물러갔다.

"집 안에 남자분이 계시게 되면요—." 그녀는 마치 이렇게 말하는 듯이 보였다.

"누가 알아요? 아기방이 필요하게 될는지."

그웬다는 얼굴이 붉어졌다. 그녀는 방 안을 둘러보았다.

아기방이라고? 그래, 멋진 아기방이 될 거야. 그녀는 마음속에서 방 안을 꾸미기 시작했다. 커다란 인형의 집을 벽에 세워놓아야지. 그리고 장난감을 넣는 낮은 벽장. 벽난로의 쇠살대안에서는 푸근하게 불이 타오르고, 그 주위에는 여러 가지를 널어놓고. 그러나 이 칙칙한 겨자색 벽은 안 되겠어. 그래, 회색 벽지를 발라야지. 밝고 기분 좋은 것으로 말이야. 조그만 양귀비꽃과 수레국화꽃이 번갈아 인쇄되어 있는 걸로. 그래, 그럼 참 멋질 거야.

그녀는 그런 벽지를 찾아보기로 했다. 어디에선가 본 듯한 느낌이 들었다.

이 방에는 많은 가구는 필요치 않았다. 붙박이 벽장이 두 개 있었는데, 구석에 있는 것은 잠겨 있고 열쇠는 잃어버리고 없었다. 또한 몽땅 페인트칠이 되어 있었는데, 몇 년 동안은 열어보지 않은 것 같았다. 그녀는 일꾼들이 가기 전에 열어 달래려고 마음먹었다. 지금 상황으로 보아서는 그녀의 옷을 넣어둘 방이 없었다.

그녀는 힐사이드 저택에서 매일매일 점점 더 안락함을 느끼고 있었다.

점잖은 헛기침 소리와 짧은 마른기침 소리가 열린 창문을 통해 들리자 그녀는 아침식사를 서둘러 끝냈다. 약속을 해도 늘 믿을 수 없는 신경질적인 성격을 지닌 정원사 포스터가 오늘은 약속한 대로 지금 온 모양이었다.

그웬다는 목욕을 하고 옷을 입고 트위드 천 스커트와 스웨터를 입고서 서둘러 정원으로 나갔다. 포스터는 거실 창문 밖에서 일하고 있었다. 그웬다가 처음으로 부탁한 일은 그곳에서부터 돌 정원을 지나는 오솔길을 만드는 것이었다. 그러나 포스터는 그러려면 개나리, 웨이겔라, 라일락 나무를 잘라버려야 한다며 거절했었다. 하지만 그웬다가 고집을 부렸던 터라, 지금 포스터는 열성적으로 그 일을 하고 있었다.

그는 싱글싱글 웃으며 그녀에게 인사를 했다.

"꼭 옛날로 돌아가는 것 같습니다, 아가씨."(그는 그웬다를 고집스레 '아가씨'라고 부르고 있었다.)

"옛날로요? 어떻게요?"

포스터는 삽을 톡톡 두드렸다.

"오래된 층계가 나왔잖습니까—보세요. 여기에 있잖습니까. 아가씨가 원하는 대로입니다. 누군가가 여기다가 나무를 심고 덮어버린 모양입니다."

"정말 이상한 일이네요." 그웬다가 말했다.

"창문에서 내다보면 잔디밭 아래쪽으로 경치가 펼쳐지고, 그 끝쪽으로 바다가 보였으면 좋겠다고 하시는 거죠?"

포스터는 그런 경치에 대해서는 별 관심이 없었다. 그러나 조심스럽게 그렇다고 대꾸했다.

"그런 게 아니라 말이죠, 고쳐야 한다는 게 아니고……. 경치는 좀 좋아질 테지만—저 나무들이 거실을 어둡게 해서 말이죠. 하지만 정말 멋지게 자라긴 했죠—이렇게 무성한 개나리를 본 사람은 없을 겁니다. 라일락은 그렇지 않지만, 웨이겔라는 비싸죠. 생각해 보세요, 너무 오래되어서 옮겨 심을 수도 없어요."

"아, 알아요. 하지만 그러면 그럴수록 더 좋아요."

"좋습니다." 포스터는 머리를 긁적였다.

"그럴지도 모르죠."

"좋다니까요."

그웬다는 머리를 끄덕이면서 말하고는 갑자기 묻는 것이었다.

"헨그레이브 씨 전에는 여기에 누가 살았나요? 여기서 별로 오래 살진 않았나 보죠, 그렇죠?"

"한 6년 살았죠. 오래 살지는 않았습니다. 그 사람들 전이라고요? 엘위시 양자매였는데, 매우 신앙심이 깊었죠. 로 처치(Low Church(低敎會派); 영국 국교 중 하나로, 의식을 중시 여기지 않음)파였죠. 전도사였습니다. 한때는 여기서 흑인 목사님이 머문 적도 있었답니다. 정말 그랬다니까요. 여기서 네 사람이 지내기도 했는데, 오빠하고 말이죠—그런데 그 사람은 그 여자들하고 잘 지내는 것 같지 않았답니다. 그 사람들 전에는, 가만있자, 핀디슨 부인이 있었죠. 하! 그녀는 정말 점잖았답니다. 예, 꽤 오래 살았죠. 내가 태어나기 전부터 살았었으니까."

"여기에서 죽었나요?" 그웬다가 물었다.

"이집트인가 하는 곳에 나가서 죽었죠. 그렇지만, 시체는 집에 모시고 와서 교회 묘지에 묻었습니다. 그 여자분이 저 목련과 등나무를 심었죠. 저 섬엄나무들도 그렇고요. 나무들을 좋아했었던 모양입니다, 그녀는 말입니다."

포스터는 계속했다.

"그때는 이 언덕을 따라 지어진 이 새 집들이 하나도 없었죠. 시골 그대로였습니다. 그때는 영화관도 없었고, 새 상점들도 하나도 없었지요. 해안가로 이어지는 저 산책길도 물론 없었고."

그의 목소리에는 변해 가는 모든 것에 대한 나이 든 사람들의 불만이 깃들어 있었다.

"변화라ㅡ." 그는 콧소리를 내며 말했다.

"변하지 않는 건 없지요."

"모든 사물은 변해 가잖아요." 그웬다가 말했다.

"그래서 결국엔 오늘날 수많은 변화가 생긴 거 아닌가요?"

"그렇게들 얘기합디다. 난 하나도 알아차릴 수 없던데. 변화라!"

그는 왼쪽 층층나무 산울타리 쪽으로 몸을 돌리며 어떤 건물의 모습을 가리켰다.

"요양소로 사용됐었죠. 예. 멋지고 편리했지요. 그런데 그 사람들, 마을에서 1마일 떨어진 곳으로 가서 큰 건물을 지었죠. 20분 걸으면 진찰받으러 거기에 갈 수 있습니다ㅡ3펜스를 내고 버스를 타고가든가."

그는 산울타리 쪽을 다시 한 번 가리켰다.

"지금은 여학교랍니다. 10년 전에 이사 왔죠. 늘 변해요. 사람들이 요즘들은 집을 사서 10~20년 살다가 이사 간답니다. 꾹 눌러 있지를 못해요. 그래서 뭐 좋은 거 있는감? 앞을 잘 내다보지 않으면 적당한 나무 하나 못 심지."

그웬다는 사랑스런 눈길로 목련을 바라보았다.

"핀디슨 부인처럼요?"

"아, 그분은 좋은 사람이었죠. 신부 때 여기로 왔죠. 예. 아이들을 키워서 결혼시키고, 남편도 묻고, 여름엔 손자들이 내려왔고, 여든 살이 다 되어서야 결국 떠났습니다."

포스터의 목소리엔 따뜻한 동조의 기미를 담고 있었다.

그웬다는 살짝 미소를 지으며 집으로 들어갔다.

그녀는 일꾼들과 얘기한 뒤에 거실로 들어가서 책상 앞에 앉아 편지 몇 통을 썼다. 답장을 써야 할 편지 중에는 런던에 사는 가일스의 사촌들에게서 온 것도 있었다. 그녀가 런던에 오게 되면 첼시에 있는 자기들 집에 와서 지내라고 간곡히 부탁하고 있었다.

레이먼드 웨스트는 꽤 유명한(인기 작가까지는 아니고) 소설가였고, 그의 아내 조안은 그웬다도 알고 있는 화가였다. 그곳에 가서 지내는 것도 재미있으리라. 그들이 자기를 정말 끔찍스런 필리스테인(블레셋 사람. 속물(俗物)이라는 뜻)이라고 여길지 모르지만. 가일스나 나나 사실 별로 교양이 많은 사람은 아니라고 그웬다는 생각했다.

징소리가 홀 쪽에서 묵직하게 울려왔다. 조각된 검은 나무들로 둘러쳐진 그 징은 가일스 아주머니의 자랑스러운 유물 중 하나였다. 코커 부인은 그것을 울리는 데 커다란 즐거움을 느끼는 모양인지 언제나 요란하게 울려대는 것이었다. 그웬다는 귀를 막고 일어섰다.

그녀는 얼른 거실을 가로질러 벽 쪽으로 가서 저쪽 창문에 서서는 발걸음을 멈추고 신경질을 내듯이 소리 질렀다. 벌써 세 번째 그러는 것이다.

그녀는 늘 딱딱한 벽을 통해 식당인 옆방으로 갈 수 있으리라 여기는 것 같았다. 그녀는 방을 가로질러 다시 돌아와서 앞쪽 홀로 나가서는 거실 벽 모퉁이를 돌아 죽 식당 쪽으로 걸어갔다. 그것은 멀리 돌아가는 것이어서 겨울엔 좀 성가실 것 같았다. 앞쪽 홀은 바람이 새어 들어오고, 하나뿐인 중앙난방은 거실과 식당, 그리고 2층에 있는 두 개의 침실에만 들어오기 때문이다.

난 통 모르겠단 말이야—하고 그웬다는 멋진 쉐라턴 만찬식탁에 앉으며 생각했다(그 식탁은 래빈더 아주머니의 큼직하고 네모난 마호가니 재(材) 식탁 대신에 아주 비싼 값을 주고 산 것이다). 왜 거실에서 식당으로 가는 복도가 없어야 하는 건지 알 수가 없단 말이야. 심스 씨가 오늘 오후에 오면 얘기해 봐야지.

심스 씨는 건축가이며 실내 장식가이고 입심 좋은 중년 남자인데 허스키한 목소리를 가지고 있었다. 그리고 조그만 노트를 가지고 다니면서 자기 손님이 요구함직한 값비싼 아이디어를 적어놓는 것이었다.

심스 씨는 얘기만 들어보고도 예리하게 평가하곤 했다.

"아주 간단한 거죠, 리드 부인—아주 멋지게 고쳐질 겁니다. 말씀만 하신다면 말이죠."

"너무 비용이 많이 들지 않을까요?"

그웬다는 심스 씨가 호들갑스럽게 찬성을 하자 오히려 의심스런 생각이 드는 것이었다. 심스 씨의 처음 예산에는 들어 있지 않은 여러 가지 사항들에 대해 다소 불유쾌한 느낌이 들었던 것이다.

"별 거 아닙니다."

심스 씨가 허스키한 목소리로 확신시켜 주듯이 말했다.

그웬다는 더욱 의심이 들었다. 심스 씨가 말하는 '별거 아닌 것'이라는 말을 믿을 수 없다는 걸 그녀는 알고 있었던 것이다. 게다가 그의 정확한 예산엔 다소 일부러 그러는 듯한 느낌이 있었다.

"이러면 어떨까요, 리드 부인." 심스 씨는 부추기는 듯이 말했다.

"테일러에게 오늘 오후 화장실 일을 끝내면 한번 봐달라고 해보죠. 그래야만 정확한 것을 말씀드릴 수 있겠는데요. 벽을 어떤 것으로 하느냐에 달렸죠."

그웬다는 그러라고 했다. 그녀는 조안 웨스트에게 초대해 주어서 고맙다는 편지를 쓰고서, 그러나 지금은 일꾼들을 지켜봐야 하기 때문에 딜머스를 떠날 수 없을 것 같다고 했다. 그런 다음, 바다로 통하는 오솔길을 따라 산책하면서 바닷바람을 시원하게 맞았다. 돌아와 거실로 들어가니 테일러(그는 심스 씨의 일꾼들 감독이었다)가 구석에서 벌떡 일어나더니 그녀에게 씩 웃어 보이는 것이었다.

"하나도 어려울 게 없습니다, 리드 부인." 그가 말했다.

"전에는 여기에 문이 있었죠. 지금도 있습니다만. 이게 없는 게 낫다고 생각한 사람이 그 위에다 회반죽을 발라버린 거죠."

그웬다는 놀라면서도 반가웠다. 정말 이상도 해라—하고 그녀는 생각했다.

나는 늘 거기에 문이 있는 것처럼 느껴졌었거든.

그녀는 점심식사 때 그리로 걸어갔었던 것을 기억했다. 그걸 생각하니 갑자기 불안감에 몸이 희미하게 떨리는 것이 느껴졌다. 그런 생각이 들면 정말 누구라도 이상해지리라…….

왜 그녀는 그곳에 문이 있다고 느꼈을까? 벽 표면엔 그런 흔적이 전혀 없는데. 그곳에 문이 있다는 것을 어떻게 추측—아니, 생각했을까? 물론 식당으로 통하는 문이 있으면야 편하겠지만. 그런데 어째서 그녀는 늘 그 특이한 똑같은 장소로만 가게 되는 것일까? 어디든 벽은 다 똑같은 텐데도, 그녀는 다른 일을 생각하면서도 자동적으로 늘 그곳으로 가게 되는 것이다. 과거엔 정말로 문이 있었다는 그곳으로.

설마(그녀는 불안하게 생각했다), 나한테 '투시력' 같은 게 있는 건 아니겠지…….

그녀에게는 초능력의 흔적조차 있어본 적이 한 번도 없었다. 그녀는 그런 사람이 아니었다. 아니, 그렇지도 않은가? 테라스에서 그 관목들을 지나 정원으로 뻗어 있는 저 오솔길. 그녀가 그 특별한 장소에다 오솔길을 만들어보라고 고집스럽게 말한 건 그녀가 그 길을 알고 있었기 때문이란 말인가?

아마 내게 초능력이 조금은 있나 보자—그웬다는 불안하게 생각했다.

아니, 내가 이 집과 무슨 관계라도 있는 걸까?

왜 저번 날 그녀는 헹그레이브 부인에게 이 집에서 유령이 나오느냐고 물었을까? 유령은 나오지 않았어! 멋진 집이야! 이 집에 잘못된 데가 있을 리가 없지. 그런데 헹그레이브 부인은 그 말에 좀 놀라는 것도 같았잖아.

아니, 그녀의 태도에 뭔가 감추려는 기색이라도 있었던 건 아닐까? 세상에, 난 온갖 걸 다 상상하고 있네—하고 그웬다는 생각했다.

그녀는 마음을 가다듬고 테일러와 의논해 보기로 했다.

"하나 더 있어요." 그녀는 덧붙였다.

"위층 내 방에 붙박이 장 하나가 열리지 않아요. 열어주세요."

그 사람은 그녀와 함께 올라가서 그 문을 살펴보았다.

"여러 번 칠해 놨군요." 그가 말했다.

"원하신다면 내일 이걸 열 만한 사람을 데려오죠."

그웬다가 끄덕이자 테일러는 가버렸다.

그날 저녁 그웬다는 마음이 붕 뜨고 신경이 예민해졌다. 거실에 앉아 책을 읽으려 해도 가구가 삐꺽거리는 소리에 일일이 신경이 쓰이는 것이었다. 한두 번 그녀는 어깨너머로 뒤돌아보고서 몸을 떨곤 했다. 그 문이나 오솔길 일은 아무것도 아니라고 스스로에게 몇 번이고 타일렀다. 그건 단지 흔한 우연의 일치일 뿐이야. 어떤 경우건 아주 상식적인 생각의 결과에 지나지 않아.

자신은 느끼지 못하고 있었지만, 그녀는 잠자러 가는 데 신경이 예민해져 있었다. 마침내 일어나서 불을 끄고 문을 열고 홀에 들어섰을 때 그녀는 계단을 오르기 두려워하는 자신을 느꼈다. 그녀는 서둘러서 계단을 뛰어 올라가 복도를 달려 자기 방문을 열었다. 일단 방 안에 들어서고 나서야 그녀는 두려움이 가라앉고 안심이 되는 것이었다.

그녀는 정답게 방 안을 둘러보았다.

여기는 안전해. 안전하고 행복해. 그래, 그녀는 지금 여기 있고, 또 안전하다(무엇으로부터 안전하다는 거야, 이 바보야? 그녀는 자신에게 물었다). 그녀는 침대에 펼쳐져 있는 파자마와 그 아래에 놓여 있는 침실용 슬리퍼를 바라보았다.

정말, 그웬다, 넌 꼭 여섯 살 난 애 같구나! 토끼 귀가 붙어 있는 바니 슈즈나 신어야겠어.

그녀는 안심하면서 잠자리에 들어가서는 곧 잠이 들었다.

다음 날 아침 그녀는 마을에 가서 여러 가지 일을 보았다. 집에 돌아왔을 때는 점심때가 되어 있었다.

"사람들이 침실에서 붙박이장 문을 열었어요, 부인."

코커 부인이 말하면서 알맞게 튀긴 혀가자미와 매슈 포테이토, 그리고 크림에 무친 당근을 갖고 들어왔다.

"잘됐네요." 그웬다가 말했다.

그녀는 배가 고팠기에 맛있게 점심을 들었다. 거실에서 커피를 마신 다음, 위층 침실로 올라갔다. 방을 가로질러 가서 구석에 있는 붙박이장 문을 잡아

당겼다. 그러고는, 그녀는 갑자기 작은 비명을 지르며 그대로 서서 바라보았다.

붙박이장 안쪽은 그 벽에 바른 원래의 벽지 그대로였다. 다른 벽은 노르스름한 페인트로 모두 칠해져 있었는데 말이다. 그 방은 원래는 꽃무늬 벽지로 발라져 있었다. 주홍색 양귀비꽃과 푸른 수레국화꽃이 번갈아 인쇄되어 있는 벽지로.

2

그웬다는 우뚝 서서 한참 동안 바라보다가 비틀비틀 침대로 가서 걸터앉았다. 여기 그녀는 한 번도 보지도 못한 나라, 한 번도 와보지 않은 집에 와 있다. 단지 이틀 전에 침대에 누워서 바로 이 방에 알맞은 벽지를 상상해 보았었지. 그런데 그녀가 생각해 본 벽지는 그전에 이곳 벽에 발랐던 벽지와 아주 정확하게 똑같았던 것이다.

그에 대한 생각으로 어지러운 상념들이 그녀의 머리를 맴돌았다.

'시간의 실험'—과거가 아니라 미래를 보는 것······.

사실 그 정원의 오솔길과 연결문은 우연의 일치로도 설명할 수 있다. 그러나 이것만은 우연의 일치일 리가 없다. 이렇게 완전히 똑같은 벽지를 상상하고, 또 그렇게 상상한 것과 아주 똑같은 벽지를 발견할 수 있을까······.

아니야, 그녀로서는 생각할 수 없는 것이 있어—그래, 그게 그녀를 두렵게 하는 것이다. 지금도 그렇고 저번에도 그랬듯이 그녀는 보고 있는 것이다(미래가 아니라 과거를). 이 집의 예전 상태로 돌아가서 말이다. 앞으로는 다른 것들도 보게 될지도 모른다—그녀가 보고 싶어 하지 않는 것들을······.

이 집은 그녀를 두렵게 만들었다······. 아니, 그것은 집인가, '그녀 자신'인가? 그녀는 다른 사람들이 알지 못하는 것들을 볼 수 있는, 신통력이랄까 하는 것을 지닌 사람이 되기는 싫었다.

그녀는 긴 한숨을 내쉬고 나서 모자와 코트를 걸치고 재빨리 그 집을 나섰다. 우체국에서 그녀는 다음과 같은 전보를 쳤다.

런던 첼시, 애드웨이 스퀘어 19번지, 웨스트 마음이 바뀌어 내일 찾아가겠음.

그 웬디.

그녀는 그것에다 반신료를 붙여 보냈다.

제3장

그녀의 얼굴을 덮어라

레이먼드 웨스트와 그의 아내는 젊은 가일스의 부인이 환영받고 있음을 느낄 수 있도록 할 수 있는 데까지 다했다.

그웬다가 그들을 내심 좀 놀랍게 생각했다 해도 그건 그들의 잘못은 아니었다. 레이먼드는 모습이 특이해서 마치 덤벼들고 있는 까마귀와 같았다. 헝클어진 머리하며, 갑자기 소리를 높이는 이해할 수 없는 대화 등에 그웬다는 눈이 동그래지고 신경이 예민해졌다.

그들 부부는 둘 다 자기들만의 언어로 얘기하는 것 같았다. 그웬다는 그전엔 인텔리들의 분위기에 접해 본 적이 없었기에 정말로 그 모든 어휘들이 낯설기만 했다.

"당신을 한두 군데 쇼에 데려가려고요."

레이먼드가 이렇게 말하는 중에 그웬다는 진을 마시고 있었는데, 사실은 여독(旅毒)을 풀기 위한 차나 한잔 마실 수 있었으면 좋겠다고 생각하고 있었다.

그웬다는 곧 표정이 밝아졌다.

"오늘은 새들러 웰스 극장의 발레, 내일은 정말로 놀라우신 우리 제인 아주머니의 생일 파티로—길거드 주연의 '말피 공작부인'이고, 금요일에는 '유령처럼 걷는다'를 꼭 봐야 합니다. 러시아어를 번역한 것인데, 지난 20년간 나온 드라마 중 최고 걸작이지요. 위트모어 소극장에서 한답니다."

그웬다는 자신을 즐겁게 해주려고 이런 계획들을 세운 것에 감사해 했다.

가일스가 집에 와야만 뮤지컬 쇼 같은 것이나 갈수 있을 것이다. 그녀는 '유령처럼 걷는다'에 간다는 얘기에 조금 찜찜했으나, 재미있을 것 같다는 생각도 들었다—단지 '걸작' 연극이라는 것은 대개 즐길 수 없는 것이라는 사실이 좀 맘에 걸리긴 했지만.

"우리 제인 아주머니는 매우 좋아할 겁니다." 레이먼드가 말했다.

"그분은 완벽한 시대극이라고 표현할 만한 인물이십니다. 빅토리아 왕조풍이 몸에 속속들이 뱄죠. 화장대 다리는 모두 친츠 천으로 감아놨고요. 시골에서 사시는데, 그 시골이라는 데도 꼭 아무런 일도 일어나지 않은, 마치 물이 괴어 있는 연못 같은 곳이랍니다."

"한번 일이 있었잖아요." 그의 아내가 빈정거리듯 말했다.

"단순한 연애문제지 뭐―아주 하찮은 것. 정교함은 없었지."

"당신도 그때는 무척 재미있어했잖아요."

조안이 살짝 윙크를 보냈다.

"난 시골 크리켓을 즐기기도 하지." 레이먼드가 빼기듯이 말했다.

"어떻든, 제인 아주머니는 살인사건으로 유명해지셨답니다."

"빈틈이 없는 분이세요. 문제들을 좋아하신답니다."

"문제라고요?"

그웬다는 말하면서 마음속으로는 산수를 생각하고 있었다.

레이먼드는 손을 내저었다.

"어떤 문제든지 말입니다. 잡화상 부인이 맑게 갠 날 저녁 교회 친목회에는 왜 우산을 들고 갔나. 소금에 절인 새우는 왜 그곳에서 발견되었나. 목사의 흰 옷에 무슨 일이 생긴 걸까. 우리 제인 아주머니에겐 모든 게 다 문제랍니다. 만일 당신이 살아가다가 무슨 문제가 있다면 그분에게 말해 보세요, 그웬다. 해답을 알려 드릴 거예요."

그가 웃자 그웬다도 웃었으나, 진심으로 웃은 건 아니었다. 그녀는 마플 양이라는 이름의 제인 아주머니에게 다음 날 소개되었다.

마플 양은 매력적인 노부인이었는데, 키도 크고 날씬했으며, 핑크빛 뺨과 푸른색 눈을 지니고 있었으며, 점잖긴 했으나 좀 수다스러운 것 같았다. 그녀는 푸른 눈을 자주 반짝였다―그것도 아주 살짝.

좀 이른 저녁식사를 하면서 제인 아주머니의 건강을 위해 건배한 다음 그들은 히스 머제스티 극장으로 갔다. 두 사람이 더―나이 든 화가와 젊은 변호사가 끼어서 함께 갔다.

나이 든 화가는 그웬다에게 아주 잘 대해 주었고, 젊은 변호사는 조안과 마플 양에게 신경을 써주었는데, 그 사람은 마플 양의 이야기를 매우 재미있어 했다. 그러나 극장에서 이 짝이 바뀌었다. 그웬다는 레이먼드와 변호사 사이에 끼어 중간 열에 앉았다.

전등이 꺼지고 연극이 시작되었다.

연기들을 아주 잘해서 그웬다는 매우 재미있게 보았다. 그녀는 지금까지 일류 연극을 많이 보지 못했었다.

연극이 끝나가자 공포의 절정 순간이 다가왔다. 배우의 목소리는 일그러지고, 비뚤어진 심리적인 비극이 무대를 가득 메우고 있었다.

"그녀의 얼굴을 덮어라. 내 눈이 보이질 않아. 그녀는 젊어서 죽었어……."

그웬다는 비명을 질렀다.

그녀는 자리에서 벌떡 일어나서 다른 사람들을 정신없이 밀치고 복도로 뛰어나가서는, 문을 통해 계단을 뛰쳐나가 길거리로 나섰다. 그녀는 밖에 나가서도 반은 걷고 반은 뛰다시피 해가며 정신없이 헤이마켓 쪽으로 들어섰다.

그녀는 피카딜리에 도착할 때까지는 택시들이 거리를 달리는 것도 의식하지 못했다. 피카딜리에 도착해서야 비로소 택시를 세우고 올라타서 첼시에 있는 집의 주소를 말해 주었다.

집에 도착한 그녀는 손가락으로 더듬어 돈을 꺼내서 택시 요금을 치르고는 계단을 올라갔다. 그녀를 맞은 하녀가 그녀를 보고는 깜짝 놀랐다.

"너무 일찍 돌아오셨네요. 기분이 좋지 않은 모양이죠?"

"아니—그래요. 나, 머리가 좀 아찔해서."

"뭐 좀 드릴까요? 브랜디라도?"

"아니, 괜찮아요. 곧장 자러 가야겠어요."

그녀는 계단을 달려 올라가 계속 쏟아질 질문을 피해 버렸다. 그러고는 옷을 끌어당겨 벗고서 바닥에 던져놓고는 침대로 들어갔다.

그녀는 누운 채 온몸을 떨고 있었다. 가슴은 방망이질 쳤고, 눈은 천장을 똑바로 쳐다보고 있었다.

그녀는 새로이 아래층에 도착한 사람들의 소리를 듣지 못했는데, 5분 뒤에 문이 열리며 마플 양이 들어왔다. 그녀는 팔에 뜨거운 물통을 두 개 끼고 있었으며, 손에는 컵을 하나 들고 있었다.

그웬다는 침대에서 일어나 앉아 몸이 떨리는 것을 멈추게 하려고 애써보았다.

"오, 마플 양, 정말 미안해요. 어떻게 된 건지 저도 잘 모르겠어요. 죄송합니다. 그분들이 저 때문에 모두 화나셨겠어요."

"자, 걱정하지 말아요." 마플 양이 말했다.

"이 물통으로 몸을 따뜻하게 해봐요."

"전 뜨거운 물통이 필요치 않은데요."

"오, 아니에요. 그래야 해요. 그리고 자, 이 차를 좀 마셔보도록 해요."

뜨겁고 진하고 설탕이 너무 많이 들어가긴 했지만, 그녀는 거부하지 않고 받아마셨다. 떨리는 마음이 좀 진정되는 것 같았다.

"자, 이젠 누워서 자도록 해요." 마플 양이 말했다.

"충격을 받은 거예요. 내일 아침에 얘기하도록 해요. 아무 걱정하지 말고 어서 자요."

그녀는 이불을 끌어당겨 주고 미소를 보내주고는 그웬다를 토닥여 준 다음 방에서 나갔다.

아래층에서는 레이먼드가 걱정스러운 듯이 조안에게 말하고 있었다.

"세상에, 어떻게 된 거지? 몸이라도 아픈 건가?"

"레이먼드, 나도 모르겠어요. 갑자기 비명을 질렀으니! 그 연극이 그녀에겐 좀 안 좋았던 모양이에요."

"그래, 웨브 스터는 좀 무서운 데가 있지. 하지만 도대체 알 수가 없어."

그는 마플 양이 들어오는 바람에 말을 멈추었다.

"좀 괜찮나요?"

"그래, 괜찮을 거다. 큰 충격을 받았더구나."

"충격을요? 단순한 자코비언 연극을 보고서요?"

"내가 보기엔 그런 것 이상의 다른 일이 있을 게다."

마플 양이 생각에 잠겨서 말했다.

그웬다의 아침식사는 방으로 날라져 왔다. 그녀는 커피를 좀 마시고 토스트도 조금 먹었다. 그녀가 일어나서 아래층에 내려왔을 때 조안은 화실에 가 있었고, 레이먼드는 자기 서재에 문 닫고 들어가 있었으며, 단지 마플 양만이 강이 내다보이는 창가에 앉아서 바쁘게 뜨개질을 하고 있었다.

그웬다가 들어오자 그녀는 올려다보면서 평온한 미소를 지었다.

"안녕하세요, 좀 괜찮은지 모르겠네."

"예, 괜찮아요. 어젯밤에는 어떻게 그런 '바보 같은' 짓을 했는지 모르겠어요, 정말. 그분들은 저를 미쳤다고 했을 거예요?"

"오, 아니에요. 모두들 이해한답니다."

"무엇을 이해한다는 건가요?"

마플 양은 뜨개질하던 것으로 눈길을 돌렸다.

"어젯밤에 큰 충격을 받았다는 것 말이에요." 그녀는 부드럽게 덧붙였다.

"그 이유를 내게 말해 주는 게 낫잖겠어요?"

그웬다는 마음이 안정되지 않아 왔다 갔다 서성거렸다.

"정신과 의사한테 가보는 게 좋을 것 같아요."

"그야 런던에는 훌륭한 정신과 의사들이 많죠. 하지만 꼭 그게 필요할까 싶은데?"

"저, 전 미쳐가고 있나 봐요······. 틀림없이 미쳐가고 있어요."

중년의 하녀가 전보 한 통을 쟁반에 받쳐 들고 들어와서 그웬다에게 내밀었다.

"회답이 있을지 몰라 전보 배달꾼이 기다리고 있는데요, 부인?"

그웬다는 봉투를 찢었다. 딜머스에서 반송되어 온 것이었다. 그녀는 이해가 안 된다는 듯이 잠시 들여다보더니, 그것을 구겨버렸다.

"회답은 없어요." 그녀가 기계적으로 대답했다.

하녀는 방에서 나갔다.

"나쁜 소식이 아니었으면 좋겠네?"

"제 남편 가일스에게서 온 거예요. 그이가 집에 온대요. 1주일 이내에 오겠대요."

그녀의 목소리는 어딘지 비참하게 느껴졌다.

마플 양은 부드럽게 기침을 한번 했다.

"그럼, 정말 신나겠네요, 응?"

"신나요? 제가 미쳤는지도 모르는 지금에 말이죠? 제가 미쳤다면 가일스와 결혼하면 안 되잖아요. 집이고 뭐고. 전 그곳에 돌아갈 수 없어요. 오, 어떻게 하면 좋죠?"

마플 양은 이리 오라는 듯이 소파를 가볍게 두드렸다.

"자, 여기 와서 앉아요, 응. 그리고 내게 모두 말해 봐요."

그웬다는 믿음직한 느낌을 갖고서 그 말을 받아들였다. 그녀는 모든 이야기를 쏟아놓았다. 힐사이드 저택을 처음 보았을 때부터 시작해서 자기를 어리둥절하게 만들었다가 급기야는 두렵게까지 만든 그 사건들을 모두 다.

"그래서 저는 무서워진 거예요." 그녀는 말을 끝맺었다.

"그것 때문에 런던에 올라와서 그 모든 것으로부터 떨어져 봐야겠다고 생각한 거죠. 하지만 보신 대로 전 그것에서 떨어져 나올 수가 없었어요. 그게 절 따라다녀요. 어젯밤……."

그녀는 눈을 감고 말을 더듬거리며 끝맺었다.

"어젯밤?"

마플 양이 재촉하듯이 말했다.

"이런 건 믿지 않으실 거예요." 그웬다가 재빨리 말했다.

"제가 히스테리를 일으켰거나 머리가 어떻게 되었다고 생각하시겠죠. 아주 갑자기 일어났거든요. 전 그 연극을 재미있게 보고 있었어요. 집에 대해선 전혀 생각해 보지도 않았어요. 그런데 갑자기 나타난 거예요—푸른 하늘에서. 그 사람이 그런 말을 했을 때 말이에요."

그녀는 낮고 떨리는 목소리로 되풀이했다.

"'그녀의 얼굴을 덮어라. 내 눈이 보이질 않아. 그녀는 젊어서 죽었어.' 저는 그 집 계단으로 올라가서, 층계 위에서 난간 사이로 홀을 내려다보고 있었어요. 그러고는 그곳에 누워 있는 한 여자를 보았죠. 죽 뻗은 채로 죽어 있었단 말이에요. 그녀의 머리는 완전한 금발이었고, 얼굴은 온통 창백했어요!

그녀는 목 졸라 죽어 있었는데, 누군가가 그런 말을 그것과 똑같이 무시무시하고도 만족스러운 듯이 하고 있었던 거예요. 그리고 전 그 사람 손도 보았어요. 회색에다 쭈글쭈글했는데—손이 아니에요, 원숭이의 앞발이었어요…….무서웠어요. 그녀는 죽어 있었어요…….”

　마플 양은 부드럽게 물었다.

　“누가 죽었다고요?”

　대답이 매우 빠르고도 기계적으로 나왔다.

　“헬렌이었어요—.”

잠시 그웬다는 마플 양을 바라보다가 머리카락을 이마 뒤로 쓸어 넘겼다.

"왜 제가 그렇게 말했죠?" 그녀가 말했다.

"제가 헬렌이라고 말했죠? 전, 헬렌을 모르는데!"

그녀는 절망적인 제스처로 손을 내려뜨렸다.

"보셨죠? 전 미쳤어요! 전 모든 걸 상상해내는 거예요. 있지도 않은 것들을 보는 것 같다니까요. 처음엔 단순한 벽지였어요. 그런데 이제는 시체에까지 이른 거예요. 게다가 점점 더 심해지고 있어요."

"너무 결론으로 비약하진 말아요."

"그렇지 않으면 그 '집' 때문일 거예요. 그 집엔 유령이 붙어 있어요—아니면 마법에 걸려 있던가 뭐 그럴 거예요. 전 거기에서 일어난 일들을 보는 거랍니다—아니, 앞으로 일어날 일을 보는 거예요. 그게 더 나쁠 거예요. 아마도 헬렌이라는 여자가 거기서 죽을지도 몰라요……. 단지 제가 모를 것은 그 집에 유령이 붙어 있다면 왜 제가 거기에서 지금 이렇게 떨어져 있는데도 그런 끔찍한 일들이 보여야 하는 걸까요? 그래서 이상해져 가는 것은 틀림없이 저 자신일 거라고 생각해요. 지금이라도 정신과 의사한테 가는 게 낫겠어요—오늘 아침에 말이에요."

"그야 물론이죠, 그웬다. 다른 방법들을 모두 사용해 보고 나면 그래야겠지. 그러나 난 언제나 가장 단순하고 가장 상식적인 설명들을 먼저 해보는 게 낫다고 생각한답니다. 내게 모두 얘기해 봐요. 당신을 흥분시킨 사건이 분명히 세 가지 있었단 말이죠? 정원에 오솔길이 나무숲에 덮인 채 있었는데, 당신은 거기에 그게 있다는 것을 느꼈단 말이고, 벽돌을 쌓아올린 막은 문, 또 보이지도 않았는데 당신이 생각한 것과 자세한 부분까지 일치하는 아주 똑같은 벽지가 있었고요? 맞죠?"

"예, 그래요."

"그럼, 아주 쉽고 또 아주 자연스러운 설명은 당신이 전에 그러한 것들을 보았다는 걸 거예요."

"전생(前生)에서 말인가요?"

"오, 아니에요. 난 '이' 생(生)에서란 뜻이에요. 실제로 '기억'속에 있을지도 모른다는 거예요."

"하지만 전 한 달 전까지만 해도 영국엔 와본 적이 없는걸요, 마플 양."

"그게 정말이에요, 그웬다?"

"정말이에요. 전 내내 뉴질랜드의 크라이스트처치 근처에서만 살았어요."

"거기서 태어났수?"

"아뇨, 인도에서 태어났어요. 아버지는 영국 육군의 장교였어요. 어머니는 제가 태어난 지 한두 해 뒤에 돌아가셨고, 아버지는 저를 뉴질랜드에 있는 어머니 친척들에게 보내어 키우게 했죠. 그리고 나서 몇 년 뒤에 아버지도 돌아가셨답니다."

"인도에서 뉴질랜드로 보내진 것이 기억나지 않을 텐데?"

"확실치는 않아요. 아주아주 희미하긴 하지만, 배를 탔던 일은 기억하고 있답니다. 둥근 창문 같은 것—현창(舷窓)일 거라고 생각해요. 흰 유니폼에 붉은 얼굴, 푸른 눈, 턱에 어떤 자국이 있는 남자—아마 흉터겠죠. 그 사람이 저를 하늘 높이 쳐들어주곤 했는데, 전 놀라기도 하면서 그걸 좋아했던 기억이 나요. 하지만 그 모두가 매우 단편적이에요."

"간호사—아니, '아야(인도어로 간호사)'가 기억나나요?"

"아야가 아니라 내니(유모)예요. 몇 년 간인가—제가 다섯 살 때까지 함께 지냈기 때문에 내니는 기억해요. 그녀는 종이로 오리를 오려주었답니다. 그래요, 그녀도 배에 타고 있었어요. 선장이 제게 입을 맞춰주면 전 그 구레나룻이 싫어서 울었는데, 그럴 때면 그녀가 저를 야단치곤 했답니다."

"정말 재미있는데요. 당신이 두 가지 다른 항해를 혼동하고 있는 걸 보니 말이에요. 하나는 선장이 구레나룻을 갖고 있었고, 다른 하나는 붉은 얼굴에

턱에 흉터가 있고 말이에요."

"예—." 그웬다는 생각에 잠기며 말했다.

"저도 그럴 거라고 생각해요."

"내가 보기엔 가능한 얘기예요." 마플 양이 말했다.

"어머니가 돌아가셨을 때 처음에는 아버지가 당신을 '영국'에 데려와 힐사이드에 있는 그 집에서 살았을지도 모를 일이에요. 봐요, 그렇게 말했잖아요. 그 집에 들어가자마자 안락함을 느꼈다고 말이에요. 당신이 침실로 고른 방이 어쩌면 육아실이었는지도 몰라요."

"맞아요, 육아실이었대요. 창가엔 난간이 있답니다."

"그렇죠? 수레국화와 양귀비꽃 무늬가 있는 예쁘고 화사한 벽지였다고 했죠? 아이들은 자기들의 육아실 벽에 대해선 아주 잘 기억한답니다. 나도 육아실 벽에 그려져 있었던 연자줏빛의 붓꽃을 늘 기억하거든요. 분명히 세 살 때 벽지를 새로 발랐을 텐데 말이에요."

"그래서 저도 장난감이랑 인형의 집, 장난감 벽장이 생각난 건가 보죠?"

"그래요. 그리고 욕실이나 마호가니 재(材)로 테두리를 두른 욕조도요. 그걸 보자마자 그 속에서 오리 인형이 떠다니는 것이 생각났다고 말했죠."

그웬다는 생각에 빠져서 말했다.

"정말로 모든 게 어디에 있는지 곧바로 알게 되었던 것 같아요—부엌이나 속옷용 벽장도. 그리고 거실에서 식당으로 통하는 문이 있다고 늘 생각되었던 것도요. 하지만 제가 영국에 와서 오래전에 살았던 바로 그 집을 사게 되었다는 건 아무래도 불가능하지 않겠어요?"

"'불가능한' 건 아니에요. 그런 건 매우 특이한 우연의 일치일 뿐이에요. 그리고 그런 특이한 우연의 일치도 가끔은 일어나는 법이랍니다. 부인 남편이 남해안에 있는 집을 원했기에 당신은 찾아다녔어요. 그러다가 어떤 집을 지나칠 때 옛 기억이 휘몰아쳐서 당신을 잡아끌게 되었답니다. 그 집은 알맞은 크기에다 값도 적당해서 당신은 사게 되었죠. 그래요, 전적으로 불가능한 건 아니랍니다. 그 집이 단순히 유령이 나오는(아마도 그렇다면) 집이라면, 당신은 다르게 반응했을 거라고 난 생각해요. 하지만 당신은 공포심이나 혐오감은 하나도 느끼지 않았어요. 단지 내게 얘기한 대로 계단을 내려가면서 홀을 내려다보던 바로 그 순간만 빼놓고는 말이에요."

공포 어린 표정이 다시 그웬다의 눈에 떠올랐다.

"그, 그 헬렌 이야기—'그것'도 역시 진짜란 말인가요?"

마플 양이 매우 부드럽게 말했다.

"그래요, 난 그렇게 생각해요. 만일 다른 일들도 기억 속에 있었던 거라면 '그 일'도 역시 기억 속에 있었던 거라고 여겨야 해요……."

"그럼, 정말로 제가 누군가가 죽어서, 목 졸린 채 누워 있는 시체를 보았다는 말이세요?"

"그녀가 목 졸려 죽었다는 것을 의식적으로 알고 있었다고는 생각지 않아요. 그건 어젯밤 연극에서 나온 그 푸르고 뒤틀린 얼굴이 당신의 성숙된 인식과 맞아떨어진 것이지요. 아주 어린 꼬마가 계단을 기어 내려오다가 폭력과 죽음과 죄악과, 어떤 일련의 낱말들과 그런 것들이 연관된 상황들을 깨닫게 된 걸지도 모른다고 난 생각해요—그건 살인자가 실제로 그런 말을 '한' 것이 분명하기 때문이에요. 그건 어린애에게는 무서운 충격이었겠죠. 어린애들은 아주 예민하답니다. 어린애들이 몹시, 그것도 자기들로서는 전혀 이해할 수 없는 대상으로부터 공포를 느꼈다면, 애들은 그것에 대해선 아무런 말도 하지 못한답니다. 입을 꼭 봉해 두지요. 아마도 그런 걸 잊어버린 듯하겠지요. 하지만 그 기억은 깊숙한 곳에 언제까지나 남아 있게 된답니다."

그웬다는 깊은 한숨을 내쉬었다.

"그래서 그런 것들이 제게 일어났다고 생각하시는군요? 그렇다면 왜 저는 '지금' 하나도 기억하지 못하는 걸까요?"

"사람은 주문에 의해서 기억해내지는 못합니다. 혹 그렇게 할라치면 기억은 더 멀리 달아나버리지요. 하지만 난 그것이 정말 일어났던 일이라는 걸 보여주는 게 한두 가지 있다고 생각해요. 한 예로, 어젯밤 극장에서의 일을 조금 전 얘기할 때 그 단어들 사이에서 그런 경향이 아주 강하게 나타났어요. 당신은, '층계 난간' 사이로 본 것 같다고 말했는데—정상적이라면, 아시다시피, 난간을 통해 내려다보지 않고 그 위로 내려다보게 되지요. 어린애들이나 그런 식으로 내려다보는 거랍니다."

"정말 대단하시네요." 그웬다가 감탄 어린 말투로 말했다.

"그렇게 조그만 일들이 매우 중요하답니다."

"그렇다면 헬렌은 누굴까요?" 그웬다는 당혹감을 느끼며 물었다.

"자, 말해 봐요. 그게 헬렌이라고 아직도 확신하나요?"

"예……, 정말로 어이없는 일이지만요. 전 '헬렌'이 누군지 모르거든요—하지만 알고는 있답니다—거기에 쓰러져 있었던 '헬렌'을 안다는 뜻이에요. 어떻게 하면 좀더 자세히 알 수 있을까요?"

"좋아요, 내 생각엔 당신이 어렸을 때 정말로 영국에 왔었는지, 아니 그럴 가능성이라도 있었는지를 명확히 알아내는 게 중요하다고 봐요. 친척들은—."

그웬다가 끼어들었다.

"앨리슨 이모가 있어요. 그분은 알고 계실 거예요."

"그럼, 항공우편으로 편지를 보내세요. 당신이 영국에 온 적이 있었는지를 긴급히 알아야 할 일이 생겼다고 쓰세요. 아마 당신 남편이 도착할 때쯤이면 항공우편 답장을 받을 수 있을 거예요."

"오, 고마워요, 마플 양. 정말 친절하시군요. 부인이 말씀하신 게 맞았으면 좋겠네요. 그렇다면, 저, 정말로 괜찮아지겠지요? 전 초자연적인 일 같은 건 원치 않거든요."

마플 양은 미소를 지었다.

"나도 우리가 생각한 대로 밝혀진다면 좋겠군요. 난 내일 모레 북부 잉글랜드 지방에 있는 늙은 친구들을 만나러 간답니다. 런던에는 열흘 뒤에야 돌아오게 될 거예요. 만일 그때 당신 남편도 돌아오고, 또 그 답장도 온다면 난 그 결과가 궁금해 죽을 텐데."

"물론이죠, 마플 양! 정말 부인이 제 남편 가일스를 만났으면 좋겠어요. 그이는 정말로 멋지답니다. 우린 이번 일에 대해서 신나게 얘기하게 될 거예요."

그웬다는 지금은 기운을 완전히 되찾은 상태였다. 그러나 마플 양은 깊은 생각에 빠져 있는 모습이었다.

제5장

회상 속의 살인

1

대략 열흘 뒤, 마플 양은 메이페어에 있는 작은 호텔에 들어가 리드 부부의 열렬한 환영을 받았다.

"이분이 제 남편이에요, 마플 양. 가일스, 마플 양이 내게 얼마나 친절히 대해 주셨는지 말도 못한답니다."

"만나서 기쁩니다, 마플 양. 그웬다는 너무도 무서워서 정신병원에 들어갈 뻔했었다고 하더군요."

마플 양의 부드러운 푸른 눈이 가일스 리드를 사랑스럽게 바라보았다.

정말로 호감이 가는 젊은이였다. 키가 크고 금발에다가, 천성적인 수줍음 때문에 이따금씩 눈을 껌벅거리는 것이 경계심을 풀게 해주었다. 그녀는 그의 야무진 뺨과 턱을 눈여겨보았다.

"저쪽 조그만 대기실에서 차라도 한잔하시죠, 어둡긴 하지만."

그웬다가 말했다.

"아무도 거긴 오지 않는답니다. 마플 양에게 앨리슨 이모의 편지를 보여 드려야 되잖아요."

"그래요—."

마플 양이 날카로운 시선으로 바라보자 그녀가 덧붙였다.

"답장이 왔는데, 아주머니가 생각하시던 바로 그대로였어요."

차를 다 마시고, 그 항공우편을 펼쳐서 읽어 내려갔다.

사랑스러운 그웬다에게(댄비 양 씀)

네게 근심거리가 생겼다니 정말로 걱정이 되는구나. 사실은 네가 어

릴 때 아주 잠시 영국에서 살았었다는 건 나도 아주 까맣게 잊고 있었단다. 네 어머니, 나한테 언니인 메건은 네 아버지 할리데이 소령이 인도에 주둔해 있을 때 우리들 친구 집에 놀러갔다가 만났단다. 둘은 결혼해서 그곳에서 너를 낳았지. 2년 뒤에 네 어머니는 돌아가셨다. 우리한테는 무척 충격적인 일이었지. 그래서 네 아버지한테 편지를 썼단다. 그때까지 우리는 편지 왕래만 있었을 뿐 실제로 만나보지는 못했었지. 우린 네 아버지에게 너를 우리에게 보내달라고 했단다. 우리도 너를 보면 매우 기쁠 거고, 또 군인의 몸으로 어린애를 데리고 다닌다는 것도 힘들겠고 해서 말이다. 하지만 네 아버지는 거절하더구나. 그러면서, 군대를 제대하고 영국으로 널 데려가겠다고 했단다. 우리한테 아무 때고 찾아와 주면 고맙겠다고 하고서 말이야.

네 아버지는 귀국하는 항해 길에 젊은 여자를 만나 약혼해서는 영국에 도착하자마자 결혼한 걸로 알고 있다. 그 결혼은 행복하지 못했는지 1년쯤 뒤에 헤어진 모양이더라. 그때 네 아버지는 편지를 보내 아직도 우리가 너를 데려다 키울 생각이 있느냐고 물었지. 말할 필요도 없겠지만 애야, 우리는 그렇게 된 게 얼마나 기뻤는지 모른단다.

너는 영국인 간호사의 보살핌 속에 우리에게 보내졌고, 네 아버지는 네게 많은 유산을 남기면서 네 호적을 우리에게 입적시키는 게 어떠냐는 말까지 해왔단다. 이런 말을 해도 좋을지 모르겠지만 우리는 좀 의아하게 생각했지. 하지만 우리는 그것을 네 아버지의 다정다감한 배려로 여겼단다—너를 좀더 가까운 우리 가족으로 만들려는 의도라고 생각한 거야. 하지만 우린 그 제안만은 거절했단다.

1년쯤 뒤에 네 아버지는 어떤 요양소에서 돌아가셨단다. 내가 보기엔 네 아버지가 너를 우리에게 보냈을 때 이미 자신의 건강에 대한 나쁜 이야기를 들었던 모양이야.

네가 아버지하고 영국에 있을 때 어디에서 살았는지 얘기해 줄 수 없어서 미안하구나. 네 아버지야 물론 주소를 늘 썼겠지만 벌써 18년이나 된 옛날 일이어서 자세히 생각이 나질 않으니 말이다. 아마도 영

국 남부였을 게다—딜머스가 맞을 거라고 생각한다만 다트머스 같은 느낌도 드는데 그 두 이름이 비슷해서 원

네 둘째어머니는 재혼했겠지만 그녀의 이름도 그렇고 또 결혼하기 전 이름까지도 도통 기억이 나질 않는구나. 네 아버지가 재혼한다는 얘기를 써 보낸 처음의 편지에 그런 게 다 들어 있었는데 말이다. 우 린 네 아버지가 그렇게나 빨리 재혼한다는 것에 좀 화가 났었던 것 같아. 하지만 선박 여행에선 사람들이 매우 친밀감을 느끼게 되는 법 이자—그리고 네 아버지는 그렇게 하는 것이 너를 위해서도 좋다고 생각했는지도 모르고

넌 그 사실을 기억 못한다 해도, 네가 영국에서 살았다는 것을 내가 미처 얘기해 주지 않은 것은 내가 똑똑치 못해서였던 것 같다. 하지 만 내 이미 말했다만 그런 일들이 내겐 아주 희미해서 말이야. 네 어 머니가 인도에서 죽은 뒤에 네가 우리에게 와서 살았다는 것만이 중 요한 사실처럼 여겨졌었거든

자, 이제 모든 걸 알게 되었으면 좋겠구나. 가일스가 곧 네게로 갈 걸 로 알고 있다. 이렇게 결혼 초기부터 너희 둘이 따로 떨어져 있으니 정말 힘들겠구나. 내 소식은 다음에 보내기로 하고, 네 편지에 대한 답장으로 이 글을 급히 쓴다.

　　　　　　　　　　　　너의 사랑하는 이모 앨리슨 댄비

추신—네 걱정거리가 뭔지 좀 가르쳐줄 수 없겠니?

"보셨죠?" 그웬다가 말했다.

"아주머니가 말씀하신 것과 거의 똑같아요."

마플 양은 얇은 종이를 쓰다듬고 있었다.

"그래요, 정말 그렇군요. 상식적인 해석이었죠. 그런 것이 들어맞는 경우가 종종 있었답니다."

"오, 정말 감사합니다, 마플 양." 가일스가 말했다.

"불쌍한 그웬다가 몹시도 놀랐답니다. 저도 그웬다가 투시술이나 초능력 같

은 걸 지니고 있다고 생각했을 게 분명합니다."

"그런 게 아내한테 있을까 봐 걱정한 모양이죠?" 그웬다가 말했다.

"당신이 평생토록 걱정 속에서 지낼까 봐서 말이에요."

"당연한 말이지." 가일스가 대답했다.

"그럼, 그 집은? 그 집에 대해선 어떻게 느끼나요?" 마플 양이 물었다.

"아, 예, 그건 괜찮아요. 우린 내일 돌아갈 거예요. 가일스는 그 집을 보고 싶어 죽을 지경이래요."

"알고 계신지 모르겠습니다만, 마플 양─." 가일스가 말했다.

"우리 손에 제1급 살인사건이 들어 있는 셈입니다. 우리 현관에서 일어난─아니, 좀더 정확하게 말한다면 우리 집 홀에서 일어난 사건 말이죠."

"나도 그런 생각을 했어요, 그래요." 마플 양이 천천히 말했다.

"가일스는 추리소설을 무척 좋아한답니다." 그웬다가 말했다.

"그래요, 꼭 이것도 추리소설 같은데요. 현관에서 목 졸려 죽은 아름다운 여인의 시체. 그녀에 대해선 세례명밖에는 몰라요. 물론 그게 거의 20년 전의 일이라는 건 알고 있습니다. 그러니 이제 와서 어떤 단서가 있을 리가 없죠. 하지만 적어도 이거 저거 찾아다니다 보면 줄거리를 집어낼 수도 있을 겁니다. 하지만, 그 수수께끼를 아주 영영 풀 수 없을지도 모르겠군요."

"당신은 해낼 수 있을 거예요." 마플 양이 말했다.

"아무리 18년 전 일일지라도 말이에요. 그래요 난 그렇게 생각해요."

"어떻든 정말 한번 해봐도 손해 볼 거야 없겠죠?"

가일스는 얼굴을 붉히며 말했다.

마플 양은 불편스레 몸을 움직거렸다. 그녀의 표정은 엄숙했으나, 깊은 걱정에 잠겨 있는 듯했다.

"아니, 어쩌면 커다란 해(害)가 될지도 모르죠." 그녀가 말했다.

"당신들 두 분 모두에게 충고를 해줘야겠어요─그래요, 정말 커다란 충고가 될 거예요. 그 일에 관여치 마세요."

"관여치 말라고요? 우리들의 살인사건인데─정말 살인이 있었다면 말이에요!"

"물론 살인이라고 생각해요. 그게 바로 관여치 말라는 이유랍니다. 살인사건—그건 정말로 가벼운 마음으로 다룰 게 못 되기 때문이죠."

가일스가 말했다.

"아니, 마플 양, 모두가 다 그렇게 생각한다면—."

그녀는 말을 가로막았다.

"오, 알고 있어요. 그런 것이 사람의 의무일 때도 있죠. 무고한 사람이 누명을 쓰고, 여러 사람들에게 혐의가 걸리고, 또다시 범행이 저질러질 우려가 큰 위험한 범죄에서는 말이죠. 하지만 이번 살인사건은 '과거'에 저질러진 거라는 점을 명심해야 돼요. 아마도 그건 살인사건으로 알려지지도 않았을 거예요. 만일 알려졌다면 늙은 정원사나 그 동네 누군가에게서 귀가 따갑게 들었을 거예요—살인사건은 아무리 오래되었더라도 언제나 대단한 얘깃거리니까요. 그렇지 않은 걸 보니까 그 시체는 어떤 식으로든 처리되었을 거예요. 그렇게 해서 그 사건은 전혀 의심받지 않았겠죠. 당신은 정말로—정말로 확신하나요? 그 사건을 다시 들추어내는 것이 현명하다고 말이에요."

"마플 양—." 그웬다가 외치듯이 말했다.

"아주머니는 정말로 걱정이 되시나 봐요?"

"난 그래요. 당신들은 정말 멋지고 매력적인 젊은이들이에요(그렇게 말해도 괜찮다면 말이에요). 당신들은 지금 결혼도 했고 또 행복해요. 그러니 유감이지만 그런 일들을 들추어내려 하지 마세요. 혹시(어떻게 말해야 하지?), 혹시 당신들에게 '피해를 입히거나 괴로움을 안겨줄지도 모를' 일을 말이에요."

그웬다는 그녀를 바라보았다.

"아주머니는 아주 특별한 경우를 생각하시는군요. 힌트를 주시는 건가요?"

"힌트라뇨. 아니에요. 단지 당신들에게(나는 오래 살아서 사람의 본성이 얼마나 혼란스럽게 되기 쉬운지를 알고 있기 때문이랍니다) 쓸데없는 일을 벌이지 말라고 충고하는 것뿐이에요. 이게 바로 내 충고랍니다. '쓸데없는 일을 벌이지 말라'는 것."

"하지만 그건 쓸데없는 일이 아닙니다."

가일스의 목소리엔 좀 다른 기색, 어떤 엄숙한 기색이 담겨 있었다.

"힐사이드 저택은 우리들 집입니다. 그웬다와 제 집이요. 그런데, 어떤 사람이 그 집에서 살해되었습니다—아니, 우리는 그렇게 믿고 있습니다. 저는 우리 집에서 일어난 살인사건을 아무런 조치도 취하지 않고 그냥 내버려둘 수가 없어요. 아무리 18년 전의 일이라지만"

마플 양은 한숨을 내쉬고는 말했다.

"미안하군요. 올바른 생각을 지닌 젊은이들이라면 그렇게 생각하겠지요. 나도 그런 면에선 당신과 공감하고 칭찬해 주고 싶답니다. 하지만 난, 난 말이에요. 그러지 말았으면 정말 좋겠어요."

2

다음 날, 세인트 메리 미드엔 마플 양이 집에 돌아왔다는 소식이 퍼졌다. 그녀는 11시에는 하이 가(街)에서 눈에 띄었다. 12시 10분 전에는 목사관에 들렀다. 그날 오후 그 마을의 소문을 좋아하는 세 여인이 그녀를 찾아와서 그 화려한 메트로폴리스(런던을 뜻함)에 대한 인상이 어떻더냐고 물었다. 이에 대한 의례적인 말들이 끝나자 축제날 수예품 판매대와 차(茶)를 파는 텐트의 위치에 대한 자세한 얘기들을 쏟아놓기 시작했다.

그날 저녁때 마플 양은 보통 때와 같이 정원에서 볼 수 있었다. 그러나 이번에는 그녀는 이웃들의 움직임에 대해서보다는 잡초를 뽑아버리는 데 더 관심을 두는 것이었다. 그녀는 저녁식사 때에도 좀 멍청해 있어서 어린 하녀인 이블린이 마을 약사의 행실에 대해 열을 올려 얘기하는 데에도 거의 관심을 기울이지 않는 것이었다. 이튿날도 그녀는 역시 멍청해 있어서 목사 부인을 포함해 한두 사람이 그에 대해 이야기하기에 이르렀다.

그날 저녁 마플 양은 몸이 매우 좋지 않다고 하며 잠자리에 들었다. 다음 날 아침 그녀는 헤이독 의사를 부르러 사람을 보냈다. 헤이독 의사는 오랫동안 마플 양의 주치의이며 친구이자 협력자였다. 그는 그녀의 증상에 대해 자세히 듣고 진찰한 다음, 의자에 등을 기대고 그녀에게 청진기를 대보았다.

"부인 또래의 나이치고는—." 그가 말했다.

"겉으로 보기엔 약해 보이지만, 실은 부인은 매우 건강하답니다."

"나도 건강하다고 생각해요." 마플 양이 말했다.

"하지만, 좀 과로한 모양이에요—몸이 좀 피곤하답니다."

"너무 놀러 다닌 모양이군요. 런던에서 밤늦게 말입니다."

"정말 그랬답니다. 요즘은 런던도 좀 피곤하더군요. 공기도 너무 오염되어 있고 신선한 바닷가 공기 같지가 않아요."

"세인트 메리 미드의 공기는 상쾌하고 맑지요."

"하지만 습기도 많고 좀 답답해요. 아시겠지만, 긴장감이 없잖아요."

헤이독 의사는 흥미를 가지고 그녀를 바라보았다.

"강장제를 좀 보내드리죠." 그는 친절하게 말했다.

"감사합니다. 이스턴 시럽은 언제나 좋더군요."

"내 대신 처방까지 할 필요는 없습니다, 부인."

"환경을 좀 바꿔보면 어떨까요?"

마플 양은 솔직해 보이는 푸른 눈으로 묻듯이 그를 쳐다보았다.

"3주일 동안이나 나갔다 이제 막 돌아왔잖습니까."

"알아요. 하지만 당신 말대로 사람을 지치게 만드는 런던이었어요. 그런 다음 북부지방—공업지역에 갔었는데 바닷가 공기처럼 긴장감은 없었다고요."

헤이독 의사는 가방을 쌌다. 그러고는 돌아보면서 씩 웃었다.

"왜 나를 오라고 했는지 얘기 좀 해주시죠." 그가 말했다.

"왜 그랬는지를 말해 주시면 내가 그걸 되풀이해서 말씀드리죠. 당신은 바닷가 바람이 필요하다는 나의 전문가적인 의견이 듣고 싶은 거 아닙니까."

"잘 아시네요." 마플 양이 기쁘게 말했다.

"썩 좋은 거죠, 바닷가 공기란. 당장이라도 이스트번에 가는 게 좋을 겁니다. 그렇지 않으면 건강이 더 나빠질 거예요."

"이스트번은 좀 추운 것 같아요. 고원지대잖아요."

"그럼, 본머스나 와이트 섬으로 가시죠."

마플 양은 그를 보고 눈을 깜박거렸다.

"난 언제나 조그만 동네가 훨씬 더 재미있을 거라고 생각하는데요."

헤이독 의사는 다시 앉았다.

"내 호기심이 발동하는군요. 어떤 조그만 해변가 마을을 말씀하시는 건가요?"

"그러니까, 난 딜머스를 생각했어요."

"안락하고 조그만 마을이죠. 좀 심심하겠지만. 그런데 왜 하필 딜머스를?"

잠시 마플 양은 잠자코 있었다. 그녀의 눈에 그 걱정스러운 표정이 다시 떠올랐다.

"한번 상상해 봐요. 어느 날 우연히 오래전—아마도 19년이나 20년 전쯤에 살인사건이 있었다는 것을 암시해 주는 사실을 알게 되었다고 말이에요. 그 사실을 당신 혼자만 알게 되었고, 또 그에 관해 아무것도 의심받지 않았고 신고 되지도 않았다고 해봐요. 당신은 어떻게 하시겠어요?"

"회상 속의 살인이란 말이군요?"

"맞았어요."

헤이독은 잠시 동안 생각에 잠겼다.

"오심(誤審)은 없었습니까? 그 범죄로 인해서 형을 받은 사람은 없었나요?"

"내가 아는 한은 없어요."

"흠, 회상 속의 살인이라. 잠자는 살인. 자, 내 말을 좀 들어봐요. 나라면 잠자는 살인사건을 내버려둘 겁니다—난 그렇게 할 게요. 살인사건을 해부하는 것은 위험하죠. 매우 위험합니다."

"내가 우려하는 점도 바로 그거예요."

"살인자는 그 범죄를 늘 되풀이한다고 하더군요. 하지만 사실이 아닙니다. 죄를 범한 사람들 중엔 교묘하게 피해 달아나서는 다시는 목이 달아나지 않도록 조심하는 스타일도 있지요. 그런 뒤에 그 사람들이 행복하게 산다고는 말 못하겠습니다만—그렇다고는 생각할 수 없으니까요. 여러 가지 벌이 있으니 말입니다. 그러나 적어도 겉으로 보기엔 모든 게 잘 되어가겠지요.

아마도 매들린 스미스 사건이 그랬을 테고, 또 리지 보든 사건도 그랬을 겁니다. 매들린 사건에서는 증거를 잡지 못했고, 리지는 무죄로 판결이 났습니다. 그러나 많은 사람들이 그 두 여자에겐 죄가 있다고 믿고 있답니다. 그 밖에 다른 이름들도 댈 수 있습니다. 그들은 자기가 저지른 범죄를 되풀이하지 않았죠—한 번의 범죄로 자기들이 원하는 것을 얻어서 만족한 거지요. 그러나 어떤 위험이 그들을 위협한다면 어떻게 되겠습니까? 나는 부인이 조사하는 살인자가, 남자든 여자든 간에 그런 종류라고 생각합니다. 그는 한 가지 범죄를 저지르고 도망가서는 아무에게서도 의심받지 않았습니다.

그러나 누군가가 조사하고 다니며, 땅속을 파보고, 돌을 치워보며, 길을 찾아다니면서 마침내는 그 표적에 다다르게 된다면 어떻게 하겠습니까? 부인의 살인자는 어떻게 대처할까요? 점점 더 가까이 다가오는데 그냥 미소만 짓고 있을까요? 아니지요. 그러니 만일 어떤 대의명분이 없다면 내버려두라고 말씀드리고 싶군요."

그는 앞의 구절을 다시 반복했다.

"잠자는 살인사건은 내버려 두시지요." 그는 엄숙히 덧붙였다.

"이게 바로 부인에게 줄 내 주문입니다. '모든 것을 그대로 내버려두시라고요.'"

"하지만 그에 관계된 것은 내가 아니에요. 매우 사랑스러운 두 젊은이들이죠. 내 말 좀 들어봐요!"

그녀는 그 얘기를 해주었고, 헤이독은 들었다.

"특이한 일이로군요." 그는 얘기가 끝나자 말했다.

"매우 특이한 우연의 일치입니다. 죄다 아주 특이한 일이에요. 부인은 그 내적인 의미가 무엇인지 알겠군요?"

"오, 물론이죠. 하지만 아직 그 사람들은 그렇지 않을 거라고 생각해요."

"그건 굉장한 불행이 될지도 몰라요. 그 일에 관여하지 않았더라면 하고 생각하게 될 겁니다. 비밀은 벽장 속에 감춰둬야 하거든요. 하지만 당신도 알다시피 난 가일스 청년의 생각도 알 것 같아요. 좀 안타까운 일이긴 하지만, 나라도 그냥 내버려두지 않을 겁니다. 지금 이 순간에도 난 궁금해서 못 견디겠는데……."

그는 갑자기 말을 멈추고는 마플 양을 뚫어지게 쳐다보았다.

"그래서 부인이 그렇게 딜머스에 갈 구실을 만들려 한 거로군요. 당신과는 아무 관련도 없는 사건에 뛰어들려고"

"물론 관계는 없죠, 헤이독 박사님. 하지만 그 두 사람이 걱정된답니다. 그 사람들은 너무 어리고 세상 경험도 없고, 또 너무 잘 믿어서 속기 쉽답니다. 난 그곳에 가서 그 사람들을 돌봐주어야 한다고 생각해요."

"그래서 가고 싶은 게로군요. 그 사람들을 보살피려고! 살인사건이라면 그대로 내버려두질 못 하는군요, 부인? 회상 속의 살인이라도 말이죠?"

마플 양은 좀 새침한 미소를 띠었다.

"하지만, 딜머스에 2~3주일 가 있으면 내 건강에도 좋을 거라고 생각하시잖아요?"

"부인의 임종이 가까울 것 같습니다." 헤이독 의사가 말했다.

"그래도 내 말을 듣지 않으실 테지만!"

3

친구인 밴트리 대령 부부를 만나러 가는 길에 마플 양은 드라이브 길을 따라 내려오는 밴트리 대령을 만났는데, 그는 손에는 총을 쥐고, 스파니엘 종 개는 발뒤꿈치에서 졸졸 따라오고 있었다.

그는 그녀를 열렬히 맞아주었다.

"다시 돌아오셔서 반갑습니다. 런던은 어떻던가요?"

마플 양은 런던도 매우 좋다고 대답했다. 자기 조카가 여러 연극에 데려가 주었다고 했다.

"인텔리 층에겐 맞을지 몰라도, 난 뮤지컬 코미디가 더 좋더군요."

마플 양은 아주 재미있는 러시아 연극을 보았다고 했다—좀 길긴 하지만.

"러시아 연극이라!"

밴트리 대령이 커다랗게 말했다. 그는 요양소에 있을 때 도스토예프스키 소설을 한 권 읽으라고 받은 적이 있었다. 그는 마플 양에게 자기 부인 돌리가 정원에 있을 거라고 말해 주었다.

밴트리 부인은 거의 언제나 정원에 가면 만날 수 있었다. 정원 가꾸기에 그녀는 온 정열을 쏟았다. 그녀가 가장 좋아하는 책은 구근(球根) 카탈로그이며, 그녀의 대화는 앵초속(屬) 식물이며, 구근, 꽃피는 관목, 희귀한 고산식물에 관한 것이다. 마플 양의 눈에 가장 먼저 띈 것은 낡은 트위드 천 옷에 가려진 커다란 엉덩이였다.

사람이 다가오는 발소리에 밴트리 부인은 간신히 몸을 일으키며 뼈마디에서 우두둑 소리를 냈다. 그 취미로 인해 그녀는 류머티즘에 시달리고 있었다. 그녀는 흙 묻은 손으로 땀에 젖은 이마를 닦아내며 친구를 반갑게 맞이했다.

"당신이 돌아왔다는 얘길 들었어요, 제인." 그녀가 말했다.

"이 참제비고깔이 잘 자라고 있죠! 이 새롭고 작은 용담 본 적 있으세요? 이걸 키우느라 좀 힘들었지만, 이젠 잘 심어졌을 거예요. 비가 좀 왔으면 좋겠어요. 너무 건조해요." 그녀가 덧붙였다.

"에스터가 그러는데 당신이 아파서 침대에 누워 있다던데."

에스터는 밴트리 부인네 요리사이며 마을의 연락장교이다.

"그게 사실이 아니라서 기뻐요."

"좀 과로했었답니다." 마플 양이 말했다.

"헤이독 의사는 날 더러 바닷바람 좀 쐬고 오래요. 좀 지쳤다는군요."

"오, 하지만 이젠 어디에 나갈 수 없잖아요." 밴트리 부인이 말했다.

"요즘이 정원 가꾸기엔 1년 중에서 가장 좋은 때랍니다. 부인의 정원도 막 꽃이 피기 시작할 텐데."

"헤이독 의사는 그렇게 해야 한 대요."

"하긴, 헤이독 의사는 다른 의사 같은 멍청이는 아니지."

밴트리 부인은 마지못해 인정했다.

"폴리 댁의 요리사에 대해서 좀 알아볼 게 있어서요."

"어떤 요리사요? 요리사가 필요하세요? 술 잘 마시는 저 여자 말하는 건 아니죠?"

"아니, 아니, 왜 그 맛있는 페이스트리(밀가루 반죽으로 만든 과자 혹은 빵)를 만든 여자 있잖아요. 남편이 집사인 여자 말이에요."

"오, 목 터틀을 말하는 거로군요." 밴트리 부인은 즉시 알아차리고 말했다.

"금방이라도 울음을 터뜨릴 것 같은 아주 구슬픈 목소리로 말하는 여자죠. 좋은 요리사였죠. 남편이 좀 뚱뚱하고 게을렀지만. 아더는 늘 그 사람이 위스키에 물을 탄다고 했어요. 난 잘 모르지만. 부부 중 한쪽이 늘 불만족스럽다는 것이 좀 섭섭해요. 그 사람들은 전에 모셨던 주인이 유산을 좀 물려주어서 남해안으로 가서 하숙집을 차렸답니다."

"나도 그렇게 생각했어요. 딜머스는 아니었죠?"

"아니, 바로 거기예요. 딜머스 시 퍼레이드 14번지."

"헤이독 의사가 해안가에 가보라고 했을 때 그 생각이 나더군요—그 사람들 이름이 손더스던가요?"

"그래요, 아주 좋은 생각이에요, 제인. 더 좋은 생각은 할 수도 없을 거예요. 손더스 부인이 아주 잘 보살펴줄 거예요. 지금은 여행철이 아니라서 그 사람들도 반가워할 거고, 값도 쌀 거예요. 좋은 음식에다 바닷바람이 부인을 곧 건강하게 해줄 거예요."

"고마워요, 돌리." 마플 양이 말했다.

"그랬으면 좋겠어요."

제6장

탐정 실습

1

"그 시체는 어디에 있었던 것 같아? 여기쯤이야?"

가일스가 물었다.

그와 그웬다는 힐사이드 저택의 정면 홀에 서 있었다. 두 사람은 전날 밤에 돌아왔는데 가일스는 지금 열심히 찾고 있는 중이었다. 그는 새 장난감을 받은 어린애처럼 신이 나 있었다.

"거기쯤이에요." 그웬다가 말했다.

그녀는 층계를 다시 올라가서 아래쪽을 조심스럽게 내려다보았다.

"그래요, 거기쯤인 것 같아요."

"거기 쪼그려 앉아봐." 가일스가 말했다.

"당신은 지금 세 살쯤 된 어린애야, 알겠지?"

그웬다는 순순히 쪼그려 앉았다.

"당신은 그 말을 한 남자를 실제로는 볼 수 없었을 거야."

"그 사람을 본 기억은 없어요. 아마 조금 뒤로 물러나 있었던 모양이에요—예, 거기예요. 난 그 사람 앞발밖에 볼 수 없었어요."

"앞발이라고?"

가일스가 이마를 찡그렸다.

"그건 앞발이었어요. 회색 앞발—사람의 것이 아닌 듯했어요."

"아니, 이것 봐, 그웬다. 이건 '모르그 가(街)의 살인(에드거 앨런 포가 쓴 추리 소설)'이 아니야. 사람에겐 앞발이 없어."

"하지만, 그에겐 앞발이 있었어요."

가일스는 의아하게 그녀를 쳐다보았다.

"그건 좀 뒤에 상상한 걸 거야."

그웬다가 천천히 말했다.

"내가 이 모든 일을 상상했는지도 모른다고는 생각지 않으세요? 아시겠지만, 가일스, 난 계속 생각해 보고 있어요. 그 모든 일이 꿈이었다고 하는 게 내겐 훨씬 가능성 있게 여겨져요. 그랬을지도 모르잖아요. 그건 어린애들이 꿀 수 있음직한 꿈인데, 그만 너무 무서워서 계속 기억하게 되는 거 말이에요. 그 것이 올바른 설명 같진 않으세요? 왜냐하면, 딜머스에서는 이 집에서 아무도 살인사건이 있었거나, 갑작스럽게 사람이 죽은 사건이나, 아니면 실종되거나, 무슨 기묘한 일이 있었다고는 전혀 생각지 않는 것 같아요."

가일스는 아까와는 조금 다른 꼬마 아이처럼 보였다―마치 멋지고 새로운 장난감을 빼앗겨버린 꼬마 같은 표정이었다.

"나도 악몽이었을지도 모른다고 생각해."

그는 마지못해 인정했다. 그러고는 그의 얼굴이 갑자기 밝아졌다.

"아니야―." 그가 말했다.

"난 그렇게 생각지 않아. 낭신이 원숭이 앞발이나 죽은 사람에 대한 꿈을 꿀 수는 있어. 그렇지만, '맬피 공작부인'에서 인용 구절을 따오는 꿈을 생각 할 순 없지."

"누군가가 그런 말을 하는 것을 듣고서 나중에 그런 꿈을 꿀 수도 있어요."

"애들이 그럴 수는 없지. 커다란 심리적인 억압 밑에서 들었다면 몰라도 만일 그렇다면 우린 다시 처음에 있었던 곳으로 돌아가서―잠깐만, 알았어. 당신이 꿈을 꾼 건 앞발이었어. 당신은 시체를 보고 그런 말을 듣고는 무척 겁을 집어먹었어. 그런 다음 악몽을 꾼 거야. 꿈속에서 원숭이의 앞발이 움직였자― 아마도 당신은 평소에 원숭이를 무서워했던 모양이지?"

그웬다는 좀 의심스러운 표정이 되어서 천천히 말했다.

"그랬을지도 모르겠군요……."

"소금만 더 기억해 냈으면 좋겠는데……. 홀로 내려와 봐. 눈을 감고 생각 하는 거야. 뭔가 더 떠오른 건 없어?"

"아무것도, 가일스……. 생각하면 할수록 점점 더 멀리 도망가 버려요. 내 말은, 내가 정말로 뭔가를 보긴 본 건가 하고 의심이 들기 시작했다는 거예요. 아마 지난밤에 그 극장에서 정신착란을 일으켰나 봐요."

"아니야, 뭔가가 '있어.' 마플 양도 그렇게 말했잖아. '헬렌'에 대해선 어때? 헬렌에 대해선 뭣 좀 생각이 날 텐데?"

"전혀 생각이 안 나요. 이름밖엔."

"그게 맞는 이름이었는지조차 모르잖아."

"아니에요, 맞아요. 분명히 '헬렌'이었어요."

그웬다는 물러서지 않고 확신하는 표정이었다.

"헬렌이라는 게 그렇게 확실하다면 뭔가 알고 있을 거야."

가일스가 합리적으로 말했다.

"그녀를 잘 알고 있었어? 여기에 살았었나?"

"모른다니까요." 그웬다는 긴장이 되어 신경질을 부리기 시작했다.

가일스는 방법을 바꾸었다.

"당신은 누굴 기억할 수 있어? 당신 아버지?"

"아뇨, 잘 모르겠어요. 아버지 사진은 늘 있었잖아요, 가일스. 앨리슨 이모가 늘 이렇게 말해 주었어요. '이게 네 아버지란다.' 난 아버지가 여기, 이 집에 있었던 건 기억이 나질 않아요……."

"아니, 그럼 하인들도 없었나, 유모나 뭐 그런 사람들 말이야?"

"아니, 안 돼요. 기억해내려 하면 할수록 점점 더 공백 상태가 되고 말아요. 내가 알고 있는 것은 모두 잠재의식 속에 있어요—내가 생각없이 저 문으로 걸어간 것처럼. 난 저기에 문이 있다는 것을 기억하지 못했거든요. 당신이 나를 그렇게 다그치지만 않는다면, 가일스, 좀 생각이 날지도 모르겠는데. 어떻든 그에 대해서 속속들이 알아내려는 건 부질없는 짓이에요. 오랜 옛날 일인데."

"아니, 그렇지 않아—마플 양까지도 인정한 사실인걸."

"그분은 어떻게 손대면 좋을지에 대해선 얘기해 주지 않았죠"

그웬다가 말했다.

"하지만 내 느낌엔, 그분의 눈빛을 봐선 뭔가 방법을 알고 있을 거예요. 그분이라면 어떻게 착수할지 궁금한데요."

"우리가 생각지 못한 방법을 그분이 생각할 것 같지는 않은데."

가일스가 딱 부러지게 말했다.

"추측하는 건 그만둬, 그웬다. 조직적인 방법을 생각해내는 거야. 우리는 시작했어—난 이 교구(敎區; 군(郡) 아래의 단위이며, 교회와 담당 목사가 있다)의 사망자 명단을 훑어봤어. 그들 중엔 그만한 나이의 '헬렌'은 없더구먼. 내가 조사한 그 시기에는 헬렌이라는 사람은 없었던 모양이야—엘렌 퍼그, 아흔네 살 먹은 사람이 거기에 가장 가까웠어. 자, 이제 효과적인 다음 방법을 생각해 봐야 돼. 만일 당신 아버지와 아마도 새어머니가 이 집에서 살았었다면 이것을 샀거나 세 얻었을 거야."

"정원사인 포스터의 말에 의하면 엘워시라는 사람이 헨그레이브 부부 이전에 이 집 주인이었고, 그전에는 핀디슨 부인이었대요. 그밖엔 몰라요."

"당신 아버지는 이 집을 사서는 아주 짧은 기간 동안 살았을지도 몰라. 그리곤 다시 팔았을지도 모르고. 하지만 내 생각엔 아버님이 이 집에 세를—아마도 가구까지 딸려서 세를 들었었다는 게 훨씬 더 가능성 있어 보이는데. 만일 그렇다면 가장 확실한 방법은 부동산 소개업자한테 가보는 거야."

부동산 소개업자한테 가는 건 그리 힘든 일이 아니었다. 딜머스에는 부동산 소개업소가 두 군데밖에 없었다. 윌킨슨 사무실은 비교적 최근에 시작한 곳이었다. 겨우 11년 전에 개업했다. 그들은 주로 작은 방갈로나 마을 변두리의 새 집들을 취급하고 있었다. 또 다른 사무실인 갤브레이스 펜덜리 사무소는 그웬다가 이 집을 살 때 이용한 곳이다.

그들을 찾아가서 가일스는 곧바로 용건으로 들어갔다. 자기들 부부는 힐사이드 저택과 딜머스에 그만하면 만족해한다. 자기 부인이 아주 어렸을 때 딜머스에 살았었다는 걸 얼마 전에 알게 되었다. 아내는 그곳이 어딘지 기억이 희미한데, 혹 힐사이드 저택인 것 같기도 하지만 확실치는 않다. 할리데이 소령에게 그 집을 세놓았던 기록 같은 건 없겠느냐. 한 18년, 19년 전 일 같은데……

펜덜리 씨는 미안하다는 뜻으로 손을 뻗었다.

"안됐습니다만 알 수가 없겠는데요, 리드 씨. 우린 그렇게 오래된 기록은 갖고 있질 않아서요. 가구째 세를 놓았거나 짧은 기간 세놓은 기록은 없답니다. 도와드릴 수 없어서 유감이로군요, 리드 씨. 혹 우리의 나이 많은 서기 내러콧이 살아있다면(그 사람은 작년 겨울에 죽었답니다) 도와드릴 수 있었을 텐데요. 굉장히 기억력이 놀라웠거든요. 정말로 놀랄 정도였지요. 그 사람은 근 30년 가까이나 우리 사무실에서 일했답니다."

"그럼, 기억해낼 만한 다른 분은 없을까요?"

"우리 직원들은 좀 젊은 편이라서요. 갤브레이스 영감님이 있긴 하지요. 그분은 여러 해 전에 물러나셨답니다."

"그분한테 물어볼 수 있을까요?" 그웬다가 말했다.

"글쎄요, 잘 모르겠는데요……."

펜덜리 씨가 의심스럽다는 듯이 말했다.

"그분은 작년에 중풍에 걸려서요. 행동이 몹시 부자유스럽답니다. 여든이 넘으셨거든요, 아시겠어요?"

"딜머스에 살고 계시나요?"

"예, 물론이죠. 캘커타 로지 저택에 사시죠. 시턴 로(路)에 있는 아담하고 매우 멋진 곳이죠. 하지만 우리로서는 정말……."

2

"희망이 거의 없는 것 같은데." 가일스가 그웬다에게 말했다.

"하지만 알 수 없지. 편지 쓸 생각은 말아야겠어. 직접 그곳에 가서 만나야겠어."

캘커타 로지 저택은 깔끔하게 손질된 정원에 둘러싸여 있었으며, 두 사람이 들어간 거실도 좀 가구가 많은 듯했으나 역시 깔끔했다. 밀랍(벌집을 만들기 위하여 꿀벌이 분비하는 물질. 누런 빛깔로 상온에서 단단하게 굳어지는 성질이 있다)과 로넉스 냄새가 풍겼다. 놋쇠 장식이 반짝반짝 빛났다. 창문은 온통 꽃줄 장식이 되어 있었다.

야윈 중년 여인이 의심스러운 눈빛을 가지고 방에 들어왔다.

가일스가 재빨리 설명하자, 진공청소기를 팔러온 것으로 생각한 표정이 갤브레이스 양의 얼굴에서 사라졌다.

"죄송합니다만 도와드릴 수 없을 것 같군요." 그녀가 말했다.

"너무 오래된 일이라서요."

"그냥 문득 생각날 수도 있잖아요." 그웬다가 말했다.

"아니, 난 아무것도 아는 게 없는걸요. 난 사업에 대해선 아무 관계도 없어서 말이죠. 할리데이 소령이라고 하셨나요? 아뇨. 난 딜머스에서는 그런 이름을 가진 사람과는 만난 기억이 없답니다."

"당신 아버님은 혹시 알고 계실지도 모르죠." 그웬다가 말했다.

"우리 아버지요?"

갤브레이스 양은 머리를 흔들었다.

"아버지는 요즘 확실치 못하고 기억도 모호하답니다."

그웬다의 눈은 베나레스(인도 북부지방)제(製) 놋쇠 테이블에 주의 깊게 머물다가 벽난로 위에 놓인 흑단 코끼리의 행렬로 옮겨갔다.

"제가 그분이 기억하실지 모른다고 생각한 것은—." 그녀가 말했다.

"우리 아버지가 그때 막 인도에서 돌아오셨기 때문이에요. 이 집은 캘커타로지라고 불리지요."

그녀는 대답을 기다리듯이 잠시 쉬었다.

"그래요." 갤브레이스 양이 말했다.

"아버지는 잠시 캘커타에 계셨어요. 그곳에서 사업을 하셨더랬어요. 나중에 전쟁이 일어나서 1920년에 이곳으로 와 그 사무실에 다니게 되었지요. 하지만 늘 그곳으로 돌아가고 싶다고 하셨답니다. 그렇지만 어머니는 외국은 좋아하지 않으셨어요. 그리고 또, 그곳 기후도 건강에 정말 좋다고 할 수도 없잖아요? 저, 난 잘 모르겠군요—우리 아버지를 만나고 싶은 모양인데. 오늘은 아버지의 기분이 좋은 날인지 모르겠군요."

그녀는 안쪽에 있는 조그만 서재로 그들을 안내했다. 그곳에는 커다랗고 좀 초라한 가죽 의자에 어떤 노신사가 흰 바다코끼리 수염을 기른 채 앉아 있었다. 그의 얼굴이 조금 떨리고 있었다. 딸이 소개를 하자, 그는 분명히 승낙하는 듯이 그웬다를 바라보았다.

"기억력이 옛날만 못해서—." 그는 다소 불분명한 목소리로 말했다.

"할리데이라고 했소? 아니, 그 이름은 기억나지 않는데. 요크셔에 있는 학교에 다닐 때 그런 이름을 가진 학생이 하나 있긴 했지. 하지만 그건 70년쯤 전의 일이라오."

"그분이 힐사이드 저택을 세 얻었던 것 같아요." 가일스가 말했다.

"힐사이드 저택? 그때도 힐사이드라고 했던가?"

갤브레이스 씨의 움직이는 눈꺼풀이 떨리며 껌벅거렸다.

"핀디슨이 거기에 살았지. 좋은 여자였소."

"저희 아버지는 가구 딸린 채로 세를 얻었을 거예요—인도에서 막 돌아왔거든요."

"인도? 인도라고 했소? 어떤 사람이 생각나는군—군인이었지. 나한테 양탄자를 속여 판 모하메드 핫산이라는 건달 녀석을 안다고 했지. 젊은 부인이 있었다오. 아기도 있었고—계집애였지."

"그게 저예요."

그웬다가 확신을 가지고 말했다.

"아—아니, 그럴 리가! 하, 세월은 참으로 빠르군. 그래, 그 사람 이름이 뭐였소? 가구 딸린 집을 찾았자—그래. 핀디슨 부인은 겨울 동안 이집트인가 어디로 가겠다고 했다오—끔찍하게 어리석은 일이지. 자, 그 사람 이름이 뭐라고 했소?"

"할리데이예요." 그웬다가 대답했다.

"맞았소, 아가씨—할리데이. 할리데이 소령이었지. 좋은 사람이었는데. 부인은 아주 예뻤고—아주 젊었다오. 금발이었는데, 자기 친척들 가까이에서 살고 싶다고 했다던가 뭐 그런 얘기였지. 그래요. 정말 예뻤다오."

"그 여자분 친척이 누군데요?"

"전혀 생각 안 나는데. 하나도. 당신은 그녀를 닮지는 않았는데."

그웬다는 하마터면 이렇게 말을 한 뻔했다.

"그녀는 제 새어머니예요."

하지만 문제를 복잡하게 만드는 건 그만두었다.

"그 여자분은 어떻게 생겼는데요?"

뜻밖에도 갤브레이스 씨가 대답했다.

"걱정하는 모습이었다오. 그래요, 걱정하는 모습이었지. 그래, 참 좋은 사람이 었어, 그 소령 친구. 내가 캘커타에 나가 있었던 얘기를 아주 흥미진진하게 들 어주었다오. 영국 밖으로는 한 번도 나가 보지 않은 이곳 사람들하고는 영 달랐 지. 속이 좁아요—그런 사람들은 속이 좁다니까. 나는 온 세상을 둘러본 사람이 라오. 그 사람 이름이 뭐였지, 그 군인 친구가—찾던 가구 딸린 집 말이오?"

그는 낡아빠진 레코드판을 계속 울려대고 있는 고물딱지 축음기 같았다.

"세인트 캐서린이지. 그래, 맞아요. 세인트 캐서린을 빌렸다오—1주일에 6기 니로. 핀디슨 부인이 이집트에 있는 동안. 거기에서 죽었지, 불쌍한 사람. 그 집은 경매로 붙여졌는데—누가 그걸 샀더라? 엘워시였지. 그래, 맞아—자매들 뿐이었다오. 이름을 바꾸었지—세인트 캐서린이란 이름이 가톨릭적이라고 하 면서 가톨릭적인 건 뭐든지 끔찍이도 싫어했으니까—종교 관계 소책자를 보 내곤 했는데. 평범한 여자들이었어요. 모두들—흑인들에게 관심을 갖고 있었 지. 흑인들에게 바치며 성경책 등을 보냈다오. 종교를 개종시키는데 무척도 열 심이었으니까."

그는 갑자기 한숨을 내쉬면서 등을 기댔다.

"오래전 일이야." 그가 조바심을 내며 말했다.

"이름들은 생각나지 않는걸. 인도에서 온 사람—멋진 친구였지……. 피곤하 구나, 글래디스 차 좀 갖다 주련?"

가일스와 그웬다는 갤브레이스 씨와 그 딸에게 감사를 표하고 그 집을 나 섰다.

"이젠 증명되었군요." 그웬다가 말했다.

"이미지하고 난 힐사이드 저택에 살았더랬어요. 다음엔 뭘 하죠?"

"난 바보였어." 가일스가 말했다.

"서머셋 하우스로 가야겠어."

"서머셋 하우스가 뭐예요?" 그웬다가 물었다.

"결혼관계에 대해서 알아볼 수 있는 기록보관소야. 거기에 가서 당신 아버지의 결혼관계를 알아봐야겠어. 당신 이모님 말에 따르면, 당신 아버지는 영국에 도착하자마자 두 번째 부인과 결혼했어. 그래도 모르겠어, 그웬다. 이 사실이 좀더 일찍 생각났어야 했는데. '헬렌'이 당신 새어머니의 친척일 가능성이 크다는 걸 말이야—아마 여동생일지도 모르지. 어떻든 그녀의 성을 알게 되면 힐사이드 저택의 모든 것을 아는 사람에게 갈 수 있을 거야. 그 두 사람이 할리데이 부인의 친척들 가까이에 살려고 딜머스에 있는 집을 원했다는 그 노인이 한 말 기억해? 그녀의 친척이 이 근처에 살고 있다면 뭐 좀 얻을 수 있을 거야."

"가일스—." 그웬다가 말했다.

"당신 참 멋져요."

3

가일스는 결국 런던에 갈 필요가 없었다. 그의 정력적인 성격 때문에 늘 여기저기 뛰어다니며 자신이 직접 모든 걸 맡아하려고 했으나, 단순히 판에 박힌 조사는 남에게 맡겨도 되겠다고 생각했다. 그는 자기 사무실로 장거리 전화를 걸었다.

"됐어."

그는 기대하던 대답이 오자 열성적으로 환호성을 질렀다.

봉투 속에서 그는 결혼증명서 사본을 꺼냈다.

"이거야, 그웬다. 8월 7일 금요일, 켄징턴 기록보관소. 켈빈 제임스 할리데이와 헬렌 스펜러브 케네디 결혼하다."

그웬다가 날카롭게 외쳤다.

"'헬렌'이라고요?"

두 사람은 서로를 바라보았다.

가일스가 천천히 말했다.

"아니, 아니, 그녀일 리가 없어. 내 말은, 두 사람은 이혼하고 그녀는 다시 재혼해 떠났잖아."

"우리야 알 수 없죠." 그웬다가 말했다.

"그녀가 나갔다는 것을……."

그녀는 다시 그 간단히 쓰인 이름을 바라보았다.

'헬렌 스펜러브 케네디.'

'헬렌'이라…….

제7장

케네디 의사

1

2~3일 뒤, 그웬다는 바람이 몹시 부는 해안가 산책길을 걸어가다가, 어느 사려 깊은 단체에서 관광객들이 사용할 수 있게 만든 유리 방호벽 옆에서 갑자기 걸음을 멈췄다.

"마플 양?"

그녀는 너무나도 놀라서 소리 지르고 말았다.

그건 틀림없는 마플 양이었다. 두껍고 폭신한 코트에 푹 감싸여 있고, 스카프를 둘둘 감고 있었다.

"정말이지 너무 놀랐겠네요, 내가 여기에 있어서 말이죠."

마플 양이 활기차게 말했다.

"하지만 의사가 날더러 해안가 같은 데라도 가서 잠시 기분 전환 좀 하고 오라고 하더군요. 당신이 딜머스에 대해서 얘기해 준 게 하도 매력적으로 들려서 이리로 오기로 했어요—게다가 내 친구네 집에 있었던 요리사와 집사 부부가 이곳에서 하숙집을 하고 있는 바람에."

"아니, 왜 우리 집에 오지 않으셨어요?" 그웬다가 말했다.

"노인네들은 좀 귀찮답니다, 부인. 젊은 신혼부부들은 자기네들끼리 있게 해야 하지요."

그녀는 그웬다의 항의에 미소로 답했다.

"당신이 날 환영해 주리라곤 생각했죠. 그래 두 분 다 안녕하시고? 그 수수께끼는 잘 풀려나가요?"

"지금 열이 나서 쫓아다니고 있는 중이에요."

그웬다가 말하면서 그녀 곁에 앉았다.

그녀는 지금까지 해온 여러 가지 조사들을 상세히 말해 주었다. 그녀는 이렇게 끝을 맺었다.

"그래서 지금 여러 신문에 광고를 냈답니다—지방신문들과 '타임스'지(紙), 그리고 다른 커다란 일간지들에요. '헬렌 스펜러브 할리데이, 결혼 전 성(姓) 케네디의 연락처와 기타 다른 사항에 대해 아시는 분은 연락 바람.'이라고요. 곧 어떤 소식이 있을 거라고 생각하는데, 정말 그렇겠죠?"

"그럼요, 부인—그래요, 그럴 거예요."

마플 양의 목소리는 예전과 같이 차분했으나, 눈에는 당혹감이 엿보였다.

그녀는 자기 옆에 앉아 있는 여인을 살피듯이 눈길을 슬쩍 던졌다. 확실하고 진정이 담긴 듯한 그 목소리는 진실 같아 보이지 않았다.

그웬다가 걱정이 있어 보인다고 마플 양은 생각했다.

헤이독 의사가 말한 '감추어진 의미'라는 게 아마도 그녀에게 떠오르기 시작하는 것 같았다. 그래, 지금 되돌리기에는 너무 늦었겠지……

마플 양은 부드럽고도 사과하는 듯이 말했다.

"나도 사실은 그 이야기에 크게 관심을 갖게 되었다오. 내 생활에는 흥분거리가 거의 없답니다. 아시겠지만, 당신에게 지금까지 진행되어 온 일에 대해서 말해 달라고 한다면 나를 지나치게 호기심 많다고 할는지 모르겠군요?"

"아니에요, 말씀드려야죠."

그웬다가 부드럽게 말해 주었다.

"아주머니에게 모두 말씀드리겠어요. 왜냐하면, 아주머니가 아니었다면 전 틀림없이 의사를 재촉해서 절 정신병원에 가두게 했을 거예요. 이곳 어디에 계시는지 주소 좀 알려주시죠. 그리고 우리 집에 오셔서 한잔 같이 하세요—차라도 함께 마시자는 거예요. 집도 구경하시고, 그 범죄가 있었던 현장을 보셔야 하는 거 아닌가요?"

그녀는 웃었다. 하지만 그 웃음 가장자리에는 희미한 히스테리 낌새가 묻어나왔다.

그녀가 가버리자 마플 양은 아주 천천히 머리를 흔들면서 이맛살을 찌푸렸다.

2

   가일스와 그웬다는 매일같이 열심히 우편물을 살펴보았으나, 처음에 그들의 희망이 실망으로 변하는 듯했다. 그들이 받은 건 모두 합해서 사립탐정소에서 온 두 통뿐이었는데, 자신들이 그 조사를 맡겠으며 자기들은 그런 일에는 노련하다고 했다.

   "이 사람들한테는 나중에 부탁해도 시간은 충분해." 가일스가 말했다.

   "우리가 꼭 그런 데에 부탁하게 된다면 아주 최상급 사무실에 맡겨야겠어. 편지로 사건 부탁이나 해오는 데 말고 말이야. 하지만 난 우리는 못하고 그 사람들만 할 수 있는 일이 있을 것 같지 않단 말이야."

   그의 낙천주의(아니면 자만심)는 2~3일 뒤에 증명되었다.

   편지 한 통이 도착했는데, 전문적인 직업을 가진 사람임을 말해 주는, 아주 잘 쓰긴 했지만 알아보기 힘든 글씨체로 쓰여 있었다.

   우들레이 볼턴 골스 힐
   안녕하십니까?
   '타임스'지에 실린 당신의 광고에 대답을 드립니다. 헬렌 스펜러브 케네디는 내 여동생입니다. 오랫동안 그녀에 대한 소식을 접하지 못하고 있는 중이라, 그녀 소식을 듣게 되면 정말 반갑겠습니다.
                    이만 줄입니다.

                    의학박사 제임스 케네디

   "우들레이 볼턴 시(市)라ー." 가일스가 말했다.

   "그리 멀지는 않은데, 우들레이 캠프장은 사람들이 소풍을 가는 곳이야. 황무지 위쪽이지. 여기에서 30마일 정도 떨어져 있어. 케네디 의사에게 편지를 써서 우리가 그쪽으로 가는 게 좋은지, 아니면 그 사람이 우리 쪽으로 오겠는지 물어봐야겠어."

답장이 왔는데, 케네디 의사는 다음 주 수요일에 그들을 맞을 준비를 해놓겠다고 해서 그들은 그날 떠났다.

우들레이 볼턴 시는 언덕 비탈길을 따라서 집들이 여기저기 흩어져 있는 마을이었다. 골스 힐 저택은 그곳 높은 지대의 제일 꼭대기에 있는 가장 높은 집이었다. 그곳에서는 우들레이 캠프장과 바다 쪽으로 난 황무지가 잘 보였다.

"좀 으스스한 곳인데요."

그웬다가 어깨를 부르르 떨며 말했다.

그 집 자체도 으스스했는데, 케네디 의사는 중앙난방 같은 현대식 설비는 아주 싫어하는 게 분명했다.

어떤 여자가 문을 열어주었는데, 사람이 좀 어둠침침한데다 접근하기가 어려워 보였다. 그녀는 비어 있는 홀을 지나 서재로 안내했다.

케네디 의사는 일어나서 그들을 맞이했다.

서재는 아주 길고 높은 방이었으며 꽉 들어찬 책장이 죽 늘어서 있었다.

케네디 의사는 회색 머리를 가진 노인이였으며, 짙은 눈썹 밑에서 눈이 번득이고 있었다. 그는 두 사람을 차례로 날카롭게 쏘아보았다.

"리드 부부라고요? 여기 앉으시지요, 리드 부인. 그 의자가 가장 편안할 게요. 자, 대체 어찌된 일들입니까?"

가일스는 미리 준비해 두었던 이야기를 막힘없이 쏟아놓았다.

가일스 부부는 최근에 뉴질랜드에서 결혼했다. 그러고는 영국으로 왔는데, 아내는 어릴 때 잠깐 영국에서 살았었다. 그래서 그녀는 옛날 가족의 친구들과 친척들을 찾으려고 하는 것이다—라고

케네디 의사는 여전히 근엄하고 자세가 흐트러지지 않았다. 그는 정중했지만, 감상적인 가족의 유대를 고집하는 식민지 성향에 분명히 조심하고 있는 태도였다.

"그래서 당신은 내 여동생(이복 여동생이지만), 그리고 아마도 나 자신까지도 당신의 친척이라고 생각한단 말이군요?"

그는 그웬다에게 점잖기는 했지만 어딘지 적의를 풍기면서 말했다.

"그분은 제 새어머니였어요." 그웬다가 말했다.

"아버지의 둘째 부인이었죠. 전 그분을 제대로 기억하진 못해요. 물론, 너무 어렸었거든요. 제 옛 성은 할리데이예요."

그는 그녀를 바라보았다. 그러다가 갑자기 미소가 얼굴에 번졌다. 그는 다른 사람이 된 것 같이 어색함을 버렸다.

"하, 세상에—." 그가 말했다.

"당신이 그웨니란 말이지!"

그웬다는 감격스럽게 고개를 끄덕였다. 그 애칭은 오랫동안 잊고 있었는데, 그녀의 귀에 친밀감을 회상시켜 주면서 들려왔다.

"예, 제가 그웨니예요." 그녀가 말했다.

"오, 저런. 이렇게 자라서 결혼까지 했으니. 세월은 화살처럼 빠르다니까! 그게, 아마, 15년은 되었지—아냐, 분명 그보다 더 오래되었을 거야. 나를 모를 게요, 응?"

그웬다는 머리를 흔들었다.

"전 아버지까지도 기억 못하는걸요. 제 말은, 모든 게 아주 희미하다는 뜻이랍니다."

"그렇겠지, 할리데이의 첫 번째 아내는 뉴질랜드 태생이었으니까. 그가 내게 그렇게 말한 걸 기억한다오. 멋진 나라지. 난 그렇게 생각해요."

"이 세상에서 가장 사랑스런 나라예요. 하지만 전 영국도 맘에 드는 걸요."

"여행 온 겐가, 아니면, 여기서 눌러 살려고?"

그는 벨을 눌렀다.

"차나 한잔합시다." 키가 큰 여자가 들어오자 그가 말했다.

"차 좀 가져와. 그리고 어, 버터 바른 따끈한 토스트나 뭐, 케이크 같은 것도."

점잖아 보이는 가정부는 심통 맞아 보였으나 곧 대답했다.

"예, 주인님." 그러고는 나가버렸다.

"난 평소엔 차를 마시지 않는다오." 케네디 의사가 서먹서먹하게 말했다.

"하지만, 축하해야지."

"정말 고맙습니다." 그웬다가 말했다.

"우린 여행하러 온 게 아니랍니다. 집도 한 채 샀어요."

그녀는 잠시 사이를 두었다가 덧붙였다.

"힐사이드 저택요."

케네디 의사가 서먹서먹하게 말했다.

"오, 그래요? 딜머스에 말이지. 그럼, 그곳에서 편지를 보내온 게로군."

"정말 특이한 우연의 일치예요." 그웬다가 말했다.

"그렇죠, 가일스?"

"아무렴." 가일스가 대답했다.

"정말로 놀라운 일이야."

"그 집을 팔려고 내놨더군요."

그웬다가 이렇게 말하고는, 무슨 말인지 이해할 수 없다는 표정이 역력한 케네디 의사의 얼굴을 보고 설명을 덧붙였다.

"그 집이 제가 옛날에 살았던 바로 그 집이었던 거예요."

케네디 의사가 이맛살을 찡그렸다.

"힐사이드? 아니, 그렇지—오, 그래, 그 애들이 이름을 바꾸었단 얘긴 들었었지. 세인트 뭐라고 했었던 것 같은데. 내가 제대로 기억하고 있는 거라면, 리햄프턴 로(路)에서 시내 쪽으로 조금 내려가다가 오른편에 있을 텐데?"

"맞아요."

"바로 그 집이군. 이름이 이렇게 생각이 나지 않는다니 정말 희한하군. 잠깐만, 세인트 캐서린—그렇게 불렀었는데."

"제가 거기에 살았었나 보죠?" 그웬다가 물었다.

"아, 물론이지." 그는 재미있는 듯 그녀를 바라보았다.

"왜 그곳으로 돌아오려고 했소? 그 집에 대해선 기억이 별로 없었을 텐데?"

"물론이죠. 하지만 어쩐지 안락하게 느껴지던걸요."

"안락하게 느껴졌다고?"

의사는 그 말을 되받아서 중얼거렸다. 그 말에는 아무런 감정이 없었으나, 가일스는 갑자기 그가 무슨 생각을 하고 있는지 궁금해졌다.

"예, 그래요." 그웬다가 말했다.

"그래서, 제게 모든 이야기를 해주셨으면 해요. 제 아버지나 헬렌, 그리고—."
그녀는 어물어물 말을 맺었다.

"모든 것에 관해서⋯⋯."

그는 그녀를 회상이 어린 듯 바라보았다.

"자세히는 알지 못했겠구먼, 뉴질랜드에 있었으니. 어떻게 알겠소? 하긴, 얘 깃거리도 별로 없지만. 헬렌은 내 동생이었지. 당신 아버지와 같은 배를 타고 인도에서 돌아오고 있었다오. 그는 조그만 딸애를 가진 홀아비였소. 헬렌은 그 사람을 동정했을지도 모르고, 사랑하게 되었는지도 모르지. 그 사람도 외로웠을지도 모르고, 그 애를 사랑했는지도 모르지. 모든 일이 어떻게 해서 시작되었는지는 지금 와서도 잘 모르겠소. 그 둘은 런던에 도착하자마자 결혼해서는 딜머스로 내려와서 내게 결혼을 알렸지. 그때 난 그곳에서 일했었다오. 켈빈 할리데이는 좋은 사람 같았소. 좀 신경질적이고 지쳐 있긴 했지만, 그래도 그 둘은 아주 행복해 보였었다오—그때는."

그는 잠시 멈췄다가 다시 이었다.

"그러나 1년도 못 되어 그 애는 어떤 남자와 달아나버렸소. 그건 알고 있겠지?"

"누구하고 달아났나요?" 그웬다가 물었다.

그는 날카로운 눈을 그녀에게로 돌렸다.

"그 애는 내게 말하지 않았다오." 그가 말했다.

"날 믿지 않았거든. 난 알게 되었지(알지 않을 수 없었지만), 그 애와 캘빈 사이에 금이 갔다는 걸 말이오. 왜 그런지는 몰랐지만. 난 늘 완고한 성격이라서 결혼의 순결성에 대해서는 보수적이었다오. 헬렌은 그 돌아가는 꼴을 내게 알리고 싶지 않았을 게요. 난 소문만 들었지—사람들이 하는 얘기로만 말이오. 그러나 그 남자 이름은 듣지 못했다오. 그 두 사람에겐 런던이나 기타 영국의 다른 지방에서 자주 손님들이 찾아와 머물다 갔었소. 그중 한 사람일 게요."

"그럼, 이혼했나요?"

"헬렌은 이혼을 원하지 않았소. 켈빈이 내게 그렇게 말하더구먼. 그래서 난 분명 그 남자는 기혼자일 거라고 판단했다오. 그 사람 부인은 아마도 로마 가톨릭 신자였을 게요.”

“그럼, 제 아버지는?”

“그 사람도 역시 이혼은 원치 않았지.”

케네디 의사는 좀 퉁명스럽게 말했다.

“아버지에 대해서 말씀해 주세요.” 그웬다가 말했다.

“왜 아버지는 갑자기 절 뉴질랜드에 보내기로 하셨나요?”

케네디 의사는 잠시 사이를 두더니 대답했다.

“그쪽에 계신 당신 친척들이 그 사람에게 그렇게 하라고 한 것 같소만. 두 번째 결혼이 파탄지경에 이르자, 그 사람도 아마 그렇게 하는 게 최상책이라고 생각했을 테고.”

“그럼, 왜 아버지가 직접 저를 뉴질랜드로 데리고 가지 않았을까요?”

케네디 의사는 벽난로 위로 눈길을 옮기면서 파이프 소제기 쪽을 멍하니 바라보며 갑자기 말을 더듬었다.

“모, 모르겠는 걸…… 건강이 좀 안 좋긴 했지만.”

“아버지한테 무슨 일이 있었나요? 무엇 때문에 돌아가셨죠?”

문이 열리며 사람을 경멸하는 듯한 태도를 지닌 가정부가 쟁반을 들고 나타났다.

버터 바른 토스트와 잼이 좀 있었으나 케이크는 없었다. 좀 모호한 동작으로 케네디 의사는 그웬다에게 차를 따르게 시켰다. 그녀는 시키는 대로 했다. 잔이 차고 모두에게 권해지자 그웬다는 토스트 한 조각을 집어들었고, 케네디 의사는 억지로 쾌활한 표정을 지으며 말했다.

“당신들이 그 집을 어떻게 했는지 말해 봐요. 많이 고치고 수리하고 그랬을 거구먼? 난 지금은 알아보지 못할 게야―당신들 둘이 고쳐놓았을 테니까.”

“욕실을 좀 재미있게 고치고 있는 중입니다.” 가일스가 인정하듯이 말했다.

그웬다는 눈길을 의사에게 주고서 말했다.

“아버지는 어떻게 돌아가셨죠?”

“사실은 나도 모른다오. 좀 전에도 말한 대로 그 사람은 한동안 몸이 안 좋아서 나중엔 요양소에 들어갔지―동해안 어딘가였는데. 2년 뒤에 죽었다오.”

"그 요양소는 정확히 어딘가요?"

"하, 저런 기억이 안 나는데. 지금 말한 대로 동해안에 있다는 것밖엔 모른다오."

그는 지금 확실히 대화에서 벗어나고 싶어 했다.

가일스와 그웬다는 잠시 서로를 마주보았다. 가일스가 말했다.

"박사님, 적어도, 그분이 어디에 묻혀 있는지는 말씀해 주실 수 있겠죠? 그웬다는(당연하겠지만) 그 산소에 무척 가보고 싶어 하거든요."

케네디 의사는 벽난로 쪽으로 몸을 구부리고는 펜나이프로 담배 파이프를 후벼대고 있었다.

"당신들도 알다시피—." 그는 좀 애매모호하게 말했다.

"과거에 너무 집착하는 건 좋지 않다고 생각한다오. 그 조상숭배, 그건 잘못된 게요. 미래가 중요한 거지. 당신들 두 사람은 젊고 건강하며, 당신들 앞에는 온 세계가 펼쳐져 있소. 앞을 생각해요. 당신들이 거의 알지도 못했던 사람의 무덤에 꽃을 갖다 바친다는 건 우스운 일이라오."

그웬다가 반항적으로 말했다.

"전 아버지의 무덤을 보고 싶어요."

"난 도와줄 수가 없겠구려." 케네디 의사의 목소리는 밝았으나 차가웠다.

"무척 오래된 일이고, 또 내 기억력도 예전만 못해서. 당신 아버지가 딜머스를 떠난 뒤로는 연락이 끊어졌지. 그 사람이 한번 요양소에서 편지를 보냈던 것 같은데. 아까도 말했듯이 그곳은 동해안이었던 것 같소—하지만 확실치는 않아요. 그 사람이 어디에 묻혀 있는지에 대해서는 통 모르겠는 걸."

"정말 이상하군요." 가일스가 말했다.

"아니, 그렇지 않소. 우리 사이의 줄은 헬렌이었지, 알겠소? 난 헬렌을 매우 좋아했지. 그 애와 난 어머니가 다르고 또 나보다 매우 어렸지만, 난 가능한 한 잘 키우려고 했다오. 좋은 학교뿐만 아니라 모든 걸 해주었지. 그런데 헬렌에겐—그래, 야무진 데가 있다곤 절대 할 수 없었지. 아주 어렸을 때 탐탁지 못한 젊은이와 문제를 일으켰었다오. 난 그 애를 거기서 구해 주었었지. 그러자 그 애는 인도로 가서 그곳에서 월터 페인과 결혼하기로 했다오. 그래요, 그건 괜찮았지. 딜머스의 수석 변호사의 아들인 멋진 녀석이었는데, 솔직히 말하자면 좀 변변치 못했다오. 그 녀석은 늘 내 동생을 좋아했지만, 그 애는 거들떠보지도 않았지. 그러던 것이 마음이 바뀌어 인도로 가서 그 녀석과 결혼하기로 한 게야. 그러나 그 애가 그 녀석을 다시 만난 순간 모든 게 끝난 게요. 그 애는 집으로 돌아오는 차비를 보내달라고 전보를 보냈더군. 난 보내주었지. 돌아오는 길에 그 애는 켈빈을 만났소. 그 둘은 내게 알리지도 않고 결혼했지. 난 내 동생에 대해 조금 미안한 마음을 느낀다오. 켈빈과 내가 그 애가 떠난 뒤 친척관계를 끊게 된 것이 바로 그 이유였으니까."

그는 갑자기 이렇게 덧붙였다.

"헬렌은 지금 어디 있소? 말해 줄 수 있소? 그 애하고 연락이라도 하고 싶은데."

"아니, 우리도 몰라요." 그웬다가 말했다.

"전혀 몰라요."

"아, 난 당신들 광고를 보고 뭣 좀 알 수 있을까 하고 생각했는데……."

그는 갑자기 호기심이 생겨 그들을 바라보았다.

"말해 봐요. 왜 광고를 냈소?"

그웬다가 대답했다.

"우리는 연락을 취하고 싶었어요." 그러고는 갑자기 말을 멈췄다.

"전혀 기억하지도 못하는 사람과 말이오?"

케네디 의사는 이상하다는 표정을 지었다.

그웬다가 얼른 대답했다.

"전, 그분과 연락이 되면, 그분이 아버지 얘기를 해줄 거라고 생각했거든요."

"아, 그래, 알겠소. 도움이 되어드리지 못해서 미안하구먼. 기억력이 옛날과 같지 않아서. 게다가, 너무 오래된 일이라서 말이오."

"적어도, 무슨 요양소인지는 아시겠죠? 결핵이었나요?" 가임스가 물었다.

케네디 의사는 다시 표정이 갑자기 딱딱해졌다.

"맞아요—맞아, 그랬을 것 같소만."

"그렇다면 별로 어렵지 않게 그곳을 찾을 수 있을 겁니다."

가일스가 말했다.

"대단히 고맙습니다, 박사님, 잘 말씀해 주셔서요."

그가 일어서자 그웬다가 자리에서 따라 일어났다.

"정말 고맙습니다." 그녀가 말했다.

"힐사이드 저택에 놀러 오세요."

그들이 방 밖으로 나갈 때 그웬다는 어깨너머로 뒤를 돌아보다가 케네디 의사가 벽난로 옆에 서 있는 모습을 보았다. 그는 허옇게 된 구레나룻을 잡아 당기면서 곤혹스런 모습을 하고 있었다.

"저분은 우리에게 말하고 싶지 않은 게 있나 봐요."

그웬다가 자동차에 올라타면서 말했다.

"뭔가가 있어요. 아, 가일스 우리 시작하지 말 걸 그랬나 봐요……."

두 사람은 서로를 마주보았다. 그들 마음속엔 상대방이 알진 못했지만 똑같 은 두려움이 솟아오르고 있었던 것이다.

"마플 양이 옳았어요." 그웬다가 말했다.

"과거는 캐지 말고 내버려두는 건데 그랬어요."

"더 이상은 나아갈 필요가 없을 것 같아." 가일스가 모호하게 말했다.

"내 생각엔, 그웬다, 좋을 게 하나도 없어 보여."

그웬다는 머리를 흔들었다.

"아니에요, 가일스, 여기서 멈출 수는 없을 것 같아요. 우리는 늘 의심하고 상상하게 될 거예요. 안 돼요, 계속 나아가야 해요……. 케네디 의사가 우리에 게 얘기하지 않은 건 친절한 마음씨에서 그런 거예요. 하지만, 그런 친절은 아 무 소용없어요. 우린 계속 찾아 나서서 과거에 무슨 일이 있었는지 알아내야 해요. 설사, 설사―, 아버지가 그랬다고……."

그녀는 더 이상 말을 잇지 못했다.

제8장

켈빈 할리데이의 망상

그들이 다음 날 아침 정원에 있을 때 코커 부인이 와서 말했다.

"죄송합니다, 선생님. 케네디 의사라는 분에게서 전화가 왔습니다."

포스터 영감과 상의하고 있던 그웬다를 남겨두고 가일스가 방으로 들어가서 전화 수화기를 집어들었다.

"가일스 리드입니다."

"난 케네디 의사요. 어제 얘기한 이후로 난 곰곰이 생각해 봤소, 리드 씨. 아무래도 당신 부부가 꼭 알아야 할 내용이 있는 것 같소. 오후에 찾아가면 집에 있겠소?"

"물론이죠. 몇 시에 오시겠습니까?"

"3시쯤."

"좋습니다."

정원에서는 포스터 영감이 그웬다에게 말하고 있었다.

"에스트 클리프 시에 죽 살고 있는 케네디 의사 말씀이죠?"

"맞아요. 그분에 대해서 좀 아세요?"

"우린 그분을 이곳에선 제일가는 의사로 쳐주었죠—레이즌비 의사가 더 인기가 있긴 했지만 말입니다. 늘 농담을 하고 사람들을 웃기곤 했죠. 레이즌비 의사 말입니다. 케네디 의사는 좀 무뚝뚝하고 건조했지만, 사실, 의사 일에 대해선 잘 아는 분이었죠."

"그가 환자들을 받지 않은 건 언제부터였나요?"

"꽤 오래됐지요. 한 15년쯤 되었을 겁니다. 건강이 나빠져서 그랬다는군요."

가일스가 창문 밖으로 나와 그웬다의 의문스런 얼굴에 대답했다.

"그분이 오늘 오후에 여기에 오시겠다는데."

"그래요?"

그녀는 다시 포스터에게 돌아섰다.

"케네디 의사의 여동생에 관해 좀 아세요?"

"여동생? 많이는 기억하지 못합니다. 그녀가 아주 어렸을 때라서. 밖에 나가서 학교에 다니다가 외국으로 갔죠. 나중에 결혼해서 아주 잠시 이곳에 돌아왔었다고 하더군요. 그렇지만 어떤 녀석하고 달아났다는 것 같습니다. 원래 그녀는 성격이 제멋대로였다고 그럽디다. 나도 그녀에 대해 죽 지켜본 게 아니라서 잘은 모릅니다만. 한동안 일하러 플리머스에 나가 있었거든요."

그웬다가 테라스 끝쪽으로 걸어가면서 가일스에게 물었다.

"왜 온대요?"

"3시가 되면 알게 되겠지."

케네디 의사는 정각에 도착했다. 거실을 둘러보면서 그가 말했다.

"여기에 다시 와보니 좀 기분이 묘한데."

그런 다음 망설이지 않고 곧장 요점으로 들어갔다.

"내가 보기에 당신들 두 사람은 켈빈 할리데이가 죽은 요양소를 찾아내 그가 무슨 병에 걸려서 죽었는지에 대해 자세히 알아내기로 작정한 것 같은데?"

"맞습니다." 그웬다가 대답했다.

"그렇다면 당신들은 그 문제를 보다 쉽게 해나갈 수 있을 게요. 물론. 그래서 난 당신들이 내게서 그 얘기를 먼저 듣게 되면 충격이 좀 적어질 거라고 생각했다오. 이런 얘기를 하게 되어서 미안하오만. 그건 당신들이나 다른 어느 누구에게도 조금도 도움이 못 되는 내용이라오. 그리고 당신, 그웨니에게 큰 고통을 안겨주게 될 게요. 하지만 어쩔 수 없지. 당신 아버지는 결핵으로 고생한 게 아니고, 그 문제의 요양소는 사실 정신병원이었다오."

"정신병원? 그럼, 아버지는 미쳤었나요?"

그웬다의 얼굴이 아주 창백해졌다.

"그렇게 확인되진 않았다오. 내 생각엔 흔히 말하는 의미의 미친 상태는 아니었던 것 같소. 단지 매우 심한 신경쇠약에 걸려 어떤 망상성 강박관념에 사로잡혀 있었던 모양이오. 그 사람은 자신의 뜻에 의해 요양소에 들어갔으나 퇴원 또한 자신이 원하는 때라면 언제든지 가능했지요. 그런데 그만 더 나아지지 못하고 거기서 죽은 게요."

"망상성 강박관념이라고요?"

가일스가 그 말을 의문스럽다는 듯이 되풀이했다.

"어떤 망상이었는데요?"

케네디 의사가 딱딱하게 대답했다.

"자기 아내를 목 졸라 죽였다는 망상에 사로잡혀 있었지."

그웬다가 가는 비명을 질렀다.

가일스는 얼른 손을 내밀어 그녀의 싸늘한 손을 잡았다.

"그―그럼, 정말 그랬나요?" 가일스가 물었다.

"응?"

케네디 의사가 그를 빤히 쳐다보았다.

"아니, 당연히 그렇지야 않았지. 물을 필요도 없는 일 아니오!"

"하지만, 어떻게 아세요?"

그웬다의 목소리가 불안에 떨리고 있었다.

"이것 봐요! 거기에는 추호의 의심도 없어요. 헬렌은 그 사람을 버리고 다른 남자에게 간 게요. 그 사람은 한동안 매우 불안정한 상태에 있었다오. 신경질적인 꿈을 꾸고, 병적인 환상이 나타나곤 했었지. 그러다가 그 결정적인 충격이 그를 벼랑으로 몰아세운 게요. 나는 심리학자는 아니라오. 그 사람들이라면 그런 일에 대해 아주 잘 설명하겠지. 자기 아내가 부정하다고 인정하기보다는 죽었다고 믿고 싶은 남자가 있다면, 그 사람은 정말로 아내가 죽었다는 것을―심지어는 자기가 죽였다고 자신에게 믿게 할 수 있는 법이라오."

가일스와 그웬다는 조심스럽게 경계하는 듯한 눈빛을 주고받았다.

가일스가 얼른 물었다.

"그럼, 박사님은 그분이 정말로 자신의 말처럼 그런 짓을 저질렀다고는 전혀 의심해 보지 않으셨단 말인가요?"

"그래요, 그렇다니까. 난 헬렌에게서 편지 두 통을 받았다오. 첫 번째 것은 그 애가 나간 지 1주일 뒤에 프랑스에서 왔고, 또 하나는 6개월 뒤에 왔지. 그래요, 그건 단순한 망상이었다오."

그웬다가 깊은 숨을 들이마셨다.

"그 일에 관해 자세히 좀 들려주시겠어요?" 그웬다가 말했다.

"가능한 한 모두 얘기하리다. 본래부터 켈빈은 좀 특이한 노이로제 상태에 걸려 있었다오. 그것 때문에 내게도 왔었지. 여러 가지 복잡한 꿈에 시달려왔다고 하더구먼. 그 꿈들은 언제나 똑같고, 또 똑같은 방식으로 끝났는데, 자기가 헬렌의 목을 조른다는 것이었소. 나는 그 불안의 근원을 알아내려 했다오 —아마도 내 생각엔 아주 어린 시절의 갈등에서 유래되었을 거라고 믿었지.

그의 부모님들이 사이가 원만치 못했던 것 같소만…… 나야 자세하게는 파고들고 싶지 않았다오. 그것은 단지 의학을 하는 사람으로서의 흥미일 뿐이었소. 나는 켈빈에게 심리학자에게 자문을 구해 보라고 권했다오. 그 방면에 일류급 친구들이 몇 있었거든. 하지만 내 말을 들은 체도 않더구먼—그런 일은 말도 안 된다고 하면서 말이오.

난 그 사람과 헬렌이 썩 잘 지내지는 못한다고 생각했다오. 하지만 그 사람은 그에 관해서는 절대 얘기하려 들지 않았던 게야. 나 또한 묻고 싶지도 않았고. 그 모든 일은 그 사람이 어느 날 저녁 우리 집에 들어오면서 시작되었지—그날은 금요일이었어요. 지금도 생각나는 것이, 내가 병원에서 막 돌아와 보니 그 사람이 내 진찰실에서 기다리고 있는 거였소. 한 15분쯤 기다렸다나.

내가 들어가자마자 나를 올려다보고 말하더군.

'헬렌을 죽였습니다.'

한동안 난 무슨 생각을 해야 좋을지 알 수 없었다오. 그 사람은 아주 냉정하고 분명했거든. 내가 물었지. '자네, 또 꿈을 꾸었나 보군?'

그 사람이 말하더군.

'이번엔 꿈이 아닙니다. 정말이라고요. 그녀는 목 졸려 죽어 있었습니다. 내가 목을 졸랐지요.' 그러고는 매우 냉정하고 이성적으로 덧붙이더군.

'나하고 집에 가시죠. 거기서 경찰에 전화를 거십시오.'

난 아무런 생각도 할 수 없었다오. 난 다시 차를 꺼내어 함께 이 집으로 달려왔지. 집 안은 조용하고 어둡더군. 우리는 침실로 올라갔소"

"침실이라고요?"

그웬다가 끼어들었다. 그녀의 목소리는 놀람에 떨고 있었다.

케네디 의사는 다소 놀라는 눈치였다.

"그래, 맞아요, 거기서 모든 일이 일어났다는 거요. 하지만 우리가 그곳에 올라가 보니, 아무것도 없는 거였소! 침대에 쓰러져 죽은 여자는 없었지. 흐트러진 것도 없고 침대 커버에 주름살도 없더란 말이오. 모든 것이 환상이었던 게요."

"그럼, 아버지는 뭐라고 하시던가요?"

"하, 계속 자기 얘기를 고집하더구먼. 정말로 그렇게 믿고 있는 거였소. 난 그 사람을 간신히 달래서 진정제를 먹이고 침대에 눕혔다오. 그런 뒤에 집 안을 잘 둘러보았지. 그러고는 거실 휴지통에서 헬렌이 구겨서 버린 메모지를 발견했다오. 아주 잘 알아볼 수 있었지. 그 애는 이런 내용을 써놓았더군.

'이젠 헤어져야겠어요. 죄송합니다만, 우리의 결혼은 처음부터 잘못된 거였어요. 난 내가 사랑하는 그 사람과 멀리 떠나기로 했답니다. 날 용서해 주세요, 가능하시다면. 헬렌이.'

분명히 켈빈은 집에 들어와서 그 메모를 읽고는 2층으로 올라갔을 게요. 그러고는 일종의 격렬한 정신착란을 일으켜 자신이 헬렌을 죽였다고 생각하고서 나에게 달려왔던 게지.

난 하녀에게 물어보았다오. 그녀는 저녁 외출에 나갔다가 늦게야 돌아왔거든. 그녀를 헬렌의 방에 데리고 가서 옷가지들을 보여주었소. 모든 게 매우 분명했지. 헬렌은 수트케이스와 가방을 꾸려가지고 나갔던 거요. 난 집 안을 샅샅이 살펴보았지만 특이한 흔적은 찾을 수 없었소. 목 졸려 죽은 여자의 흔적은 눈 씻고 찾으려야 찾을 수도 없었지.

다음 날 아침에도 켈빈을 설득하는 데에 꽤나 애를 먹었다오. 나중에 그 사람도 간신히 그게 망상이라는 걸 깨닫게 되었었지─아니, 적어도 그가 그렇게 말했다오. 그러고는 요양소에 치료받으러 가겠다고 한 거지.

1주일 뒤에 아까 말한 대로 난 헬렌에게서 편지를 받았다오. 비아리츠에서

부친 것인데, 그 애는 스페인으로 가고 있다고 쓰여 있더군. 난 켈빈에게 그 애가 이혼을 원치 않는다고 알려 주었소. 단지 가능한 한 빨리 자기를 잊어달라고 하더라고 전하면서.

켈빈에게 그 편지를 보여주었더니 별 말 않더군. 그 사람은 앞으로의 자기 계획을 세우고 있었다오. 우선 뉴질랜드에 사는 자기 첫 아내의 친척들에게 전보를 쳐서 아이를 맡아달라고 했지. 그러고는 아주 훌륭한 사립 정신병원에 들어가 적당히 치료를 받았다오. 그러나 그 치료는 아무런 도움이 되지 못했지. 그 사람은 2년 뒤에 죽고 말았거든. 그곳 주소를 가르쳐 줄 수도 있소. 노 퍽에 있다오. 그 당시 원장은 젊은 의사였는데, 아마도 당신 아버지의 죽음에 대해 자세히 얘기해 줄 게요."

그웬다가 물었다.

"그러고 나서 그 여동생에게서 또 한 통의 편지를 받으셨단 말이죠—그 뒤에 다시?"

"그래요, 6개월 뒤였지. 플로렌스에서 보내왔더군—'케네디 양'이라는 이름으로 우체국 유치로 되어 있었다오. 켈빈에게 이혼해 주지 않아서 미안하게 생각한다고 했더구먼—그 애는 이혼은 원하지 않는다면서 말이오. 하지만 그 사람이 이혼을 원한다면, 내가 자기에게 알려주면 필요한 것들을 보내주겠다고 했다오. 난 그 편지를 켈빈에게 보여주었소. 그 사람도 이혼은 원치 않는다고 하더구먼. 난 그 애에게 그렇게 써 보냈지. 그 이후로 그 애 소식은 더 이상 듣지 못했소. 그 애가 지금 어디서 살고 있는지, 심지어 살아 있는지 죽었는지조차 모른다오. 그래서 당신들의 광고를 보고 혹시 그 애에 관한 소식이라도 들을 수 있을까 해서 연락했던 게요."

그는 부드럽게 덧붙였다.

"정말 미안하게 되었소, 그웨니. 하지만 모두 알아야 해요. 나로선 당신들이 그냥 내버려두길 바라긴 했지만……."

제9장

알려지지 않은 요소?

1

가일스가 케네디 의사를 배웅해 주고 돌아오니 그웬다가 그 자리에 앉아 있었다. 그녀의 뺨은 아주 선명하게 붉었고 눈은 열에 들뜬 것 같았다.

그녀의 목소리는 쉬고도 아주 약했다.

"옛날의 그 문구가 어떤 거죠? 죽음인가 광기(狂氣)인가, 어느 것을 택할 것인가? 지금이 바로 그래요—죽음인가 광기인가."

"그웬다, 여보."

가일스는 그녀에게 다가가 팔로 안았다. 그녀의 몸은 딱딱하게 긴장되어 있었다.

"왜 우린 그 일을 그냥 내버려두지 않았죠? 왜 그랬죠? 그녀를 목 졸라 죽인 건 바로 우리 아버지였어요. 내가 들은 그 소리는 바로 아버지 목소리였어요. 모든 게 기억나는 게 이상할 것이 하나도 없어요. 그렇게 무서웠던 것도 이상할 게 없고요. 우리 아버지였어요."

"잠깐만, 그웬다—잠깐만. 확실히는 알 수 없어."

"아니에요, 우린 알고 있어요! 그분이 케네디 의사에게 자기가 아내를 목 졸라 죽였다고 했다잖아요, 맞죠?"

"하지만 지금 케네디 의사는 그분의 말을 믿지 않고 있잖아."

"그건 시체를 보지 못했기 때문이에요. 하지만 시체는 분명 있었어요. 난 그걸 봤다고요."

"당신은 홀에서 보았어, 침실이 아니라."

"그게 뭐 어떻다는 거죠?"

"그래, 그게 이상하잖아, 응? 당신 아버지가 정말로 홀에서 그녀를 목 졸라 죽였다면, 왜 침실에서 죽였다고 했을까?"

"그건 모르겠어요. 그런 자세한 것까진."

"내가 보기엔 안 그래. 정신 좀 차려요, 여보. 모든 내용에 정말 이상한 점이 많아. 당신 생각대로, 정말로 당신 아버지가 헬렌을 목 졸라 죽였다고 쳐. 홀에서. 그럼, 그다음엔 어떻게 되었을까?"

"그러고선 케네디 의사한테 간 거예요."

"거기에 가서 그분에게 자기가 침실에서 아내를 목 졸라 죽였다고 말하고는 함께 돌아왔어. 그런데 홀에는 시체가 없었단 말이야―물론 침실에도. 그렇다면 시체 없는 살인이 있을 수 있겠어? 대체 그 시체를 어떻게 처리했지?"

"아마도 시체는 있었을 거예요. 그런 걸 케네디 의사가 아버지를 도와 어딘가에 묻어버렸기에, 우리에겐 그 사실을 말할 수 없었겠죠."

가일스가 머리를 흔들었다.

"아니야, 그웬다, 난 케네디 의사가 그런 행동을 할 사람으로는 보지 않아. 그 사람은 고지식하고 예리하고 감정에 좌우되지 않는 스코틀랜드 사람이야. 그런 그가 그 범행 뒤에 위험할지도 모를 공범에 끼어든다고 생각하는 거야? 내가 보기엔 그렇지 않아. 그 사람은 당신 아버지의 정신상태에 대해 최선을 다해서 변명해 주었을 거야―바로 그래. 그런 사람이 어째서 그런 일에 자기 목을 찔러 넣겠어? 당신 아버지 켈빈 할리데이는 그 사람하고는 아무런 친척관계도 아니야. 가까운 친구도 아니고 반면에 죽은 여자는 그 사람의 여동생이야. 게다가 그 여동생을 끔찍이도 아꼈고―비록 그녀의 바람기에 대해서 요즘 와서는 빛이 바랜 빅토리아 시대적인 사고방식으로 못마땅하게 생각하긴 했겠지만 말이야. 게다가 당신은 그 여동생의 딸도 아니잖아.

아니야, 케네디 의사는 살인을 은폐시키는 걸 방관하고 있을 사람이 아니야. 설사 그런다 해도 그 사람이 그런 일에 끼어들 수 있는 방법은 단 한 가지밖에 없어. 그것은 그녀가 심장병 같은 것으로 죽었다는 사망진단서를 써주는 일이지. 그런 일이라면 충분히 해냈을 거야. 하지만 우린 그 사람이 그렇게 하지 않았다는 것을 아주 잘 알잖아. 이 교구의 사망등록부에는 그녀의 죽음에 대한 기록이 없기 때문이야. 만일 그 의사가 그렇게 했다면, 우리에게 자기 여동생은 죽었다고 말해 주었을 거야. 그러니까 거기서부터 시작해서 헤쳐나가는 거야. 당신이 보기엔 그 시체를 어떻게 했을 것 같아?"

"아마도 아버지가 그것을 어딘가에 묻지 않았을까요—뜰에라도?"

"그런 다음에 케네디 의사에게 가서 아내를 죽였다고 말한단 말이지? 왜? 어째서 그녀가 당신 아버지를 버렸다는 이야기는 믿지 않는 거지?"

그웬다는 머리카락을 쓸어 넘겼다. 그녀는 이젠 긴장이 좀 풀려 있었고, 볼의 붉은 기운도 많이 없어졌다.

"난 잘 모르겠어요." 그녀도 인정하기 시작했다.

"당신이 그렇게 얘기하니까 좀 그런 것도 같네요. 당신은 케네디 의사가 사실대로 얘기해 주었다고 생각하세요?"

"그래, 난 분명히 믿고 있어. 그 사람이 말한 것들은 확실히 있음직한 이야기야. 꿈, 환각—마지막으로 그 커다란 환각. 그 사람은 그게 환각이라는 사실을 믿어 의심치 않고 있는 거야. 왜냐하면, 우리가 아까도 얘기했듯이 시체가 없는 살인은 있을 수 없거든. 우리하고 그 사람하고 다른 점이 바로 그거야. 우리는 시체가 있었다는 걸 알고 있거든."

그는 잠깐 쉬었다가 말을 이었다.

"그분의 관점에서 보면 모든 게 들어맞아. 없어진 옷가지들하며 수트케이스, 작별을 고하는 편지. 그리고 나중에 여동생에게서 온 두 통의 편지."

그웬다는 좀 혼란스러워했다.

"그 편지들, 어떻게 설명해야 하죠?"

"그거야 알 수 없지. 하지만 설명해야만 해. 만일 케네디 의사가 우리에게 진실을 얘기했다면(아까도 말했지만, 난 그럴 거라고 믿어) 우린 그 편지에 대해서도 설명해야만 해."

"그 편지들이 정말 그 여동생이 쓴 걸까요? 그분이 그것을 확인했을까 모르겠네요?"

"이 점을 알아야 해, 그웬다, 내가 보기엔 그런 생각은 떠오르지 않았을 거야. 그건 의심스러운 수표의 서명 같은 게 아니잖아. 만일 그 편지가 여동생의 필적에 아주 가깝게 쓰인 거라면 그걸 의심해볼 생각은 하지 않았을 거야. 그분은 여동생이 어떤 사람과 도망갔다는 선입관념을 이미 가지고 있었거든. 그 편지들이 바로 그런 생각을 더욱 확신하게 해주었겠지. 만일 여동생에게서 아무런 연락을 못 받았다면, 그땐 그분도 의심했었을 지도 모르지.

어쨌든 그 편지들에 대해선 궁금한 점이 많긴 해. 그분에겐 아무런 혼란을 주지 않았겠지만, 내겐 무척 혼란스럽단 말이야. 그 편지들은 쓴 사람이 아주 분명치 않거든. 우체국 유치 외에는 주소도 없고, 또 함께 도망간 사람이 누구라는 얘기도 없고. 단지 옛날의 관계를 청산하고 싶다는 내용밖에 없어. 내 말은 살인자가 희생자의 가족들이 아무런 의심을 불러일으키지 않게끔 조작할 수 있는 편지 같다는 거야. 그 옛날의 크리픈이 쓴 수법과 비슷해. 외국에서 보낸 듯이 편지를 꾸미는 일이야 간단하거든."

"당신은 우리 아버지가—."

"아니야, 그건 말이야, 그렇지 않아. 정말로 자기 아내를 없애버리고 싶은 남자가 있다고 해봐. 그 사람은 먼저 아내에 대해 그럴 듯한 부정을 소문 퍼뜨려놓지. 그러고는 아내의 가출을 연출하는 거야—뒤에 남겨진 편지라든가, 옷가지를 꾸려서 가져갔다는 것하며. 또 편지가 신중히 계획된 간격을 두고 외국 어딘가에서 날아오는 거지. 실제로는 아주 은밀히 아내를 죽여서, 그러니까 마루 밑 같은 데다 감춰두는 거야. 이건 살인의 한 가지 유형이야—실제로 그런 식으로 자주 일어나기까지도 하고.

그러나 그런 살인자가 급히 처남에게 달려가 자기가 아내를 죽였으니 경찰에 함께 가는 게 낫지 않겠느냐고 하진 않아. 한편, 만일 당신 아버지가 감정에 복받쳐 사람을 죽이는 타입이어서 자기 아내를 끔찍이도 사랑한 나머지 끓어오르는 질투심으로 목 졸라 죽였다면(오셀로의 방법이자—그건 당신이 들었다는 그 대사와도 딱 맞아떨어져), 자기 죄를 덮어주지 않을 인물에게 달려가서 그에게 자신이 한 짓을 떠벌이기 전에 옷가지를 꾸리고 편지들을 꾸며놓고 하진 않을 거야. 그렇잖아, 그웬다? 그런 방법은 잘못되어 있어."

"그럼, 당신은 무엇을 찾아내려 하시는 거예요, 가일스?"

"모르겠어……. 다만 이 사건 전체를 통해서 볼 때 어떤 알려지지 않은 인물이 있는 것 같아—그 사람을 X라고 하지. 아직까지는 드러나지 않은 인물.

그러나 그의 방법만은 엿볼 수 있어."

"X?"

그웬다는 의심스럽게 물었다. 그렇게 말하는 그녀의 눈이 어두워졌다.

"당신은 얘기를 만들어내고 있군요, 가일스 날 달래주려고"

"아니, 그렇지 않아. 그 모든 사실에 들어맞는 만족할 만한 줄거리를 당신도 만들 수 없다는 걸 잘 알잖아. 우린 헬렌 할리데이가 목 졸려 죽었다는 사실을 알고 있어. 당신이 보았기 때문에." 그는 말을 멈췄다.

"세상에! 난 이제까지 바보였어. 이제야 알겠다. 모든 게 설명돼. 당신이 옳아. 케네디 의사 역시 옳고 들어봐, 그웬다. 헬렌은 정부(情夫)와 달아날 준비를 하고 있었어—누군지 알 수는 없지만."

"X와?"

가일스는 그녀가 끼어드는 말을 참지 못하고 뿌리쳐 버렸다.

"그녀는 남편에게 편지를 썼어. 그런데 바로 그 순간 그분이 들어온 거야. 그러고는 그걸 읽고 화가 치밀었지. 그분은 그걸 구겨서 휴지통에 버리고 그녀에게 다가갔지. 그녀는 섬에 실려서 홀로 도망쳐 들어갔고, 그분은 뒤쫓아 가 그녀를 붙잡은 뒤 그녀의 목을 죄었어. 그녀가 축 늘어지자 그분은 손을 놓았지. 그런 뒤에 그녀에게서 얼마 떨어지지 않은 곳에 서서 그분은 '맬피 공작부인'의 대사를 중얼거린 거야. 그런데 바로 그때 어린애가 2층 난간까지 기어 나와 아래층을 내려다 본 거지."

"그러고는요?"

"중요한 점은 '그녀가 아직 죽지 않았었다는 거야.' 그분은 그녀가 죽었다고만 생각했지. 하지만 그녀는 단지 질식해서 기절한 상태였던 거지. 아마 그녀의 애인이 그때 찾아왔을 거야. 그 흥분한 남편이 이 마을 반대편에 있는 그 의사의 집으로 달려간 뒤에 말이야. 아니면, 혹시 그녀는 혼자서 제정신으로 돌아왔는지도 모르고 아무튼 제정신을 차린 그녀는 정신이 들자마자 달아나 버린 거야. 쏜살같이 말이지. 이렇게 하면 모든 게 설명돼. 당신 아버지는 자신이 그녀를 죽였다고 믿은 거지. 옷가지들이 없어진 것은, 그날 이전에 이미 꾸려서 가져갔기 때문이고 그럼, 그 이후에 날아온 편지도 모두 분명해지지.

자, 어때? 모든 게 설명되지?"

그웬다가 천천히 말했다.

"왜 아버지가 침실에서 그녀를 목 졸라 죽였다고 했는지가 설명되지 않잖아요."

"그분은 너무 흥분해 있었기 때문에 어디에서 그 일이 있었는지 전혀 기억하지 못했던 거야."

그웬다가 말했다.

"난 당신 말을 믿고 싶어요. 믿고 싶다고요……. 하지만, 난 틀림없는 일 같아요—정말로 틀림없는 일이라고. 난 그녀가 죽은 걸 내려다보았다니까요. 정말로 죽어 있었어요."

"아니, 당신이 어떻게 그렇다는 걸 알 수 있겠어. 겨우 세 살 밖에 되지 않은 어린애가."

그녀는 남편을 뚫어지게 쳐다보았다.

"난 그렇다고 생각해요—어린애가 어른보다 더 잘 기억한다고요. 개하고 비슷한 거예요. 개들은 시체를 알아보고 머리를 들고서 울부짖는다잖아요. 난 어린애도, 시체를 알아본다고 생각해요……."

"무슨 소리—있을 수 없는 일이야."

현관벨이 울려 그의 말을 가로막았다.

"대체 누구지?"

그웬다가 당황해 하며 바라보았다.

"까맣게 잊고 있었네요. 마플 양이에요. 오늘 차 마시러 오라고 했거든요. 지금 이야기는 그분에게 하지 마세요."

2

그웬다는 그런 때에 차를 마신다는 게 좀 어색하지 않을까 걱정했다. 그러나 마플 양은 다행히도 이 여주인이 좀 너무 빨리 말하는 것도, 또 다소 열에 들뜬 것도, 그리고 명랑하게 행동하는 것이 어딘지 꾸민 듯하다는 것도 알아차리지 못하는 것 같았다. 마플 양은 아주 점잖게 얘기해 나갔다—자기는 딜머스에 와 있는 게 아주 즐겁다. 그게 좀 재미있지 않느냐. 그녀 친구의 친구들이 딜머스에 있는 자기 친구들에게 편지를 써주어서 이 마을 사람들로부터 즐거운 초대를 많이 받았다는 것이다.

"외부인이라는 느낌은 거의 없답니다. 내 말이 무슨 뜻인지 아시겠죠? 이곳에서 오랫동안 살아온 분들을 만나서 알게 되면 그런 거 있잖아요. 한 예로, 난 페인 부인네 집에 가서 차를 마시기로 했다오. 그 부인은 이곳에서 가장 명망 있는 변호사 사무실 소장의 미망인이랍니다. 매우 오래된 가족경영 회사죠. 지금은 그 집 아들이 운영해 나가고 있대요."

부드러운 수다쟁이 목소리가 계속되었다. 자기네 하숙집 여주인이 매우 친절해서, 정말로 자기를 편안하게 해준다면서—.

"그리고 요리도 정말 잘한답니다. 그녀는 내 옛 친구인 밴트리 부인 집에서 상당 기간 일했었는데 말이죠. 이곳에서 자라진 않았지만, 그녀 아주머니가 이곳에서 오랫동안 살고 있었기 때문에 그녀 부부는 휴가 때면 가끔씩 놀러오곤 했었대요. 그래서 이곳 소문에 대해서 많이 알고 있다나요. 당신들 정원사는 만족스럽던가요? 좀 다른 얘기지만, 그 사람, 이곳에선 '게으름뱅이'로 알려진 모양이던데—일보다 수다 떨기를 더 잘한다면서 말이에요."

"수다와 차(茶) 마시는 게 그 사람 특기더군요." 가일스가 대답했다.

"그 사람, 하루에 다섯 잔이나 마시는 모양이에요. 하지만 우리가 볼 때는 일을 잘하던데요."

"나가서 정원 좀 보시겠어요?" 그웬다가 말했다.

그들 부부는 집 안과 정원을 구경시켜 주었고, 마플 양은 자기 의견을 말해 주었다. 혹시 마플 양이 무언가 이상한 것을 느끼지나 않을까 하고 그웬다가 걱정한다면, 그건 그웬다의 잘못이다. 마플 양은 아무것도 알아차린 것 같지 않았기 때문이다.

그런데 이상하게도 그웬다가 뜻밖의 행동을 하게 되었다. 그녀는 마플 양이 어떤 이런애와 소개섭실에 대해 한참 얘기하고 있는 중에 갑자기 끼어들면서 숨 가쁘게 가일스에게 이야기했던 것이다.

"난 괜찮으니까, 이분에게 죄다 얘기해 버릴까 봐요……."

마플 양이 관심을 가지고 고개를 돌렸다.

가일스는 말을 꺼내려다가 멈추었다. 그러다가 마침내 이야기하기 시작했다.

"자, 이건 당신 얘기야, 그웬다."

그러자 그웬다는 몽땅 쏟아놓았다. 자기들이 케네디 의사를 찾아갔던 일, 그 사람이 자기네들을 찾아온 일, 그리고 그가 얘기해 준 내용에 관해서.

"그게 바로 부인이 런던에서 저희들에게 한 얘기였죠, 예?"

그웬다가 숨을 몰아쉬며 물었다.

"부인은 그때, 제 아버지가 관계되어 있는 일이라고 생각하셨던 모양이죠?"

마플 양은 부드럽게 말했다.

"내가 보기엔 그럴 가능성이 있어보였지요. 그래요. 헬렌은 젊은 새어머니일 수도 있었죠. 그리고 그런 사건의 경우, 자—목 졸려 죽는 경우에는 흔히 남편이 관계되거든요."

마플 양은 놀라움이나 감정 없이 자연 현상을 관찰하는 사람처럼 말하는 것이었다.

"왜 부인이 저희들에게 그 사건을 그냥 내버려두라고 하셨는지 알 것 같아요."

그웬다가 말해 나갔다.

"정말 그렇게 할 걸 그랬어요. 하지만 이젠 돌이킬 수도 없게 되었으니."

"물론이죠. 이젠 돌이킬 수 없답니다." 마플 양이 대꾸했다.

"이젠 가일스한테 들어보세요. 저하고 다른 생각을 갖고 있는데다가 가설까지 세웠답니다."

"제가 말하고 싶은 건—" 가일스가 말했다.

"그런 얘기들이 다 맞지는 않는다는 겁니다."

그러고는 조금 전에 그웬다에게 얘기했던 내용을 알기 쉽고 명확하게 설명해 나갔다. 그런 다음 마지막엔 자기가 세운 가설을 펴나갔다.

"제 얘기가 가장 그럴 듯하다는 것을 그웬다에게 좀 말해 주십시오."

마플 양은 그에게서 그웬다에게로 눈길을 옮겼다가 다시 돌렸다.

"정말로 완벽한 가설이로군요." 마플 양이 대답했다.

"당신이 지적한 대로, 리드 씨, 그 X라는 인물이 있을 가능성은 언제나 있답니다."

"X라고요!" 그웬다가 외치듯이 말했다.

"아직 알려지지 않은 인물이랍니다." 마플 양이 말했다.

"아직까지 드러나진 않았지만, 명백한 사실 뒤에 숨어 있는 그의 존재는 충분히 추론해낼 수 있지요."

"우린 제 아버지가 돌아가신 노픽의 그 요양소에 가볼 생각이에요." 그웬다가 말했다.

"거기에 가면 뭔가 좀 알아낼 수 있을 것 같아요."

제10장

어느 진찰 기록

1

솔트마쉬 하우스는 해안에서 6마일쯤 안으로 들어간 곳에 쾌적하게 자리 잡고 있었다. 그곳에서 5마일 떨어진 사우스 벤햄에서는 런던까지 가는 훌륭한 철도 노선이 있었다.

가일스와 그웬다는 커다랗고 환풍이 잘 되는 응접실로 안내받아 들어갔는데, 그곳엔 꽃무늬가 들어 있는 크레톤 천으로 씌워진 의자들이 있었다. 매우 매력적으로 보이는 노부인이 새하얀 백발을 하고서 우유잔을 들고 방에 들어왔다. 그녀는 그들에게 머리를 숙여보이고는 벽난로 가까이에 자리 잡고 앉았다. 그녀의 눈이 깊은 생각을 담고 그웬다에게 머물더니 몸을 그웬다 쪽으로 내밀고는 거의 속삭이다시피 한 목소리로 묻는 것이었다.

"불쌍한 아기 일로 오셨나 보군요?"

그웬다는 다소 놀란 모양이었다. 그녀는 의심스러운 듯이 말했다.

"아니, 아니에요, 그런 일이 아니고요."

"아, 난 그런 줄 알았어요."

노부인은 머리를 끄덕이고는 우유를 마셨다. 그런 다음 친밀한 투로 말을 건넸다.

"10시 30분—바로 그 시간이랍니다. 언제나 10시 30분이죠. 정말 특이해요."

그녀는 목소리를 낮추더니 다시 몸을 앞으로 내밀었다.

"벽난로 뒤랍니다." 그녀가 속삭이듯이 말했다.

"하지만 내가 얘기했다고는 하지 말아요."

바로 그때 흰 유니폼을 입은 간호사가 방에 들어와서 가일스와 그웬다에게 자기를 따라오라고 했다. 그들이 펜로즈 의사의 서재로 안내받아 들어가자 펜로즈 박사는 일어나서 그들을 맞았다.

펜로즈 박사는, 그웬다가 보기엔 그 사람 자체가 어딘가 좀 이상하지 않나 의심하지 않을 수 없는 인물이었다. 그 사람은 응접실에 있었던 그 멋진 노부인보다도 훨씬 더 미친 것 같아 보였다. 하지만 정신과 의사는 언제나 약간은 비정상적으로 보이는 법이다.

"당신들이 보낸 편지와 케네디 의사의 편지를 받았습니다."

펜로즈 의사가 말했다.

"그래서 지금껏 당신 아버지의 진료 기록을 찾아보고 있었답니다, 리드 부인. 나로선 물론 그분의 병에 대해서 자세히 기억하고 있습니다만, 그 기억을 새로이 환기시켜서 당신들이 알고 싶어 하는 모든 문제에 대해 정확히 답변해 드릴 수 있게 하고 싶었거든요. 이 일에 대해선 극히 최근에야 알게 되었던 모양이죠?"

그웬다는 자기는 뉴질랜드의 이모님 밑에서 자랐으며, 아버지가 영국의 요양소에서 돌아가셨다는 사실밖에 모르고 있었다고 얘기했다.

펜로즈 의사는 고개를 끄덕였다.

"그랬군요. 당신 아버님의 병은, 리드 부인, 정말로 특이했답니다."

"어떻게요?" 가일스가 물었다.

"그러니까 강박관념, 뭐 망상이라 해도 상관없습니다만, 그런 게 아주 강했지요. 할리데이 소령은 매우 심각한 신경과민 상태에 있으면서도 자기의 둘째 부인을 극심한 질투심 때문에 목 졸라 죽였다는 점만은 지극히 강조해서 말했답니다. 그런 병의 경우에 나타나는 일반적인 증세가 그분에게서는 거의 보이지 않았지요. 그래서 솔직히 이런 얘기는 하고 싶지는 않습니다만, 리드 부인, 할리데이 부인이 살아 있다고 케네디 의사가 보증하지만 않았다면 아마도 그 당시엔 당신 아버님의 주장을 그대로 받아들였을지도 모릅니다."

"선생님은 그분이 정말로 아내를 죽였다는 인상을 받으셨단 말인가요?"

가일스가 물었다.

"아까 내가 '그 당시'라고 하지 않았습니까? 나중엔 내 생각을 바꾸게 되었지요. 할리데이 소령의 성격이나 정신상태에 대해서 자세히 알게 되면서부터 말입니다. 당신 아버님은, 리드 부인, 절대로 편집병에 걸릴 분이 아닙니다. 점잖고 친절한데다가 자제심도 강한 성격이었죠. 세상에서 흔히 말하는 정신이상자도 아니고 남에게 위험한 인물도 아니었고요. 하지만 단지 자기 부인에 대해서만은 특별한 고정관념을 가지고 있었던 겁니다. 그래서 그 원인을 설명하기 위해선 먼 옛날까지, 어릴 때의 경험 같은 것에까지 거슬러 올라갈 필요가 있다고 확신했습니다. 하지만 나로선 온갖 정신분석 방법을 써보았지만 정확한 원인을 밝혀낼 수가 없었답니다. 정신분석을 하는 데 대한 환자의 저항을 무마시키는 일이 흔히 꽤 오래 걸리거든요. 몇 년이 걸리기도 하는데, 당신 아버님의 경우에는 시간이 충분치 못했습니다."

그는 잠시 말을 끊었다가 날카롭게 올려다보며 말했다.

"알고 계시겠습니다만, 할리데이 소령은 자살했지요."

"오, 세상에!" 그웬다가 소리쳤다.

"미안합니다, 리드 부인. 난 당신이 알고 있는 줄 알았습니다. 우리를 탓한다 해도 할 말 없습니다. 경계를 적절히 했다면 그런 일을 막을 수 있었다는 것은 인정합니다. 하지만 솔직히 말해 할리데이 소령에게서는 자살할 가능성을 전혀 찾아보지 못했거든요. 우울해 한다거나, 깊은 생각에 빠지거나 의기소침해 하는 기미가 전혀 없었거든요. 잠이 오지 않는다고 하소연해서 내 동료 의사가 수면제를 일정량 주었지요. 그 약을 먹는 체하면서 그분은 치사량이 될 때까지 모아두었던 겁니다. 그래서……."

그는 두 팔을 벌렸다.

"그럴 정도로 심했었나요?"

"아니, 난 그렇게는 생각지 않습니다. 그것보다는, 내 분명히 단언하건대 죄의식, 즉 벌을 받아야 한다는 욕구 때문이었을 겁니다. 그분은 처음엔 경찰을 불러달라고 고집을 피우더군요. 그래서 잘 설득해서 그분은 전혀 죄를 저지르지 않았다고 확실히 얘길 했는데도 전혀 받아들이려 하질 않는 겁니다. 그러나 계속해서 얘기를 해주었더니 나중엔 실제로 그런 죄를 저지른 기억이 없다는 것을 인정하더군요."

펜로즈 의사는 자기 앞에 있는 서류들을 도르르 말았다.

"문제의 그날 밤에 관한 그분의 얘기는 끝내 바뀌지 않았답니다. 자기가 집 안으로 들어갔을 때는 어두웠다. 하인들은 나가고 없었다. 그는 식당으로 들어가서 직접 한잔 따라서 마시고는 연결문을 통해 거실로 들어갔다. 그러고는 아무런 기억이, 전혀 남아 있지 않다가 문득 정신을 차리고 보니 침실에 서서 죽은 아내를 내려다보고 있는 것이었다—목 졸려 죽은 아내를. 그는 자신이 그런 짓을 저질렀다고 생각한다—."

가일스가 끼어들었다.

"잠깐만요, 펜로즈 박사님. 아니 어떻게 그분이 자기가 그 짓을 했다는 것을 알았을까요?"

"자기 생각엔 의심할 여지가 없다는 겁니다. 지난 여러 달 동안 그런 걷잡을 수 없고 멜로드라마적인 의심을 가져왔다는 걸 깨달은 겁니다. 그분은 한 예로 자기가 아내에 의해 마약이 먹여졌다고도 하더군요. 그분은 인도에서도 살았던 적이 있었는데, 흰독말풀 독을 남편에게 먹여 남편을 마치게 만든 아내들 사건이 그곳 법정에 가끔 오르내리곤 하지요. 그분은 자주 환각에 몹시 시달려왔기 때문에 시간과 장수를 혼동히게 되었어요. 그분은 아내의 부정에 대해 의심해 본 적이 없었다고 부정했지만, 사실 나는 그것을 가장 강한 동기라고 생각하고 있지요. 아마도 그분이 거실에 들어가서 자기를 떠나겠다고 한 아내의 편지를 읽고는, 그런 사실에서 빠져나가는 방법으로는 아내를 죽여 버리는 게 가장 낫다고 생각했던 것 같습니다. 그리고 나서부터 환각에 빠져들기 시작했던 겁니다."

"아버지가 그 여자를 무척 아꼈다는 말씀인가요?" 그웬다가 물었다.

"틀림없습니다, 리드 부인"

"그래서 아버지는 그것이 환각이라는 걸 결코 인정하지 않았던 거로군요?"

"그게 분명하다는 것을 받아들일 수밖에 없었겠지요. 그러나 내부 마음속에선 그런 생각이 흔들림 없이 남아 있었던 겁니다. 그 강박관념이 너무 강해서 이성으로도 받아들일 수 없었던 겁니다. 마음속 저 깊숙이 묻혀 있는 어린애 같은 고정관념을 밝혀낼 수만 있었다면—."

그웬다가 끼어들고 나섰다. 그녀는 어린애 같은 고정관념에는 관심이 없었다.

"하지만 박사님은 확신한다고 하셨잖아요. 아버지, 아버지가 그러지 않았다는 것을 말이에요"

"오, 그런 일이 걱정이 된다면, 리드 부인, 얼른 머리에서 털어내십시오. 켈빈 할리데이는 비록 아내에 대해 질투는 느꼈을지 몰라도, 사람을 죽이지 않았다는 것만은 분명히 얘기할 수 있습니다."

펜로즈 의사는 헛기침을 하고 나서 조그맣고 낡은 검은 책을 꺼냈다.

"당신이 이걸 갖고 있는 게 좋겠습니다, 리드 부인. 당신이 이걸 갖고 있어야 할 사람입니다. 당신 아버님이 여기 계실 동안 적은 기록들이 적혀 있습니다. 우리가 그분의 유언집행인에게 유품을 넘겨주었을 때(변호사 사무실 말입니다), 이곳 병원장이었던 맥가이어 박사님이 그분의 병력(病歷)의 일부로 이것을 남겨두었던 겁니다. 당신 아버님의 병은 맥가이어 박사님의 노트에 남아 있습니다―단지 K. H. 씨라는 머리글자로 말이죠. 이 일기를 보고 싶으시다면……"

그웬다는 얼른 손을 쑥 내밀었다.

"감사합니다." 그녀가 말했다.

"정말 고맙습니다."

2

런던으로 돌아오는 기차 안에서 그웬다는 낡고 작은 검은 노트를 꺼내어 읽기 시작했다. 그녀는 아무 페이지나 펼쳤다.

켈빈 할리데이는 이렇게 써내려갔다.

이곳 의사들은 자기들 일을 알고 있는지 모르겠다……엉터리 같은 소리들로만 여겨진다. 내가 어머니를 사랑했다고? 아버지는 미워했고? 난 한마디도 믿지 않는다……이건 단순한 형사 사건이라고 느끼지 않을 수 없어. 범죄재판소―정신병원 문제가 아니야. 그렇지만 이곳에 있는 사람들 중 일부는 아주 정상적이고, 아주 이성적이다. 여느 사람들과 아주 똑같다―갑자기 마음에 변덕이 생길 때 말고는. 그래, 바로 그거야. 그리고 나 역시 그런 변덕을 부릴 때가 있는 것 같다…….

난 제임스에게 편지를 썼다……그에게 헬렌과 만나게 해달라고 해보았다……만일 그녀가 살아 있다면 산 모습으로 와서 만나게 해달라고……그는 그녀가 어디에 있는지 모른다고 했다……그것은 그녀가 죽었고, 또 내가 죽였다는 것을 그가 알고 있기 때문이다……그는 좋은 친구다. 그러나 난 속지 않는다……헬렌은 죽었다…….

내가 언제부터 헬렌을 의심하기 시작했을까? 꽤 오래전부터였지……우리가 딜머스에 오고 나서부터였다……그녀의 태도가 변했었어……무언가를 감추고 있었지……난 그녀를 감시하곤 했었어……그래, 그녀 역시 날 관찰하곤 했었지…….

그녀가 내 음식에 마약을 넣은 것일까? 그 기묘하고 무서운 악몽들. 예사로운 꿈이 아니었어……생생한 악몽들……난 그때 마약인 걸 알고 있었지……단지 그녀만이 그렇게 할 수 있었어……왜?……어떤 남자가 있었을 거야……그녀가 두려워한 어떤 남자…….

솔직하자. 난 그녀에게 애인이 있다고 의심하지 않았던가? 누군가가 있었어—누군가가 있다는 것을 난 알고 있어. 그녀가 배 안에서 내게 그런 얘길 해주었지……사랑은 하지만 결혼은 할 수 없는 사람이 있다고……그건 우리 둘 다 마찬가지였다……난 미건을 잊을 수 없어……어린 그웨니는 종종 미건과 너무나 닮아 보인다.

헬렌은 그웨니와 배 안에서 그렇게 다정하게 놀아주었었건만……헬렌…… 당신은 정말 사랑스러워, 헬렌…….

헬렌이 살아 있을까? 아니면, 내가 손으로 그녀의 목을 졸라 숨지게 한 건가? 난 거실문을 지나 그 메모를 보았다—책상 위에 세워져 있었지. 그러고서, 그러고서 모든 게 캄캄해—정말 암흑이란 말이야. 하지만 그에 대해선 의심할 여지가 없어……내가 그녀를 죽인 거야……고맙게도 그웨니는 뉴질랜드에 무사히 가 있다. 좋은 사람들이야. 미건을 위해서도 그 애를 사랑해 줄 거야. 미건—미건, 당신이 여기에 있다면 얼마나 좋겠소…….

그것이 가장 좋은 방법이야……아무 소문도 없고……어린애를 위해선 가장 좋은 방법이야. 난 더 이상 버틸 수가 없어. 이렇게 세월만 허송하고 있을 순 없어. 지름길로 가야 해. 그웨니는 이 일에 대해 아무것도 모를 테지. 그 애는 아버지가 살인자였다는 걸 결코 알 수 없겠지…….

눈물이 그웬다의 눈을 가렸다. 그녀는 맞은편에 앉아 있는 가일스를 건너다보았다. 그러나 가일스의 눈은 건너편 구석에 못 박혀 있었다.

그웨니가 쳐다보는 것을 알아차리고서 그는 머리를 살짝 움직였다. 그들과 함께 앉아 있는 승객은 석간신문을 읽고 있었다. 신문 한쪽 귀퉁이에 그들의 눈을 끄는 멜로드라마 같은 제목이 나와 있었다.

'그녀 생애의 남자들은 누구누구인가?'

천천히 그웬다는 고개를 끄덕이고는 다시 일기를 내려다보았다.

누군가가 있었어—누군가가 있었다는 걸 난 안다…….

제11장

그녀 생애의 남자들

1

　마플 양은 '시 파라다이스'라고 하는 바닷가 산책로를 지나 포어 가(街)를 따라 걸어서 아케이드 지역 옆의 언덕으로 돌아들었다. 이곳 가게들은 고풍스러운 스타일들이었다. 털실과 수예용품 가게, 과자 가게, 빅토리아풍으로 보이는 여성 장신구 가게, 그리고 포목점, 또 비슷비슷한 다른 상점들.

　마플 양은 창문으로 수예용품 가게 안을 들여다보았다. 두 젊은 점원이 손님들을 맞고 있었으나, 가게 뒤쪽에 있는 나이 지긋한 여자는 아무 일도 하지 않고 있었다.

　마플 양은 문을 밀어서 열고 안으로 들어갔다. 그녀가 카운터 앞에 앉자 회색 머리칼을 지닌 유쾌한 여자 종업원이 와서 물었다.

　"무엇을 찾으시나요, 부인?"

　마플 양은 어린애 윗도리를 짤 엷은 푸른색 털실을 찾는다고 했다. 얘기가 한가롭고 서둘지 않게 진행되었다. 여러 가지 모양에 대해서도 얘기를 나누었으며, 마플 양은 이것저것 어린이 니트 책자들을 뒤적이기도 했다. 그리고 당연히 그녀의 조카손자 손녀들에 대한 얘기도 나왔다. 그녀나 점원이나 조금도 서둘지 않았다. 그 점원은 오랫동안 마플 양 같은 손님들을 대해 왔다. 그녀는 자신이 무엇을 찾고 있는지도 모르면서 값싸고 천박한 것들에나 눈길을 주는 참을성 없고 무례한 젊은 어머니들보다 점잖고 얘깃거리 많은 여유 있는 노부인들을 훨씬 좋아한다.

　"됐어요—." 마플 양이 말했다.

　"이거 정말 멋진데요. 난 언제나 스토크레그 제품이 믿음직스럽답니다. 줄어들지도 않아요. 2온스 더 샀음 싶은데."

점원은 그 물건들을 포장하면서 오늘은 바람이 매우 차다고 했다.

"정말 그렇더군요. 바다로 향한 산책길을 따라오다 보니 정말 그렇던데요. 딜머스도 무척 달라졌더군요. 정말로 오랜만이랍니다. 한 19년쯤 되나?"

"어머, 정말이세요, 부인? 그럼 많이 변한 걸 아시겠네요. 저 수퍼브도 그땐 지어지지 않았을 테고, 사우스뷰 호텔도 없었을 건데요?"

"오, 그랬답니다. 그땐 매우 조그만 마을이었죠. 난 친구들 집에 묵고 있었답니다. 세인트 캐서린 저택이라고 불린 집이었지요. 당신도 알고 있겠죠? 리햄프턴 로(路)에 있는데."

하지만 그 점원은 딜머스에는 겨우 10년밖에 살지 않았다.

마플 양은 그녀에게 고맙다고 하고서 털실을 들고는 포목점인 옆 가게로 들어갔다. 여기서도 또다시 그녀는 나이 많은 점원을 골랐다. 대화도 역시 같은 식으로 줄달음쳐 여름 조끼에 관한 것으로 옮겨가게 되었다. 이번엔 그 점원은 적절히 반응하는 것이었다.

"아마 핀디슨 부인 댁일 거예요."

"그래, 맞아요. 내 친구들이 가구 딸린 셋집으로 얻긴 했지만. 할리데이 소령과 그 부인, 그리고 어린애였지."

"오, 그래요, 부인. 그 사람들 한 1년쯤 살았을 거예요."

"그래요. 그 사람 인도에서 왔지요. 그 집에 좋은 요리사가 있었는데, 구운 사과 푸딩 만드는 훌륭한 비법을 내게 가르쳐주었지. 그리고 내 생각엔 진저 브레드 만드는 비법도 있었을 거예요. 그 여자가 그 뒤 어떻게 되었을지 가끔 궁금하답니다."

"에디스 파젯을 말씀하시는 건가요, 부인? 그녀는 아직 딜머스에 살고 있는데요. 지금은 윈드러시 로지 저택에서 일하고 있어요."

"또 몇 사람 더 있는데—페인 집안사람들. 변호사였다고 생각되는데!"

"페인 영감님은 몇 년 전에 돌아가셨어요. 젊은 페인 씨, 월터 페인 씨가 현재 어머니와 함께 살고 있지요. 월터 페인 씨는 결혼하지 않았답니다. 현재는 그 사람이 소장이에요."

"그래요? 난 월터 페인 씨가 인도에 나가 있는 줄로만 알았는데, 차 재배

같은 것 때문에 말이에요."

"정말 그랬어요, 부인. 젊었을 때 말이에요. 하지만 집에 돌아와서 1~2년 뒤에 그 회사에 들어갔답니다. 그 회사는 이 근처에선 제일 좋은 직장이었지요—무척 존경도 받았고요. 매우 점잖은 신사였지요. 월터 페인 씨 말이에요. 모두가 그 사람을 좋아했답니다."

"왜 안 그렇겠어요." 마플 양이 외치듯이 말했다.

"그 사람, 케네디 양과 약혼했었죠, 맞죠? 그런데 그녀가 그걸 깨버리고 할리데이 소령과 결혼했지요?"

"그랬죠, 부인. 그녀는 페인 씨와 결혼하러 인도까지 갔었는데 그만 마음이 변해서 다른 남자와 결혼한 걸 거예요."

아주 희미하게 비난하는 투가 점원의 목소리에 담겨 있었다.

마플 양은 몸을 앞으로 기울이고서 낮은 목소리로 말했다.

"난 항상 그 가엾은 할리데이 소령(그 사람 어머니를 알고 있었죠)과 그 딸이 걱정되었답니다. 둘째 부인이 그 사람을 버리고 가버렸다면서요? 누군가하고 도망갔다던데. 바람기가 있었던 모양이지요?"

"영락없는 바람둥이였답니다. 그녀의 오빠인 의사는 그렇게 좋을 수가 없었는데. 제 류머티즘 무릎을 깨끗이 낫게 해주었답니다."

"그 여자가 누구하고 달아났더라? 난 듣지 못했는데."

"그건 모르겠는데요, 부인. 여름에 놀러 온 손님이라고 하는 사람들도 있었죠. 저로선 할리데이 소령이 무척 낙담했던 것만 알고 있답니다. 부인이 그 집을 떠난 뒤로 건강이 안 좋게 되었다나 봐요. 여기 거스름돈 있습니다, 부인."

마플 양은 거스름돈과 물건을 받아들었다.

"정말 고마워요." 그녀가 말했다.

"그러니까, 에디스 파젯이라고 했죠. 아직도 그 진저브레드 만드는 멋진 비결을 알고 있는지 모르겠는데. 그걸 잊어버렸답니다—아니, 부주의한 우리 집 하녀가 잊어버린 거지만. 난 그 맛있는 진저브레드를 무척 좋아한답니다."

"가르쳐 줄 거예요, 부인. 사실은 그녀의 언니가 우리 옆집에 살고 있는데, 과자점 주인인 마운트퍼드 씨와 결혼했답니다. 에디스는 휴일 때는 그곳에 자주 오곤 하는데, 마운트퍼드 부인이 그녀에게 그 얘기를 전해 줄 거예요."

"아주 좋은 생각인데요. 귀찮게 해 드려서 정말 미안해요."

"천만에요, 부인. 그렇지 않아요."

마플 양은 거리로 나갔다.

"멋지고 고풍스러운 가게야." 그녀는 혼잣말을 했다.

"게다가 이 조끼는 정말로 멋진데. 그러니 돈을 낭비한 건 아니지."

그녀는 옷 끝쪽에 핀으로 달아놓은 엷은 푸른색 에나멜 시계를 흘끗 들여다보았다.

"진저 캣에서 그 두 젊은이들을 만나려면 5분 남았군. 그 사람들이 그 요양소에서 너무 흥분될 만한 일을 만나지나 않았으면 좋을 텐데."

2

가일스와 그웬다는 진저 캣의 구석 쪽 테이블에 마주 앉아 있었다. 조그맣고 검은 공책이 그들 사이의 테이블에 놓여 있었다.

마플 양은 길거리에서 안으로 들어와 그들에게로 갔다.

"뭘 드시겠어요, 마플 양? 커피요?"

"고마워요―아니, 케이크는 됐어요. 그냥 버터 바른 핫케이크면 돼요."

가일스가 주문하고 나자 그웬다는 그 작고 검은 수첩을 마플 양에게로 내밀었다.

"먼저 이것부터 읽어보세요." 그녀가 말했다.

"그런 다음 저희들이 말씀드리죠. 아버님 것이에요―요양소에 계실 때 그분이 직접 쓰신 거래요. 먼저 마플 양한테 펜로즈 박사님이 얘기한 것을 말씀드리세요, 가일스."

가일스가 이야기를 하자 마플 양은 그 작고 까만 수첩을 펼쳐들었다.

그때 웨이트리스가 엷은 커피 세 잔과 버터 바른 핫케이크, 그리고 케이크 접시 등을 날라왔다. 가일스와 그웬다는 말없이 마플 양이 그 수첩을 읽는 모습을 지켜볼 뿐이었다.

마침내, 마플 양은 그 수첩을 접더니 탁자 위에 내려놓았다. 그녀의 표정은 언뜻 보아 무엇을 생각하고 있는지 읽기가 어려웠으나, 그웬다는 그녀의 얼굴에서 분노를 읽을 수 있었다.

마플 양은 입술을 꽉 다문 채, 그녀의 나이로 볼 때 기괴하리만큼 두 눈동자를 빛내며 앉아 있었다. 그러고는 이윽고 입을 열었다.

"그래, 맞아. 그랬어! 과연—."

그러자 그웬다는 비로소 입을 열 수 있었다.

"마플 양, 지난번에 우리에게 충고해 주신 것 기억하시지요? 이 일을 더 이상 계속 파고들지 말라고요. 이제야 왜 그때 그렇게 말씀하셨는지 알 것 같아요. 하지만 그 뒤에도 우리는 계속 파고들었죠. 그랬더니 이렇게 되더군요. 자, 이제야말로 그러고만 싶다면 그만둘 수 있는 지점에 다다른 거예요. 그런데 아주머니 생각은 어떠세요. 우리가 그만두어야 한다고 생각하세요? 아니면 더 파고들어도 된다고 생각하세요?"

마플 양은 천천히 고개를 내저었다. 그러한 그녀의 얼굴은 불안과 당혹감이 가득 서린 얼굴이었다.

"모르겠어요. 나로서도 정말—그렇게 하는 편이 좋기야 좋겠죠. 훨씬 더요. 왜냐하면 이만큼 세월이 단절된 뒤니만큼 두 사람이 할 수 있는 일은 아무것도 없잖겠어요? 건설적인 의미에서 바람직한 일 말이에요."

그러자 가일스가 나섰다.

"시간이 이만큼 흘렀으니 우리가 발견해낼 만한 것은 아무것도 없다는 말씀이시겠죠?"

"아니, 그렇지 않아요. 그런 뜻에서 말한 건 진짜 아니에요. 19년이란 세월은 따지고 보면 그렇게 대단한 세월도 아니니까요. 그러니까 아무리 시간이 흘렀다 해도 그때 일을 몇 가지 기억하고 의문 나는 것에 대해 대답해 줄 수 있는 사람도 꽤 있을 거예요. 예를 들면 그때 일하던 하인들이라든자—.

그 당시 그 집에는 하인이 적어도 두 명은 있었을 거예요. 그리고 아기 보는 여자하고, 또 정원사도 한 명쯤 있었을지도 모르죠. 시간만 조금 들여서 노력해 보면 그 사람들을 찾아서 뭔가 얘기를 들어볼 수 있을 텐데—.

아니, 솔직히 말해서 난 벌써 그 하인들 중 한 사람을 찾아냈어요. 요리를 하던 사람 말이에요. 하지만 내 생각하고는 달랐어요. 그러니 나로선 이 사건을 캐고 들어가 보았자 당신들에게 돌아오는 게 뭘까 하는 문제를 내놓을 수밖에 없는데, 그 해답은—아무것도 없다고 말하고 싶어요. 그렇지만……."

　그녀는 잠시 말을 멈추었다가 다시 이었다.

　"그렇지만 말이에요……, 난 원래 무슨 일에 대해 생각하자면 느린 사람인데, 이번 일에만은 뭔가가 있다는 생각을 금할 수가 없군요. 뭔가가 뚜렷하지는 않지만 위험을 무릅쓰고 해볼 만한 그 무엇—아니, 위험을 무릅써야 얻을 수 있는 그 무엇이 있을 거라는 생각 말이에요. 하지만 그게 뭔지는 딱 꼬집어 얘기할 수가 없으니……."

　그때 가일스가 다시 입을 열었다.

　"제가 보기엔—."

　마플 양은 고마움에 찬 시선으로 그를 보았다.

　"남자 양반들은 언제나 무슨 일이든지 분명하게 정리할 수 있는 것 같더군요. 당신도 역시 분명하게 생각을 정리했을 테죠?"

　"글쎄, 생각을 정리하려고 해보았습니다만……, 제게는 이번 일에는 두 개의 결론밖에 없을 듯싶습니다. 하나는 제가 전에 말씀드렸다시피 그웨니가 헬렌 할리데이가 홀에 누워 있는 것을 보았을 때 그녀는 아직 죽지 않았을 거라는 말입니다. 그 뒤 그녀는 다시 소생을 해서 누군지는 몰라도 애인하고 달아나버렸습니다. 이렇게 보면 우리가 알고 있는 사실들하고 잘 부합되는 셈이지요. 자신이 아내를 죽였다고 믿는 켈빈 할리데이의 줄기찬 믿음하고도 부합되고, 또 사라진 여행가방이며 옷가지들, 그리고 케네디 의사가 발견한 메모 쪽지하고도 딱 들어맞고요.

　하지만 그렇게 생각한다 해도 여전히 의문의 여지는 남습니다. 왜 켈빈 씨가 자기 아내를 침실에서 목 졸라 죽였다고 믿고 있는가에 대한 거지요. 게다가 그런 추리로는 아무래도 내 마음속에 떠오르는 한 가지 의문—그렇다면 지금 헬렌 할리데이는 어디에 있는가 하는 의문에 대한 해답이 나오질 않습니다. 왜냐하면 이렇게 오랫동안 헬렌에 대해서 아무런 소식도 들려오지 않고 소문조차 없다는 것은 아무래도 상식에 어긋나는 일이니까요. 그녀가 보냈다는 그 두 통의 편지가 진짜라고 친다면 그 뒤엔 무슨 일이 있었을까요? 그녀는 왜 그 뒤로는 두 번 다시 편지를 쓰지 않았을까요?

헬렌은 자기 오빠를 퍽 사랑한 모양입니다. 케네디 의사 역시 자기 여동생을 퍽 사랑했고 그 뒤로도 언제나 그랬습니다. 물론 자기 여동생의 소행이 못마땅했을 테지만, 그렇다고 해서 여동생에 대한 소식이 뚝 끊기란 법은 없지 않습니까? 게다가 제가 보기엔 바로 그 점이 케네디 의사를 걱정시키고 있는 사항입니다. 그분이 우리에게 들려준 이야기를 그분이 그 당시 그대로 받아들였다고 치십시다. 여동생은 떠나고 켈빈 씨가 신경쇠약이 되었다는 그 이야기 말입니다. 하지만 그렇다고 해도 그는 자기 여동생한테서 소식 한 자 없으리라고는 꿈에도 생각 못했을 겁니다.

그러고는 세월이 아무리 흘러도 여전히 여동생의 소식은 없었습니다. 이어 켈빈 할리데이 씨가 자기 망상을 굳게 믿은 채 마침내 자살하고 말자 케네디 의사의 마음에 무서운 의혹이 슬그머니 자리를 잡기 시작한 겁니다. 켈빈 씨의 이야기가 사실이 아닐까? 정말 그분이 헬렌을 죽인 것은 아닐까 하는 의혹 말입니다. 게다가 여동생한테는 소식 한 자도 없고, 만일 외국 어디에선가 죽었더라도 그 소식만은 오빠인 자신한테 올 텐데—이렇게 생각하면 케네디 의사가 왜 우리가 낸 광고를 보고 그렇게 열을 올렸는지도 납득이 갑니다. 그는 혹시나 여동생이 어디에 있는지, 또는 뭘 하고 있는지 알 수 있을까 하여 기대한 겁니다. 사실 제가 보기에 너무나 부자연스러운 일입니다. 사람이 어떻게 그처럼(헬렌처럼) 완벽하게 사라질 수 있겠습니까? 그러니 이 사실 한 가지만으로도 이번 일은 충분히 의심스러운 일입니다."

마플 양이 입을 열었다.

"그 말은 나도 동감이에요. 그럼, 또 한 가지 추측은 뭐지요, 리드 씨?"

기일스는 천천히 입을 뗐다.

"그 또 한 가지 추측 역시 저는 차분히 생각해서 정리해 보았지요. 하지만 그 생각이란 게 도무지 엉뚱해서……, 게다가 훨씬 무서운 생각입니다. 왜냐하면 거기엔……, 뭐라고 하면 좋을까, 무서운 악의 같은 것이 개입되어 있거든요."

그때 그웬다가 끼어들었다.

"예, 그래요. 악의라는 말이 꼭 좋겠네요. 그리고 제 생각엔 제정신이 아닌, 비정상적인 그 무엇이라고 해도 좋을 것 같아요……."

그러면서 그녀는 두렵다는 듯이 몸을 떨었다.

"예, 바로 잘 맞추었어요." 마플 양이 말했다.

"이 세상에는 사람들이 상상하는 것보다 훨씬, 그 뭐라고 할까, 괴상한 일이 많으니까요. 나도 그런 일을 여러 번 보았지만……."

그리고 나서 마플 양의 얼굴은 뭔가 생각에 빠진 것처럼 심각해졌다.

"하지만 제 생각은 정상적인 설명으로는 납득되지 않습니다."

가일스가 말했다.

"전 지금 너무나 엉뚱한 가설을 떠올리고 있는 겁니다. 켈빈 할리데이 씨는 실제로 자기 부인을 죽이지 않았으며, 그저 그렇게 믿고 있을 뿐이라는 가설 말입니다. 그리고 펜로즈 박사(그 사람은 성실한 사람 같습니다만), 그 사람 역시 분명히 그렇게 믿고 싶어 하는 듯하고요. 그 사람은 처음엔 할리데이 씨가 자기 아내를 죽이고 나서 경찰에 자수하고 싶어 한다는 인상을 받았다고 합니다. 그런데 케네디 의사의 말은 그렇지 않았으므로 그는 케네디 의사의 말을 믿는 쪽으로, 그러니까 켈빈 할리데이 씨의 말이 콤플렉스나(그 뭐라나) 고정관념 같은 것에 얽매여 나온 말이라고 믿게끔 된 거지요.

하지만 그렇게 해답을 내리고 나서도 그는 그 해답이 마음에 들지 않았습니다. 그런 콤플렉스나 고정관념을 지닌 유형의 환자들을 다루어본 경험이 많았는데 켈빈 할리데이 씨는 그런 유형에 들어맞지 않았던 겁니다. 하지만, 할리데이 씨를 더욱더 알게 됨에 따라 박사는 그분이 어떤 흥분 상태에서도 여자를 목 졸라 죽일 만한 사람이 아니라는 확신을 굳히게 되었지요. 그래서 그는 일단 할리데이 씨의 말이 고정관념 때문이라는 가설을 받아들였겠지요.

하지만 그러는 가운데에도 의혹은 여전했습니다. 그렇게 보면 이 사건에 들어맞는 가설은 단 한 가지밖에 없는 겁니다. 할리데이 씨는 누군가에 의해서 자기가 아내를 죽였다고 믿게끔 유도되었다는 거지요. 즉, 다른 말로 하자면

이 사건에는 미지의 X라는 인물이 등장하게 된다는 말입니다."

지금 드러난 사실들은 신중히 살펴보면 그러한 가설에는 적어도 가능성이 있습니다. 할리데이 씨 자신의 설명에 따르면 그분은 그날 밤에 집으로 돌아와 우선 주방으로 들어가서 평소의 습관대로 술을 한잔 마셨습니다. 그러고는 옆방으로 가서 책상 위에 놓인 메모 쪽지를 보고는 정신을 잃었다고 합니다."

가일스는 여기까지 말하고는 잠시 말을 멈추었다. 그러자 마플 양은 그 말에 동감이라는 듯이 고개를 끄덕였다.

그걸 보고 가일스가 다시 말을 이었다.

"사실 그것은 그분이 충격 때문에 정신을 잃은 것이 아니라 약 때문에—위스키에 든 최면약 때문이었습니다. 그렇다면 그다음 단계는 아주 분명해집니다, 그렇지요? X는 홀에서 헬렌을 목 졸라 죽입니다. 그러고 나서 그 시체를 위층으로 옮긴 뒤 치정 살인을 위장하려고 침대 위에 그럴 듯하게 뉘여 놓습니다. 바로 그 순간에 켈빈 씨가 집에 도착한 겁니다. 가엾은 사람—그분은 아내에 대한 의처증에 시달린 나머지 아내의 모습을 보고는 자기가 아내를 죽인 줄로만 알게 되었습니다.

그렇다면 그다음에 그분이 취한 행동은 어떤 것이었겠습니까? 그 사람은 그분의 처남인 케네디 의사를 찾으러 동네 저쪽 끝까지 걸어서 간 것입니다! 이렇게 되니 X는 다음 트릭을 만들어낼 시간을 공짜로 번거죠. 그래서 그는 우선 옷가방을 꾸려 들어내고, 시체 역시 들어냈습니다. 하지만 그 시체를 어떻게 했느냐 하는 것은—"

여기까지 말하다 말고 가일스는 분하다는 듯이 말을 멈추었다.

"그걸 전혀 모르겠다는 말씀입니다."

"당신이 그런 말을 하다니 이건 좀 놀라운데요, 리드 씨."

마플 양이 나섰다.

"내 생각으로는 그 문제엔 별로 어려운 점이 없음 듯싶은데요. 어쨌든 계속해 봐요."

"'그녀 생애의 남자들은 누구인가'." 가일스가 어떤 구절을 읊조렸다.

"이건 제가 돌아오는 기차 속에서 우연히 신문에서 본 기사 제목입니다. 그 제목을 보니까 저 역시 이 일에 대해서도 같은 질문이 떠오른 겁니다. 이 일의 핵심도 바로 그 질문이니까요, 안 그렇습니까? 만일 우리가 생각하고 있듯이 X라는 인물이 있다고 해도 우리가 그 인물에 대해 알고 있는 바는 헬렌 할리데이에게 홀딱 빠져 있었다는 것, 문자 그대로 미쳐 있었다는 것밖엔 없잖습니까!"

"그래서 그 X라는 인물은 우리 아버지를 증오했던 거예요."

그웬다가 끼어들었다.

"그렇기 때문에 그 사람은 우리 아버지에게 고통을 안겨주고 싶었던 거고요."

"우리가 생각이 미친 것도 거깁니다. 헬렌이 어떤 여자였는지는 우리도 알고 있으니까요. 그 여자는—."

가일스가 말하다 말고 머뭇거렸다.

"남자에 미친 여자지요." 그웬다가 그 뒤를 이었다.

그러자 마플 양이 무슨 말을 하려는 듯이 번쩍 눈을 들었다가는 멈추었다.

"그리고 그 여자가 아름다웠다는 사실도 알고 있습니다. 하지만 그녀가 일생동안 남편 외에 어떤 남자를 사귀었는지에 대해선 전혀 알지 못합니다. 꽤 많았는지도 모르지요."

하지만 마플 양은 그렇지 않다는 듯이 고개를 내저었다.

"그럴 것 같지는 않군요. 죽었을 당시 그녀는 무척 젊었었으니까. 어쨌든, 리드 씨, 당신 말에는 허점이 있군요. 당신이 아까 말한 '그녀 생애의 남자들'에 대해 우리 모두 알고 있는 게 있잖아요. 그녀가 외국으로 나가서 결혼하려고 한 그 남자."

"아, 예, 그 변호사라는 남자 말씀이죠? 그 사람 이름이 뭐였더라?"

"월터 페인이었죠." 마플 양의 대답이었다.

"예, 그랬죠. 하지만 그 사람은 숫자에서 제외시켜야 할 겁니다. 범행이 일어났을 때 그는 말레이인지 인도인지에 가 있었으니까요."

"글쎄, 그럴까요? 하지만 그 사람도 계속 차 재배업만 한 건 아니잖아요."

마플 양이 정곡을 찔러댔다.

"여기 돌아와서 변호사 사무실에 들어갔으니까. 지금은 그곳에서 소장으로 일하고 있다더군요."

그때 그웬다가 놀라 소리쳤다.

"그럼, 헬렌을 따라 돌아온 거겠지요?"

"그랬을지도 모르지요. 확실한 건 아니지만."

그러자 가일스는 호기심에 찬 얼굴로 그 노부인을 바라보았다.

"그런 사실을 어떻게 다 캐내셨습니까?"

마플 양은 좀 겸연쩍다는 듯이 얼굴에 미소를 띠었다.

"이곳 가게에서 이것저것 소문을 들어보았거든요. 버스를 기다리는 동안에 심심해서—나이 먹은 여자들이란 원래 그렇게 호기심이 많은 법이랍니다. 때문에 어딜 가든지 그 지방 소식거리는 훤히 꿸 수 있지요."

"월터 페인이라—." 가일스는 곰곰이 생각에 잠겨 입을 열었다.

"헬렌에게 딱지를 맞은 것이 그 사람한테서는 퍽 상심이 되었을지도 모릅니다. 그런데 그 사람, 결혼은 했습니까?"

마플 양이 자신 있게 대답했다.

"아뇨, 그 사람은 자기 어머니하고 같이 살고 있어요. 이번 주말에 차 대접을 받으러 거기 갈 겁니다."

"그리고 우리가 알고 있는 사람이 또 있어요." 그웬다가 불쑥 나섰다.

"헬렌이 약혼했다던—아니, 뭐 좀 복잡한 사건을 일으켰다던 그 사내 말이에요. 학교를 졸업하던 때에 사귀었다는—케네디 의사 말에 의하면 별로 질이 좋지 못한 남자였다고 하더군요. 어떤 식으로 질이 좋지 못한 남자였는지는 모르겠지만……."

"그렇다면 두 사람의 용의자가 있는 셈이군." 가일스가 말했다.

"그 두 남자 중 누군가가 원한을 품고 그녀를 노렸을지도 모릅니다. 그중에서도 첫 번째 사귀었던 남자하고 뭔가 불미스러운 과거가 있었을지도 모르지요."

그러자 그웬다가 다시 끼어들었다.

"케네디 의사에게 물으면 가르쳐주기는 하겠지만 그걸 묻는다는 게 좀……. 뭐 기억에도 거의 없는 새어머니에 대해 물어본다는 것이 큰 상관이야 없겠지만. 하지만 그녀가 젊었을 때 일으킨 연애 사건까지 캐고 들려면 그럴 듯한 설명이 필요하지 않겠어요? 얼굴도 모르는 새어머니한테 그렇게까지 관심을 갖는다는 건 좀 과해 보이잖아요."

마플 양이 대답했다.

"아마 다른 방법이 또 있을 거예요. 예, 그래요. 시간이 좀 걸리더라도 참을성 있게 노력하면 필요한 정보를 이것저것 그러모을 수 있을 거예요."

"어쨌든 두 가지 가능성은 있는 셈이로군요." 가일스가 말했다.

그러자 마플 양이 다시 대꾸했다.

"세 번째 가능성도 생각해 볼 수 있어요. 물론 이건 순수한 가정에 지나지 않지만 사건의 추이를 살펴보면 그럴 듯한 생각일 수도 있죠."

그웬다와 가일스가 놀란 얼굴로 그녀를 바라보았다.

"아, 예, 물론 이건 그저 추측일 뿐이에요."

마플 양은 얼굴에 살짝 홍조를 떠올리며 말했다.

"헬렌 케네디는 인도에 가서 페인 청년하고 결혼하려 했지요. 그 여자는 그 청년을 미치도록 사랑하지는 않았지만, 그래도 꽤 호감을 갖고 있었고 때문에 기꺼이 자기 인생을 그와 함께 보내려고 마음먹었을 거예요. 그런데 막상 그곳에 가자마자 그녀는 약혼을 깨버리고는 자기 오빠한테 전보를 쳐서 영국으로 돌아올 여비를 부쳐달라고 부탁했어요. 대체 왜 그랬을까요?"

"마음이 변했나 보죠." 가일스가 대답했다.

그러자 마플 양과 그웬다는 우연히도 둘 다 똑같이 살짝 경멸을 담은 눈길로 그를 바라보았다.

"그거야 물론이겠죠." 그웬다가 끼어들었다.

"그건 우리도 아는 사실이잖아요. 마플 양께서 말씀하시는 건 그녀가 왜 마음이 변했나 하는 거예요."

"여자들이란 원래 그렇게 마음이 잘 변하는 것 아니오?"

가일스가 자신 없다는 투로 말했다.

"어떤 상황에서는 그럴 때도 있지요."

마플 양이 대꾸했다. 그러한 그녀의 말은 몇 마디 말을 하지 않고도 아주 신랄하게 비꼴 수 있는 나이 든 부인 특유의 말투였다.

"그의 어떤 소행이 바로……."

가일스가 다시 자신 없는 모호한 말투로 입을 열자 그웬다가 날카롭게 그의 말을 잘랐다.

"그야 뻔하죠! 다른 남자가 생긴 거예요!"

그러고 나서 그녀와 마플 양은 남자를 제쳐놓고 여자들만이 가질 수 있는 신뢰감이 담긴 눈길로 서로를 바라보았다.

그웬다가 다시 확신 있는 말투로 입을 열었다.

"배 위에서! 인도로 가는 배 위에서 말이죠!"

"더없이 호젓한 분위기에—." 마플 양이 그 뒤를 이었다.

"달빛은 갑판 위에 비치고—." 그웬다가 말했다.

"뭐 그런 식이죠. 하지만 그건 단순한 희롱이 아니라 진지한 것이었을 거예요."

"그래요. 내 생각에도 진지했을 거라고 봐요." 마플 양이 맞장구를 쳤다.

"그렇다면 왜 그 남자와 결혼하지 않은 겁니까?"

가일스가 의문이라는 듯이 재차 물었다.

"그 남자가 진실로 그녀를 사랑하지 않았겠죠."

그웬다가 느릿느릿 입을 열었다. 그러고는 다시 고개를 내저었다.

"아니, 아니에요. 생각해 보니 만일 그랬다 하더라도 그녀는 월터 페인하고 결혼했을 거예요. 아, 이런 바보같이, 그 생각을 못했다니—딴 이유가 있었어요. 그 사람은 결혼한 남자였던 거예요."

그녀는 의기양양하여 마플 양을 바라보았다.

"바로 맞았어요." 마플 양이 대꾸했다.

"나 역시 그런 식으로 밖에는 생각이 안 돼요. 두 사람은 사랑에 빠졌죠. 아주 필사적인 사랑이었을 거예요. 하지만 그가 결혼한 남자였다면, 게다가 아이들까지 있었다면, 그리고 명예를 존중하는 사람이었다면—글쎄, 얘기는 거기서 끝날 수밖에 없잖겠어요."

"어떻든 그 사건 때문에 그녀는 월터 페인하고는 더 이상 사랑을 진척시킬 수도, 결혼할 수도 없었겠죠." 그웬다가 말을 받았다.

"그래서 그녀는 오빠한테 전보를 친 뒤 영국으로 되돌아 왔던 거예요. 예,

그래요. 그렇게 생각해야 앞뒤 사정이 모두 꼭 맞거든요. 그런데 영국으로 돌아오는 배에서 이번엔 그녀는 우리 아버지를 만났던 거예요……."

여기까지 말한 그녀는 잠시 말을 끊고 생각을 다시 정리했다.

"헬렌과 우리 아버지는 서로 미친 듯이 사랑한 건 아니에요. 하지만 서로 꽤 끌린 것만은 분명해요. 그리고 또 제가 있었죠. 두 사람은 당시 불행했어요……. 그래서 서로에게서 마음의 위안을 찾았겠죠. 아버지는 그녀에게 우리 엄마에 대해 얘기해 주었지요. 그리고 그녀 역시 자기가 사랑했던 남자에 대해 우리 아버지에게 이야기했을 거고요. 예, 그랬을 거예요. 틀림없이."

그러고 나서 그녀는 그 공책의 책갈피를 훌훌 넘겨보았다.

"'나도 그녀에게 다른 남자가 있었다는 것은 알고 있었다―배 위에서 그녀는 나에게 많은 것을 이야기했었다. 그녀가 사랑했지만 결혼은 할 수 없었던 남자에 대해서.' 예, 바로 이거예요. 때문에 헬렌과 아버지는 동료의식을 느꼈던 거죠. 게다가 아버지에겐 보살펴주어야 할 제가 있었지요. 그래서 그녀는 자신이 우리 아버지를 행복하게 해줄 수 있을 거라고―그리고 그러다 보면 종국에는 자신도 행복해질 수 있다고까지 생각한 거예요."

그녀는 말을 마치자 마플 양에게 힘껏 고개를 끄덕여보이고는 밝은 어조로 결론을 내렸다.

"일은 그렇게 된 거예요."

가일스는 좀 흥분한 듯싶었다.

"아니, 이봐, 그웬다! 당신은 처음부터 끝까지 자기 생각만으로 이야기를 꾸며놓고는 그걸 진짜라고 믿고 있는 거야?"

"아니, 사실이에요. 분명한 사실이라고요. 그리고 그 덕분에 X라는 인물이 될 만한 세 번째 후보가 나타난 거지요."

"그게 대체 무슨 뜻이지?"

"그 유부남 말이에요. 사실 우린 그 남자가 어떤 사람인지 전혀 몰라요. 그 남자는 별로 훌륭하지 못한 남자였을 수도 있어요. 좀 미치광이 같은 남자였을지도 모르고요. 그래서 헬렌을 따라 영국으로 왔다가……."

"당신은 조금 아까 그 남자에게 인도로 가는 중인 남자라고 배역을 주지 않았소?"

"예, 그랬죠. 하지만 인도에서 돌아왔을 수도 있는 문제 아니겠어요? 월터 페인도 그랬으니까. 그야 1년쯤 뒤의 이야기지만. 그 유부남도 역시 돌아왔을 거라고 확실히는 이야기하지 못하겠어요. 하지만 그 남자의 존재 역시 분명한 하나의 가능성이에요. 당신이 그녀의 인생에 등장한 남자는 누구냐고 계속해서 물었기 때문에 생각난 거죠. 어쨌든 이렇게 해서 그 남자들 중 세 명은 분명히 알게 된 거예요. 월터 페인, 그리고 어떤 젊은 청년—그리고 유부남."

"하지만 그 사람은 존재하는지조차 모르는 남자 아냐?"

가일스가 일침을 박았다.

"그래도 찾아내게 될 거예요." 그웬다가 대꾸했다.

"그렇죠, 마플 양?"

"시간을 가지고 참을성 있게 찾아보면 많은 것을 캐낼 수 있겠죠. 이젠 나도 한몫할 수 있으니까. 오늘 포목점에서 수다를 떨다가 운 좋게도 에디스 파젯이 아직 딜머스에 살고 있다는 것을 알아냈답니다. 우리가 지금 캐고 있는 그 시기에 세인트 캐서린에 요리사로 있었던 여자죠. 그 여자 언니가 이곳 제과점 주인하고 결혼했다더군요. 그래서 말인데, 그웬다, 당신이 그 여자를 만나고 싶어 하는 건 아주 당연한 일일 듯싶어요. 그 여자를 만나면 아주 많은 것을 알 수 있을 테니까."

그웬다가 입을 열었다.

"그거 아주 멋진 생각이네요!" 그러고 나서 그녀는 다시 덧붙였다.

"사실 전 좀 색다른 생각을 했었어요. 새 유언장을 만들자는 생각을요. 가일스, 그런 심각한 얼굴 하지 말아요. 새 유언장이라고 해도 내 재산을 여전히 당신에게 물려주는 것으로 할 테니까요. 하지만 이번 유언장을 월터 페인에게 만들이 달라고 할 참이에요."

"그웬다, 신중히 생각해서 하지 않으면 안 돼요." 가일스가 만류했다.

"유언장 만드는 거야 아주 흔하디흔한 일이잖아요. 그런 접근 방침도 아주 좋을 거라고 봐요. 난 무슨 일이 있어도 꼭 그 사람을 보고 싶거든요. 어떻게 생긴 사람인가도 보고 싶고, 가능하면……."

그러다가 말고 그녀는 말을 채 끝내지 않았다.

가일스가 나섰다.

"무엇보다 놀라운 건 케네디 박사 말고는 아무도 우리가 낸 광고에 회답을 보내온 사람이 없다는 점입니다. 예를 들어 이 에디스 파쳇만 해도 말이에요."

마플 양은 설레설레 고개를 내저었다.

"이런 촌구석에서는 사람들이 그런 일을 결정하려면 시간이 꽤 걸린답니다. 시골 사람들은 의심이 많아서 뭐든지 심사숙고를 거듭하길 좋아하죠."

제12장

릴리 킴블

릴리 킴블은 프라이팬에서 지글지글 끓고 있는 포테이토칩에서 기름을 빼고자 부엌 식탁 위에 헌 신문지를 몇 장 펼쳐 놓았다. 그녀는 요즘 유행하는 유행가 멜로디를 곡조도 안 맞게 흥얼거리면서 식탁 위에 몸을 기울여 자기 앞에 펼쳐져 있는 신문지의 활자를 별 뜻 없는 시선으로 들여다보았다.

돌연, 그녀는 콧노래를 딱 멈추고는 소리쳤다.

"짐! 짐! 이것 좀 봐요. 이것 좀!"

말수가 적은 중년 남자 짐 킴블은 부엌의 개수대에서 손을 닦고 있다가 언제나 그렇듯 딱 한마디 음절로 아내의 부름에 대답했다.

"응?"

"여기 난 신문기사 좀 보란 말이에요! '헬렌 스펜러브 할리데이(옛 성(姓)은 케네디)에 대해 어떤 것이라도 알고 계시는 분은 사우샘프턴 거리 리드 앤드 하디 상사로 연락하여 주십시오'—이렇게 씌어 있어요! 이건 내가 세인트 캐서린에서 일할 때 주인이었던 할리데이 부인을 말하는 걸 거예요. 그 부부는 핀디슨 부인한테서 집을 빌려서 살고 있었는데—그래요, 맞아요, 그 부인 이름이 헬렌이었어요. 그리고, 맞아요! 그 여자는 케네디 의사의 여동생이었죠. 나보고 인후편도선이 비대하니 치료해야 된다고 하던 의사요!"

그러고 나서 킴블 부인은 전문가의 솜씨로 포테이토칩을 프라이팬 안에서 이리저리 뒤적이느라 잠시 입을 다물었다. 짐 킴블은 두루마리 수건으로 얼굴을 닦으면서 코를 흥흥거렸다.

"물론 이건 헌 신문이긴 하지만 말이에요." 킴블 부인이 다시 입을 열었다. 그러고 나서 그녀는 신문의 날짜를 들여다보았다.

"음, 1주일도 더 된 거로군요. 그런데 대체 이런 광고를 내서 뭐에 쓰자는 걸까? 무슨 돈에 관한 문제일까요, 짐?"

이에 대해 킴블 씨는 다시 별 흥미 없다는 투로 '응' 하고 말 뿐이었다.

"유언장이니 뭐니 하는 문제일지도 몰라요."

킴블 부인이 심각한 어조로 말했다.

"아주 옛날 일이니까."

"응."

"어디 보자, 그게 18년 전이던가……, 그런데 그렇게 오래전 일을 지금 알아서 뭘 하려는 걸까? 설마 경찰이 광고를 낸 건 아니겠지요, 짐?"

"그게 무슨 소리요?"

"이것 봐요, 당신, 내가 생각해 왔던 거 알고 있죠?"

킴블 부인이 불안한 듯한 얼굴로 말했다.

"왜 그때 얘기했었잖아요. 우리가 그 집 일 그만둘 때, 그 집 남편이 자기 부인이 어떤 사내와 눈이 맞아 달아났다고 그러더라고 말이에요. 남자들이 자기 부인을 없애버릴 때 흔히 쓰는 말이잖아요. 그런 말을 하는 걸로 보아 살인이 있었던 것이 틀림없어요. 그때 내가 당신한테도 그렇게 얘기하고 에디한테도 그렇게 얘기했더니 에디는 콧방귀도 안 뀌더군요. 에디야 원래 상상력이라고는 전혀 없으니까.

그 부인이 가져갔다고 하는 옷들 말이에요. 그건 다 가짜예요. 여행가방하고 핸드백, 그리고 그 여행가방에 들어갈 만큼의 옷이 없어지기는 했지만 그 옷들은 사라진 것이 아니에요. 그래서 난 에디한테 말했죠. '틀림없어. 주인이 그 여자를 죽이고 지하실에 묻은 거라고'라고 말이죠. 하지만 그건 지하실이 아니었어요. 스위스에서 온 유모인 레오니가 뭔가를 보았다는 거예요. 창밖에서 말이죠.

그 여자는 나랑 같이 영화 구경을 갔다 오는 길이었어요. 원래는 아기방을 떠나서는 안 되는 거였는데 내가 아기가 절대 깰 리 없다고 꼬였죠. 밤에 잠자리에 들기만 하면 아주 천사같이 착한 아기였거든요. '그리고 할리데이 부인은 밤에는 절대 아기방에 오는 법이 없잖아? 그러니 나랑 같이 살짝 빠져나가도 아무도 눈치 못 챌 거야.'—내가 그랬죠. 그래서 결국 그 여자가 따라나섰는데, 돌아와 보니까 글쎄 그 소동이 났지 뭐예요. 의사가 와 있었고, 주인 양반은 정신을 잃고서 탈의실에서 잠들어 있었죠. 의사는 주인 양반을 돌봐주고 있었는데, 나를 보더니 부인의 옷이 어디 갔느냐고 묻더군요.

사실 그때만 해도 큰 문제는 없었죠. 난 할리데이 부인이 눈이 맞은 사내하고 달아난 줄로만 알고 있었으니까요. 결혼한 유부남이었지만 말이에요. 그걸 보고 에디 말이, 우리 둘 다 이혼소송 같은 것에 휘말려서는 안 된다고 했지요. 그런데 그때 그 남자 이름이 뭐더라? 잘 기억이 안 나는데—M자로 시작하는 이름이었는데. 아니, R자로 시작하던가? 이런 맙소사! 이젠 기억력도 가물가물하니."

그때 킴블 씨가 부엌 개수대에서 돌아와 별로 중요하지 않은 문제들을 싹 무시해 버린 채 저녁식사는 준비되었느냐고 물었다.

"이 포테이토칩 기름 좀 빼고요……. 가만있자, 다른 신문지를 써야겠네. 이 신문지는 보관해 두는 것이 좋겠어요. 경찰이 낸 것 같지는 않으니까. 그렇게 오랜 시간이 흘렀는데 경찰이 지금 와서 이런 광고를 낼 리가 있겠어요? 아마 변호사가 돈 문제 때문에 낸 광고일 거예요. 하지만 광고에 답해 준다면 무슨 무슨 사례를 하겠다고 그러는 말이 없군요. 뭐 그런 말이 없으면 어때, 누군가하고 의논이나 좀 했으면 좋겠네. 런던 어디 주소로 편지를 보내라고 적혀 있긴 하지만, 그런 짓을 해도 과연 좋을지……. 런던에 더 사람이 많은데 왜 거기다 광고를 내지 않고……. 당신은 어떻게 생각해요, 짐?"

"응."

킴블 씨는 이렇게 건성으로 대답하면서 생선 요리와 포테이토칩에 탐욕스러운 눈길을 보냈다.

이야기는 다음으로 미루어졌다.

제13장

월터 페인

1

　그웬다는 널찍한 마호가니 책상 건너편에 앉아 있는 월터 페인을 바라보았다. 그녀의 눈에 비친 것은 좀 피곤해 보이는 50대 가량의 사내로, 그는 온화하지만 별로 큰 특징은 없는 얼굴이었다.

　어쩌다 만난 사람이라면 그다음에는 거의 그 얼굴이 기억에 남지 않을 그런 사람이야. 그웬다는 속으로 이렇게 중얼거렸다. 즉, 요사이 쓰는 말로 개성이 없는 사내였던 것이다.

　그의 어투는 느리고 신중했으며 듣기에 좋은 울림을 담고 있었다. 이 사람, 변호사로서는 아주 듬직하고 좋은 사람일 거야—그웬다는 마침내 결론을 내렸다.

　그리고 나서 그녀는 슬쩍 방 안을 둘러보았다. 그 방은 이 변호사 사무실 중에서도 소장인 그가 전용으로 쓰는 방이었다.

　월터 페인이라는 이 남자에게 썩 어울리는 방이군. 그녀는 다시 속으로 중얼거렸다. 아주 구식으로 꾸며진데다가 가구 역시 낡아빠졌지만, 그래도 방 전체가 튼튼하고 듬직한 빅토리아 왕조풍의 실내장식으로 꾸며져 있었다.

　벽에는 서류 상자들이 산더미같이 잔뜩 쌓여 있었는데, 그 상자 위에는 각 군(郡)의 명문 집안 이름들이 쓰여 있었다. 예를 들면 존 베버수어 트렌치 경, 레이디 제섭, 고(故) 아더 푹스 변호사 등등. 벽에는 올리고 내리는 커다란 유리창이 있었는데 창틀이 조금 더러웠다. 그리고 그 유리창 너머로는 17세기식으로 연결해 지은 옆집의 튼튼한 담벼락과 측면이 닿아 있는 네모난 뒤뜰이 내다보였다.

　그 사무실에는 멋지다거나 최신식이라고 할 수 있는 실내장식은 하나도 없었지만, 그렇다고 해서 구질구질한 데가 있는 것은 아니었다. 언뜻 보아서는 잔뜩 쌓아올린 서류상자들, 마구 흐트러져 있는 책상, 그리고 선반에 아무렇게나 꽂혀진 법률서적 등 때문에 지저분한 방으로 보이기 쉬우나 실은 그 주인이 필요할 때 손만 뻗으면 필요한 것을 집을 수 있게 된 편리한 사무실이었다.

갑자기 월터 페인이 사각거리며 글씨를 써내려가던 손길이 뚝 멈추었다. 그러고 나서 그는 그녀를 향해 그 느긋하고도 사람 좋아 보이는 웃음을 띠어보였다.

"자, 이제 아주 정확하게 되었습니다, 리드 부인. 아주 간결 명확한 유언장이지요. 언제 오셔서 이 유언장에 사인을 해주시겠습니까?"

그웬다는 변호사 선생님 좋으실 때 아무 때고 괜찮다는 대답을 했다. 굳이 서두를 필요도 없었으니까.

"우린 이 근처에 집을 사서 살고 있거든요. 힐사이드에 말이에요."

월터 페인은 서류를 내려다보며 말했다.

"예, 여기 적힌 주소로군요……."

그의 침착한 데너 음성에는 아무런 변화가 없었다.

그웬다가 다시 말을 건네 보았다.

"아주 근사한 집이라서 맘에 꼭 들어요."

"그러십니까?" 월터 페인이 미소 지었다.

"바닷가에 있는 집인가요?"

"아뇨, 제가 알기론 이름이 바뀌었다나 그래요. 예전에는 세인트 캐서린이라고 불렀다던데."

페인은 코안경을 벗어들고는 비단 손수건으로 그것을 문질러 닦으며 책상을 내려다보았다.

"아, 그 집—리햄프턴 거리에 있는 집 말씀이군요?"

그가 고개를 들자 그웬다는 그의 모습을 보고, 늘 안경을 쓰는 사람이 안경을 벗으면 어쩌면 저리도 딴판 보이는 것일까 하고 생각했다. 그의 눈동자는 아주 옅은 잿빛이었는데 그 시선은 이상하게도 연약하고도 멍해 보였다.

안경을 벗어서 저렇게 보이는 거로구나. 그웬다는 속으로 중얼거렸다.

마치 이 세상 사람 같지 않은 저 얼굴—.

월터 페인은 다시 그 안경을 코끝에 걸쳤다. 그러고 나서는 치밀하고 빈틈 없는 변호사의 목소리로 되돌아와서 입을 열었다.

"결혼했을 때 유언장을 작성하셨다고 아까 들었습니다만—."

"예, 그랬지요. 하지만 그 유언장에는 제 재산을 뉴질랜드에 있는 여러 친척 분들한테 나누어 준다고 되어 있거든요. 그런데 그 뒤로 그 친척들 중에 돌아 가신 분들이 계셔서 아예 이 김에 유언장을 새로 만드는 것이 더 편할 것 같 다고 생각했지요. 게다가 이제 우리 부부는 영국에서 아주 눌러 살기로 결정 한 터라—."

월터 페인은 그녀의 말에 고개를 끄덕였다.

"예, 아주 잘 생각하셨습니다. 자, 이제 그만하면 모두 잘 알겠습니다, 리드 부인. 모레쯤 오시는 것이 어떨까요? 11시경이면 될까요?"

"예, 좋고말고요."

그러고 나서 그웬다가 자리에서 일어나자 월터 페인도 역시 의자에서 몸을 일으켰다. 이윽고 그웬다는 미리 연습했던 대로 조금 서두르며 입을 열었다.

"저, 제가 당신에게 특별히 이 일을 부탁드리는 것은, 제 생각에 당신이 저 희, 저희 어머니를 아시던 분이 아닌가 해서였어요."

"그러십니까?" 월터 페인의 태도에 약간 따스함이 더해졌다.

"어머니 성함이 뭔데요?"

"할리데이예요. 미건 할리데이. 제가 듣기론, 저희 어머니하고 한때 약혼한 사이시라고요?"

마침 그때 벽시계 초침 소리가 들렸다. 째깍 째깍 째깍 째깍 째깍—.

그웬다는 갑자기 자기 심장이 빠르게 뛰는 것을 느꼈다.

월터 페인의 저 얼굴—어쩜 저리도 침착하고 조용하단 말인가. 집으로 치면 창문에 모두 블라인드를 내려친 집, 그런 집인 셈이다. 그리고 그 집은 죽은 사람이 있는 집이었다(이런, 무슨 바보 같은 생각을 하고 있는 거야, 그웬다!).

월터 페인은 조금도 당황하거나 달라지지 않은 목소리로 입을 열었다.

"아뇨, 난 당신 어머니를 모릅니다, 리드 부인. 하지만 나중에 할리데이 소령 과 결혼한 두 번째 부인 헬렌 케네디와는 잠깐 동안 약혼했었던 적이 있지요."

"아, 예, 알겠어요. 이런 정신머리 좀 봐. 제가 아주 잘못 알았군요. 선생님과 약혼했던 것은 헬렌이었어요—제 새어머니 말씀이에요. 물론 그 일은 제가 기억 못하는 아주 어렸을 때고요. 그런데 누군가가 그러길 선생님이 한때 인도에서 할리데이 부인과 약혼하셨다더군요. 그래서 전 그게 우리 어머니인 줄로만 알았죠. 인도라고 하기에 말이에요. 우리 아버지가 어머니를 만난 것도 인도였거든요."

"헬렌 케네디는 나와 결혼하기 위해 인도로 건너왔었지요."

월터 페인이 그녀의 말을 잘랐다.

"그러다가 마음이 바뀐 겁니다. 그러고는 영국으로 돌아가는 배를 탔다가 거기서 당신 아버님을 만난 거지요."

그의 음성은 아무 감정 없이 사실 그대로만을 말하는 투였다. 때문에 그웬다는 여전히 그 블라인드가 내려진 집을 보는 것 같은 기분이었다.

"죄송합니다. 제가 너무 주제넘게 파고들었지요?"

그러자 월터 페인의 얼굴에 예의 그 느긋하고 사람 좋아 뵈는 웃음이 떠올랐다. 이제야말로 그의 얼굴에서 블라인드가 말려져 올라갔다.

이윽고 그가 다시 말문을 열었다.

"벌써 19년—아니, 20년 전 일인걸요. 세월이 이만치 흐르고 나면 누구나 젊었을 때 겪은 괴로움이라든가 철없던 행동들 쯤은 웃어넘기게 되고 말지요. 그럼, 당신이 바로 할리데이의 갓난 따님이었군. 혹시 당신 아버님과 헬렌이 이곳 딜머스에 잠시 살았던 일을 알고 있습니까?"

"예, 그럼요! 우리가 여기에 살려고 온 것도 다 그 때문인걸요. 그야 너무 어렸을 적 일이니까 자세히 기억이 나지는 않지만, 어쨌든 영국에서 살 곳을 정해야 했을 때 저는 무엇보다도 먼저 딜머스로 와보았지요. 대체 어떻게 생긴 곳일까 해서요. 와보고서는 전 이곳이 너무나 멋진 곳인 걸 알았어요. 그래서 우리가 살 곳은 바로 여기다라고 생각한 거지요. 그런데 정말 행운이지 뭐예요! 그렇게 오래전에 제 가족들이 살았던 바로 그 집을 사게 되었으니 말이에요."

"나도 그 집이 기억납니다."

월터 페인은 이렇게 말하면서 다시금 그 느긋하고 사람 좋은 미소를 떠올렸다.

"당신은 날 기억 못할지 모르지만, 리드 부인, 난 그때 당신을 업어주곤 했던 일이 기억납니다."

그웬다는 웃음을 터뜨렸다.

"정말 그러셨어요? 그렇담 선생님은 제 오랜 친구시로군요, 그렇죠? 예의상 선생님을 기억하고 있다고 말씀드려야겠지만 그럴 수도 없네요. 하지만 무리도 아니죠. 전 그때 기껏해야 두 살 반, 아니 세 살쯤밖에 안 되었을 테니까요……. 그때 선생님은 인도에서 휴가로 돌아오셨나요?"

"아니오, 난 그때 인도를 영원히 떠났답니다. 원래 인도로 간 것은 차 재배를 하러 간 것인데, 그 생활이 나한테 맞지 않아서 말이죠. 난 우리 아버지의 뒤를 이어서 이렇게 따분하고 무료한 시골 변호사나 하는 것이 딱 어울리는 사람입니다. 원래 변호사 자격시험엔 다 합격해 놓은 터였으니, 돌아와서는 곧장 개업할 수 있었죠."

그러고 나서 그는 잠시 말을 뚝 끊었다가 다시 이었다.

"그리고 그때부터 지금까지 여기서 산 겁니다."

다시 침묵이 흘렀다. 이윽고 그가 나지막한 어조로 입을 열었다.

"그래요, 그때부터 지금까지……."

하지만 18년이란 세월은 그다지 긴 세월도 아니잖아. 그웬다는 속으로 중얼거렸다.

갑자기 그가 지금까지의 태도를 홱 바꾸며 그녀와 악수를 나누었다.

"당신 말대로 우린 옛날 친구 같군요. 그러니 아무 때고 부군하고 함께 오셔서 우리 어머니와 차라도 한잔 나누도록 합시다. 어머니한테 당신을 초대하는 편지를 내시라고 말씀드리겠습니다. 그럼, 목요일 11시경이 어떨까요?"

그웬다는 사무실을 나서서 층계를 내려갔다. 층계참 한구석에 거미줄이 걸려 있었고, 그 한복판에 파르스름한 색깔의 이름 모를 거미가 매달려 있었다.

저건 도저히 진짜 거미 같지가 않아. 그웬다는 속으로 중얼거렸다. 파리를 낚아채서 잡아먹는 통통하고 날쌘 그런 거미는 못 되는 모양이야. 그보다는 거미의 유령 같다고나 할까? 마치 월터 페인이라는 사람처럼…….

2

가일스가 바닷가에서 아내와 만났다.

"그래, 어떻게 됐어?" 그는 먼저 이렇게 물어보았다.

"그 사람은 그 당시에 이곳 딜머스에 살고 있었어요." 그웬다가 대답했다.

"인도에서 돌아와 있었던 거죠. 나를 업어주기도 했다던데요. 하지만 그 사람은 누구를 살해할 만한 인물이 전혀 못 돼요. 그분은 절대 그런 사람이 아닐 거예요. 너무 조용하고 점잖고, 게다가 아주 좋은 사람이에요. 하지만 사람들 눈에 잘 띄지 않는 사람이기도 해요. 그런 사람 있죠, 파티에 와서도 언제 갔는지 기억도 안 나는 사람 말이에요. 그 사람은 정말 답답할 정도로 고지식한 성격일 거예요. 어머니한테도 효자일 것이 분명하고, 그 밖에도 좋은 점이 많을 테지요. 하지만 여자 쪽에서 보면 지극히 따분한 사람이기도 해요. 이제 보니 그 사람이 어째서 헬렌에게 퇴짜를 맞는지 이해가 가는군요. 결혼상대로는 퍽 안전한 상대지만, 실제로 결혼을 하고 싶지는 않은 그런 사람인 셈이죠."

"가엾은 양반이로군." 가일스가 입을 열었다.

"내 생각엔 헬렌에게 퍽 열중했었을 것 같은데―."

"글쎄, 그건 잘……, 그렇게 생각되지는 않아요. 어쨌든 그 사람이 우리가 찾고 있는 흉악한 살인마라고는 도저히 생각되지 않아요. 내가 생각하는 살인마의 모습하고는 너무나 동떨어졌거든요."

"하지만, 여보, 당신이 살인마에 대해 뭘 안다고 그래?"

"그게 무슨 말이죠?"

"뭐냐 하면, 그 조용하고 차분했던 리기 보든을 생각해 봤는데, 그 여자가 살인을 저지르지 않았다고 생각한 것은 배심원들뿐이었거든. 그리고 월레이스 말이야. 그 사람 역시 조용하고 차분한 남자였지. 배심원들은 그가 아내를 죽였다고 했지만 결국은 고등재판소에서 무죄로 판결되었지. 게다가 암스트롱은 또 어떻고—오랜 세월을 두고 모두들 그렇게 친절하고 겸손한 사람은 못 보았다고 말했거든. 내 생각에는 살인범이란 결코 특수한 인종이 아니란 말이야."

"하지만 월터 페인이 그런 짓을 했으리라고는 도저히—."

그러다 말고 그웬다는 말을 멈추었다.

"도저히 뭐야?"

"아니, 아무것도 아니에요."

그녀는 조금 전 그 사무실에서 자기가 세인트 캐서린이라는 이름을 처음 입에 올리자 월터 페인이 안경을 벗어들고 닦던 일, 그리고 이상하리만큼 멍한 얼굴로 허공을 바라보던 그의 표정을 생각해 보고 있었다.

"그래요, 그 사람은 아마⋯⋯." 그녀는 자신 없다는 투로 말했다.

"헬렌을 퍽 사랑했었을 거예요."

제14장

에디스 파젯

마운트퍼드 부인의 가게 뒤편에 있는 거실은 퍽이나 아늑한 방이었다.

우선 중앙에는 테이블보를 씌운 커다랗고 둥근 탁자가 놓여 있었고, 그 주위에는 구식 팔걸이 의자며 딱딱해 보이긴 해도 의외로 푹신한 소파가 벽에 바싹 붙은 채 놓여 있었다. 벽난로 위에는 사기로 만든 개의 인형이며 다른 장식물들이 죽 놓여 있었고, 엘리자베스 여왕과 로즈 공주의 초상화 액자도 자리 잡고 있었다.

반대쪽 벽에는 해군 제독의 제복을 입은 영국 국왕 조지, 그리고 다른 제빵업자들과 함께 단체로 찍은 마운트퍼드의 사진 등이 걸려 있었다. 또 자개를 붙여 만든 그림이며 카프리 섬의 청록색 바다 풍경을 그린 수채화도 한 점 있었다. 그 밖에도 방 안에는 여러 가지 물건들이 놓여 있었으나, 그 어느 것도 일부러 고상하고 아름답게 꾸미려고 한 흔적을 보이는 것은 없었다.

하지만 일부러 애쓰지 않았어도 결과적으로 그 방은 사람들이 빙 둘러앉아 내키는 대로 언제까지나 쉬고 싶은 그런 방이 되어 있었다.

마운트퍼드 부인(처녀 때 성은 파젯이다)은 키가 작고 땅딸막하며 드문드문 잿빛 머리칼이 보이는 검은 머리의 여자였다. 하지만 그와는 반대로 그녀의 여동생인 에디스 파젯은 키가 크고 살빛이 거무스름하며 여윈 체격의 소유자였다. 50세는 족히 되어 보이는 얼굴에도 불구하고 그녀의 머리에는 잿빛으로 센 머리칼이 한 오라기도 없었다.

이윽고 에디스 파젯이 입을 열었다.

"아이고, 이런. 정말 그웬디 아가씨 아니에요? 아니, 참 미안해요, 부인. 그렇게 불러서. 하지만 그렇게 부르니 옛날 생각이 절로 나는군요. 아가씨는 애기 적에 툭하면 내가 일하는 부엌으로 아장아장 귀엽게 걸어 들어왔었죠. '위니'라는 말을 자주 했고요. 건포도를 달라는 말이었는데, 왜 건포도를 위니라고 그랬는지는 나도 모르겠다니까요. 어쨌든 '위니' 하면 건포도를 달라는 말이었으니까 난 건포도를 드렸죠. 스미르나 산의 작은 건포도 말이에요. 씨가 있는 것은 위험하니까."

그웬다는 등이 꼿꼿한데다가 뺨은 붉고 검은 눈동자를 한 에디스 파젯의 모습을 뚫어지게 바라보았다. 어린 시절의 기억을 되살리려고 무진 애를 쓰면서. 하지만 아무것도 생각나지 않는 것이었다. 기억이란 원래 필요할 때 제대로 찾아오지 않는 것이니까.

"기억이 도무지 안 나요."

그녀는 미안하다는 듯이 말문을 열었다.

"그야 그렇죠. 아주 조그만 아기였을 적 일인데요, 뭘. 그런데 요즈음엔 모두 아기가 있는 집에는 일하러 들어가지 않더군요. 왜들 그러는지 도무지 모르겠어요. 어떤 집이고 아이가 있어야 생기가 도는 법인데. 아기 식사 때문에 언제나 말썽이 일어나기 십상이긴 하지만—경험이 없어서 아실지 모르겠지만 그래도 그건 아기 잘못이 아니라 아기 보는 사람의 잘못이에요. 사실 아기 보는 일이란 힘들게 마련이지요. 아기 먹일 것을 담은 쟁반을 들고 왔다 갔다 해야 하고, 이것저것 시중을 들어주어야 하니까요. 한데 그웨니 아가씨, 레오니 기억나세요? 아참, 내 정신 좀 봐, 리드 부인이시지!"

"레오니라고요? 그 사람이 날 보살펴주었나요?"

"스위스에서 온 애였어요. 영어는 변변찮았지만 감수성 하나는 아주 예민한 애였죠. 릴리가 화나는 말을 하기라도 하면 엉엉 울곤 했어요. 릴리는 잔심부름하는 아이였죠. 릴리 애벗이라는 이름이었는데, 나이가 어려서 그런지 좀 건방지고 제멋대로 구는 구석이 있었답니다. 그 애하고 아가씨하고는 장난도 많이 쳤는데, 층계를 오르락내리락하면서 술래잡기도 하고 말이에요."

그웬다는 그 순간 자신도 모르게 몸이 떨려오는 것을 느꼈다.

층계에서 말이지!

그녀는 갑자기 말했다.

"예, 릴리, 기억나요. 고양이한테 리본을 매달아주었지요."

"어머나, 이런! 그걸 다 기억하시다니! 그게 아가씨 생일 때였지요. 릴리가 그 생각을 해냈답니다. 토머스한테 리본을 달아주겠다고 말이에요. 그러고는 초콜릿 상자를 싼 리본을 하나 벗겨가지고 달아주었는데, 토머스는 리본이 싫어서 미친 듯이 정원 쪽으로 뛰어가더니 정원수 사이로 몸을 비벼대 가지고 결국 리본을 떼어버리고 말았지요. 원래 고양이란 자기 몸에다 이것저것 다는 것은 질색을 하거든요."

"그게 검정 털하고 흰 털이 섞인 고양이였죠?"

"그랬죠. 가엾은 토마—쥐를 아주 잘 잡는 귀여운 놈이었는데. 쥐 잡는 데에는 아주 명수였지요."

에디스 파젯은 말을 멈추곤 살짝 헛기침을 했다.

"아유, 부인, 이렇게 수다를 떨어서 죄송해요. 하지만 수다를 떨다보니 옛날 일이 자꾸 생각나는 바람에—그런데 뭐 물어보고 싶으신 일이 있으시다면서요?"

"뭘요, 옛날 일을 얘기해 주시니 기쁜데요. 제가 여쭤보려던 것도 그런 옛날 얘기였어요. 전 뉴질랜드에서 친척들 손에 자랐거든요. 그래서 그 친척들은 어린 시절 얘기라고는 한마디도 해주지 못했죠—아버지라든가 제 새어머니에 내한 얘기 말이에요. 그분은, 그분은 좋은 분이었다죠?"

"아가씨를 굉장히 사랑해 주셨죠. 예, 그래요, 아가씨를 해변에 데리고 나가기도 하고 뜰에서 같이 장난치고 놀기도 했죠. 사실 그분도 어린 나이이기는 마찬가지였답니다. 소녀나 다름없었으니까요. 그래서 그런지 내가 보기엔 아가씨나 마찬가지로 장난을 퍽 좋아했죠. 말하는 걸 보면 그저 딱 어린애였다니까. 오빠인 케네디 의사하곤 나이가 너무 차이 졌고, 또 오빠는 언제나 책에만 파묻혀 있었거든요. 그래서 학교 다닐 때가 아니면 그분은 언제나 혼자서 놀 수밖에 없었죠……."

바로 그때 벽 앞에 기대 앉아 있던 마플 양이 차분한 어조로 입을 열었다.

"당신은 평생을 딜머스에 사셨나요?"

"아, 예, 그렇답니다, 부인. 아버지께서 저 언덕 너머에 농장을 갖고 계셨거든요. 사람들은 그곳을 라일랜드 농장이라고 불렀죠. 그런데 아버지한테는 아들이 없었어요. 그래서 아버지가 돌아가신 뒤에 어머니는 농장 일을 계속해

나갈 수가 없어서, 결국 농장을 처분한 뒤에 하이 거리 모퉁이에 조그맣게 잡화점을 하나 차렸답니다. 예, 그러고 보면 나는 평생을 여기 딜머스에서 산 셈이지요."

"그럼 이 고장에 살던 사람들을 모두 다 알고 있겠군요?"

"예, 물론이죠. 그때만 해도 이곳은 아주 작은 고장이었거든요. 하지만 그래도 내 기억으로는 여름만 되면 관광객들이 꽤 많이 몰려왔었지요. 그때 관광객들은 아주 점잖고 조용한 사람들이었지, 요즘 사람들처럼 당일치기 여행자들이나 대형 관광버스를 타고 떠들썩하게 왔다가는 그런 사람들하고는 달랐답니다. 모두들 좋은 가족 손님들이었죠. 매년 올 때마다 같은 방에 투숙하는 그런 손님들이었어요."

그때 가일스가 불쑥 나섰다.

"그렇다면 헬렌 케네디 양이 할리데이 부인이 되기 전부터 그녀를 알고 계셨겠군요?"

"글쎄, 알고는 있었죠. 몇 번 본 적도 있었고요. 하지만 그 집에 일하러 들어가기 전까지는 그분에 대해서 상세하게 몰랐어요."

"그래도 그분을 좋아는 했지요?" 마플 양이 끼어들었다.

에디스 파젯이 그녀에게 눈길을 돌렸다.

"예, 부인, 좋아했지요."

이렇게 대답하는 그녀의 어조에는 도전적인 구석이 엿보였다.

"누가 뭐라고 하든 난 분명히 그분을 좋아했답니다. 그분은 나한테는 늘 성의껏 잘해 주셨지요. 난 그분이 그런 짓을 했으리라고는 절대 믿어지지 않아요. 그래서 그 말을 듣고는 숨이 다 막힐 뻔했죠. 물론 그전에도 이러쿵저러쿵 말들은 많았지만—."

그러다 말고 그녀는 문득 말을 멈추고 재빨리 민망스러운 얼굴로 그웬다를 바라보았다.

그러자 그웬다는 충동적으로 입을 열었다.

"그게 뭔지 전 알고 싶어요. 그러니 제발 거리낌 없이 아는 바를 전부 말씀해 주세요. 무슨 말을 해도 상관 않을 테니—그분은 제 친어머니도 아니잖아요?"

"그야 그렇죠."

"그리고 지금 우리는 그분을 꼭 찾고 싶답니다. 그분은 이 고장에서 사라지셨어요. 아주 행방불명된 것 같아요. 우린 지금 그분이 어디서 살고 있는지, 아니 그분의 생사 여부조차 모르고 있어요. 거기엔 이유가 있는데—."

그웬다가 말하다 말고 머뭇거리자 가일스가 재빨리 그 뒤를 이었다.

"법적인 이유지요. 그래서 우린 지금 그분이 죽었다고 단정을 내려야 할지 어떻게 해야 할지 모르고 있습니다."

"아, 예, 무슨 말인지 알겠어요. 제 사촌언니 남편 되는 사람도 행방불명되었거든요. 이프리스 독가스 사건이 있은 뒤에요. 그래서 그 사람을 사망한 것으로 하느냐 마느냐에 대해서 논란이 많았죠. 사촌언니는 정말 굉장히 비통해 했답니다. 그야 물론 조금이라도 도움이 될 만한 것을 알고 있다면 다 말씀드려야죠. 두 분은 저한테는 도무지 처음 보는 사람 같진 않으니까요. 그웬다 아가씨 어릴 적 모습하고 '위니' 얘기를 하다 보니 그런가 봐요. 정말 아가씨가 밀하던 '위니'는 생각만 해도 우스워요."

"어쨌든 친절하게 여러 가지를 말씀해 주셔서 감사합니다."

가일스가 말했다.

"그래서 말인데, 괜찮으시다면 이제 시작했으면 합니다. 우선 할리데이 부인은 어느 날 갑자기 집에서 행방불명되었다—그렇게 봐도 되겠죠?"

"예, 그렇습니다. 덕분에 그 당시 우리들은 너무나 놀랐답니다. 특히 할리데이 소령님은 더했죠. 가엾은 양반, 그 사건으로 해서 소령님은 완전히 의기소침해 버리고 말았지요."

"저, 단도직입적으로 여쭤보겠습니다만, 그분과 함께 도망간 남자가 누군지 짐작 가는 점이라도 있으십니까?"

그러자 에디스 파젯이 고개를 내저었다.

"케네디 의사도 나한테 그걸 묻더군요. 하지만 나로서 뭐라고 대답해 드릴 말이 없었어요. 릴리도 마찬가지였고요. 레오니야 더군다나 외국인이었으니 사정을 전혀 모르긴 마찬가지였고요."

"그러니까 전혀 모르셨다는 말씀이시군요." 가일스가 말했다.

"하지만 몇 가지 추측은 해볼 수 있지 않았습니까? 게다가 먼 옛날의 일이니까 짐작하신 바를 말씀하신다 해도 이젠 별 문제가 없을 테고요. 그 추측이 얼토당토않은 것이라고 해도 말입니다. 어쨌든 그 사내에 대해 추측하신 바가 틀림없이 있으셨겠지요?"

"예, 몇 가지 의심은 들었었어요……. 하지만 이건 크게 괘념치 마세요. 순전히 추측에 불과하니까. 우선 나로서는 아무것도 목격한 바가 없어요. 하지만 아까 말씀드렸다시피 릴리는 아주 예민한 아이여서 제 나름대로 뭔가 알아낸 것 같았어요—사건이 있기 훨씬 전부터요. 그 애는 곧잘 그랬어요. '제 말이 틀림없어요. 그 양반은 우리 주인마님한테 홀딱 빠져 있단 말이에요. 주인마님이 차를 따를 때 마님의 모습을 보는 그 양반의 눈길만 보아도 금방 알 수 있어요. 그럴 때면 그 양반 부인은 잡아먹을 듯이 노려보고 있기 마련이고요!'"

"예, 알겠습니다. 그런데 그, 그 양반이라는 사람은 누구인가요?"

"그런데 저, 죄송하지만 그 양반 이름이 생각나질 않는군요. 세월이 이만큼 흘렀으니 생각나지 않는 것도 당연하지요. 무슨 대위였는데—에드데일 대위라던가? 아니, 아니에요. 그런 이름은 아니었고 에머리 대위—그것도 아니에요. 어쨌든 E라는 철자로 시작되는 이름이었는데—아니, H였는지도 몰라요. 좀 특이한 이름인 건 틀림없어요. 하지만 18년 동안 잊어먹고 있었던 이름이니 생각나지 않는 것도 무리는 아니죠, 뭐. 어쨌든 그 양반은 부인하고 같이 로열 클래런스 호텔에 묵고 있었댔어요."

"그럼 여름에 오는 피서객이었군요?"

"예, 그렇죠. 하지만 내가 보기에 그분은—아니, 그 부부 모두 다 전에도 할리데이 부인을 알고 있었던 것 같아요. 그리고 그 두 사람은 그 집에 아주 자주 왔죠. 어쨌든 릴리 말에 의하면 그 양반은 할리데이 부인에게 홀딱 빠졌던 모양이에요."

"그리고 그 부인은 그 사실에 대해 질투를 했고요?"

"예, 그렇지요……. 하지만 이것만은 알아주세요. 난 그 두 분 사이에 뭔가 좋지 못한 일이 있었으리라고는 꿈에도 생각지 않았어요. 그건 지금도 마찬가지랍니다. 대체 어떻게 생각해야 할지……."

그때 그웬다가 나서서 물었다.

"그럼 그 부부는 헬렌아—아니, 제 새어머니가 도망쳤을 때도 역시 그 로열 클래런스 호텔에 묵고 있었나요?"

"내 기억으로는 그 두 사람 역시 마침 그때쯤 해서, 하루인가 이틀 뒤에 어디론가 사라졌던 듯해요. 하도 공교롭게 비슷한 날이라서 사람들이 수군댈 만했지요. 하지만 난 확실한 얘기는 아무것도 듣지 못했답니다. 만일 그런 일이 있었다 해도 모두들 쉬쉬했을 테니까요. 할리데이 부인이 그렇게 갑자기 사라져버리다니—덕분에 한동안 사람들 입에 꽤 오르내리긴 했지요. 하지만 사람들 말로는 할리데이 부인이 원래 좀 바람기 있는 여자라고 하더군요. 나로선 그런 눈치를 전혀 채지 못했지만 말이에요. 만일 내가 그 부인을 그렇게 생각했었다면 그분들하고 같이 노퍽으로 옮겨가서 살려고 하지 않았을 테니까요."

한 순간 세 사람은 그녀를 뚫어지게 바라보았다.

이어서 가일스가 먼저 입을 열었다.

"노퍽이라고 하셨나요? 그렇다면 그 두 분이 노퍽으로 가려고 했다는 말씀인가요?"

"예, 그래요, 거기서 살 집도 하나 산걸요. 할리데이 부인이 3주일 전에 내게 귀띔해 주었죠. 그 사건이 일어나기 3주일 전에 말이에요. 부인이 나보고 그러시더군요. 이사하는데 같이 가지 않겠느냐고요. 그래서 내가 그러마고 했지요. 사실 난 그때까지 딜머스에서만 살았거든요. 그래서 좀 변화를 주는 것도 좋으리라고 생각한 거죠. 게다가 난 소령님 가족을 좋아했으니까요."

"하지만 전 그분들이 노퍽에 집을 샀다는 이야긴 금시초문인데요."

가일스가 말했다.

"예, 오히려 들으셨다면 이상한 거죠. 할리데이 부인은 그 사실을 철저하게 비밀로 해두고 싶어 했으니까요. 부인은 나에게도 그 사실을 아무한테도 말하지 말라고 부탁했답니다. 물론 나는 말하지 않았지요. 부인은 얼마 전부터 딜머스를 뜨고 싶어 했어요. 그래서 할리데이 소령님한테 이사 가자고 졸랐지만 소령님은 딜머스에 사시는 걸 더 좋아했던 모양이에요. 그 때문에 소령님은 세인트 캐서린 저택의 소유주인 핀디슨 부인에게 그 집을 팔 생각이 없느냐는 편지까지 보냈었죠. 하지만 할리데이 부인은 그 집을 사는 일에 결사반대였어요. 딜머스에 아주 정이 떨어졌던 모양이에요. 여기 사는 걸 무서워하는 것 같기가지 했답니다."

그 말은 아무 뜻 없이 하는 것이었으나 그 말을 들은 세 사람은 몸이 꼿꼿해진 채 긴장한 얼굴이 되었다.

이번에도 가일스가 먼저 입을 열었다.

"혹시 할리데이 부인이 노퍽으로 가고 싶어 한 건 그 사람, 이름이 기억나지 않으신다는 그 사람 가까이서 살고 싶어서였다고 생각되지는 않으십니까?"

에디스 파젯은 그 말에 곤란하다는 표정을 지었다.

"어머나, 무슨 말씀을—난 그렇게 생각하고 싶진 않아요. 한 순간도 그렇게 생각한 적이 없고요. 그리고 그 두 사람—이름이 기억나지 않는 신사분 부부는 북부 어딘가에서 살던 사람이었는걸요. 이제야 기억이 나요. 노섬벌랜드—예, 거기였던 것 같아요. 그래서 그 두 사람은 여름이면 휴가를 즐기러 이곳 남쪽으로 내려온 거예요. 여긴 여름에 아주 따뜻하니까요."

그러자 그웬다가 입을 열었다.

"그분이 뭔가를 두려워했다고 하셨지요? 아니면 혹시 누군가를 두려워한 게 아닐까요? 우리 새어머니 말씀이에요."

"아, 예, 그러고 보니 생각이 나는군요."

"뭔데요?"

"하루는 릴리가 층계를 청소하고 있다가 부엌으로 들어오면서 '부부싸움이 났어요!' 그러는 게 아니겠어요. 그 애는 가끔 아무렇게나 지껄이곤 했거든요. 그러니 이런 말 쓰는 나를 용서하세요. 그래서 내가 물어보았죠. 대체 무슨 일이냐고 그랬더니 그 애 말이 주인마님이 정원에서 주인 나리하고 같이 들어오더니 거실로 들어가면서 문을 열어놓는 바람에 두 분이 말하는 걸 자기가 엿듣게 되었다는 거예요. 그때 할리데이 부인이 말하길, '난 당신이 두려워요'라고 했다는 겁니다.

그런데 그 목소리가 아주 겁에 질린 목소리였대요, 릴리 말이.

'오랫동안 당신이 두려웠어요. 당신은 미치광이예요. 정상인이 아니란 말이에요. 제발 어디로 가줘요. 그리고 날 혼자 있게 내버려두세요. 제발 좀 날 혼자 있게 해줘요. 난 겁이 나 죽겠어요. 지금 생각하니 마음속으로 언제나 난 당신이 무서웠어요……'

릴리가 옮긴 말이 그렇더군요. 물론 지금 내가 꼭 그대로 옮긴 것은 아니지만. 하지만 릴리는 그때 들은 말을 매우 중대하게 생각하고 있었던 모양이에요. 그래서 그 사건이 일어난 뒤에 릴리는—"

에디스 파젯이 불현듯 말을 멈추었다. 묘하게 겁에 질린 표정이 그녀의 얼굴 위로 떠올랐다.

"아니, 아니, 이럴 생각은 아니었는데, 난 정말……"

그녀는 겁먹은 어조로 다시 입을 열었다.

"죄송해요, 부인. 제 멋대로 혀를 놀려서—"

가일스가 부드러운 어조로 그녀를 달랬다.

"그러지 마시고 전부 말씀해 주세요, 에디스 이건 너무나 중요한 거라 꼭 알아야 한답니다. 물론 너무나 오래된 일이라는 건 알고 있지만 그래도 우린 꼭 알아야 하거든요."

"아뇨, 말씀드릴 수 없어요. 정말이에요."

에디스가 어찌할 바를 모르겠다는 듯이 가련한 어조로 애원했다.

그러자 마플 양이 나섰다.

"그래, 릴리가 믿지 않았던 것이 뭐였나요? 아니면 믿고 있었던 것이—"

에디스 파젯이 변명하듯이 말했다.

"릴리는 언제나 공상하길 좋아하는 애였어요. 하지만 난 그 애 말에 별로 신경 쓰지 않았지요. 그 앤 영화라면 사족을 못 쓰는데다가 영화를 보고 나면 언제나 영화에서 본 것 같은 얼빠진 멜로드라마를 공상하기 일쑤였답니다. 그 사건이 일어나던 날 밤에도 그 애는 영화를 보러 나갔었지요. 게다가 더 질색인 건 레오니까지 끌고 갔다는 사실이에요.

그게 어디 가당키나 한 일인가요? 그래서 내가 그 애한테 그렇게 말했죠 그랬더니 그 애 말이 괜찮다는 거예요 '아기 혼자 집에 놔둔 것도 아닌데요, 뭘. 아줌마는 아래층 부엌에 계실 테고, 주인 나리하고 주인마님은 조금 있다

돌아오실 거잖아요. 게다가 저 아기는 한번 잠이 들었다 하면 도중에 절대로 깨지 않는데요, 뭘.'

하지만 그래도 그래선 안 되는 거 아니겠어요? 그래 내가 그래선 안 된다고 말했죠. 물론 레오니까지 같이 간 건 그 뒤에까지 까마득히 몰랐고요. 만일 그 사실을 알았다면 당장에 위층으로 뛰어 올라가서 그 아기가(그웬다 아가씨 말이에요) 무사한지 어떤지 살펴보았을 테니까요. 그 헝겊 바른 두꺼운 문을 닫고 나면 부엌에선 아무 소리도 들리지 않거든요."

에디스 파젯은 잠깐 말을 끊었다가 다시 이었다.

"그때 나는 뭔가를 기다리고 있었어요. 그날 저녁은 시간이 아주 빨리 흘렀기 때문에 내가 문득 고개를 들어보니 케네디 의사 선생님이 부엌에 들어와서 릴리가 어디 있느냐고 묻고 계신 거예요. 그래서 난 그 애가 오늘은 비번이라서 집에 없는데 곧 돌아오기는 할 거라고 말씀드렸죠.

그랬더니 내 말대로 그 애가 금방 들어오기에 의사 선생님은 그 애를 데리고 위층 주인마님 방으로 올라가시더군요. 주인마님이 옷가지를 꾸려가지고 갔는지 어땠는지 알고 싶으셨던 모양이에요.

릴리는 방 안을 둘러본 뒤에 의사 선생님에게 말씀드리고는 다시 나한테로 내려왔죠. 그러고는 야단법석을 떠는 거였어요.

'도망가신 거라고요. 누군가하고 줄행랑을 치신 거예요. 주인 나리는 잠이 드셨어요. 충격으로 발작을 일으키셨나 봐요. 그야 굉장한 충격이지 뭐예요. 주인 나리도 바보 같았죠. 이런 일이 일어날지 미리 아셨어야 했는데—'

'너 그런 소리 하는 게 아냐! 주인마님이 남자하고 도망갔는지 네가 어떻게 안다는 거니? 친척이 아프다고 갑자기 전보라도 왔는지 모르잖아!'

'친척이 아프다고요? 어머, 배꼽이 다 웃겠네!'

아까도 말씀드렸듯이 릴리는 입버릇이 좀 좋지 않았거든요.

'마님은 쪽지를 써놓고 가셨어요.'

'그래 누구하고 같이 도망갔다는 거냐?'

내가 물어보았죠. 그랬더니 릴리가 나한테 다시 묻더군요.

'아주머니는 누구라고 생각하세요? 제 생각으로는 저 고리타분한 페인 씨는

아닐 듯싶어요. 노상 추파를 던지면서 개처럼 마님 뒤를 졸졸 따라다니긴 했지만 말이에요.'

그래서 내가 말했죠.

'그럼 그 누구더라—그 대위님인가 하는 분이냐?'

그랬더니 릴리가 그러는 거예요.

'예, 맞아요, 제 생각엔 그래요. 내기를 해도 좋아요. 번쩍거리는 자동차를 타고 오는 그 미지의 남자분이 아니라면 말이에요.'

아, 물론 이건 우리가 평소에 주고받던 농담거리지만요. 그래서 내가 대꾸했죠.

'믿을 수 없어. 할리데이 부인은 그런 분이 아니란 말이야. 그런 짓을 할 리가 없어!' 하지만 릴리는 고집을 피우는 거예요.

'아니에요, 제 생각이 맞을 걸요. 그 사람이랑 도망간 거라고요.'

처음에는 대충 이런 말을 주고받았죠. 하지만 나중에 잠자리에 들고 나서 릴리가 나를 깨웠어요.

'저, 아줌마, 제 말 좀 들어보세요. 모두 가짜라고요.'

'뭐가 가짜라는 거냐?'

'그 옷들 말이에요!'

'옷이라니, 무슨 얘기를 하는 거냐?'

'들어보세요, 에디 아줌마. 아까 말이에요, 의사 선생님이 그러라고 하시기에 제가 그 옷들을 조사해 보았거든요. 그랬더니 여행가방 하나 하고 그 안에 들어갈 만한 많은 옷들이 분명히 없어졌더군요. 하지만 그게 모두 엉뚱한 것들만 가져갔더라고요!'

'그게 대체 무슨 말이냐?' 내가 놀라서 물었죠.

'분명히 이브닝드레스는 가져갔어요. 쥐색 드레스하고 은빛 드레스 말이에요. 그런데 드레스만 가져가고 그 이브닝드레스하고 짝을 맞춘 허리띠하고 브래지어는 안 가져갔더라니까요. 이브닝드레스 밑에 입는 속치마도 마찬가지고요. 게다가 금빛 자수 장식이 있는 이브닝 슈즈를 가져갔어요. 은색 끈이 달린 게 아니고요. 또 녹색 트위드 재킷도 없어졌어요. 늦가을까지는 입을 일이 없을 텐데 말이에요. 그렇게 두꺼운 옷을 가져가면서도 또 그 멋진 긴 풀오버 스웨터는 가져가지 않았어요. 그리고 외출용 양장을 할 때에만 받쳐 입는 레이스 달린 블라우스들도 없어졌어요. 아 참, 그리고 속옷들도 많이 없어졌더군요. 아주 많이요. 제 말뜻 아시겠어요, 아줌마? 주인마님은 도망치신 게 아니에요. 주인 나리가 마님을 죽인 거라고요!'

그 말을 듣자 나는 잠이 확 달아나버렸죠. 그래서 벌떡 일어나 앉아 대체 무슨 얘기를 하고 있는 거냐고 다그쳤죠.

'지난주에 '뉴스 오브 더 월드'에 나왔던 사건하고 아주 똑같아요. 주인 나리는 마님이 바람피우는 것을 알고는 마님을 죽인 다음에 그 시체를 지하실로 끌고 가서 마룻바닥 밑에 파묻어 버린 거예요. 아줌마는 아무것도 못 들었죠. 그게 현관홀 바로 밑이었으니까요. 그렇게 범행을 한 다음에 주인 나리는 마님이 줄행랑을 놓은 것처럼 보이게 하려고 여행가방을 꾸려가지고 없앤 거라고요. 하지만 마님은 틀림없이 지하실 마룻바닥 밑에 누워 계세요. "마님은 살아서 이 집을 나간 게 아니라고요!"'

난 그때 그런 무서운 소리는 하는 게 아니라고 화를 냈었지요. 하지만 솔직히 말씀드려서 그 다음 날 아침에 난 아무도 몰래 지하실로 내려가 보았어요. 하지만 지하실은 평소 모습 그대로 아무것도 흐트러진 게 없었어요. 땅바닥도 파헤쳐진 구석 하나 없었고요. 그래서 내가 릴리한테 가서 그런 얼빠진 소리는 입 밖에 내지도 말라고 혼을 냈지요. 하지만 그 애는 주인 나리가 마님을 죽인 거라고 끝까지 고집을 피우는 거예요.

'기억하시잖아요? 주인마님이 나리더러 무서워 죽겠다고 하던 말 말이에요. 전 마님이 분명히 그렇게 말하는 것을 들었다고요!'

'그건 네가 잘못 생각한 거야, 릴리.' 내가 대꾸했죠.

'그때 마님이 그 말을 한 것은 주인 나리가 아니었으니까 말이야. 그날 네가 그런 소리를 하기에 내가 바로 뒤에 창밖을 내다보았어. 그랬더니 주인 나리가 골프채를 들고 언덕을 내려오시더라. 그러니까 그날 거실에서 주인마님하고 같이 얘기하던 사람은 주인 나리가 아니었단 말이야. 누구 딴 남자였던 거야!"'

에디스 파젯이 마지막에 한 말—그 말이 그들 네 사람이 앉아 있는 아늑하고 평범한 거실 위로 여운을 남기며 메아리쳤다.

곧이어 가일스가 입속으로 나직하게 중얼거렸다.

"누군가 딴 남자……."

제15장

주소

　로열 클래런스 호텔은 그 고장에서 가장 오래된 호텔이었다. 호텔 정문에는 반달 모양의 부드럽고 아름다운 장식이 매달려 있었으며, 어딘가 모르게 고풍스러운 분위기가 감돌고 있었다. 그 호텔은 지금도 해변가에 한 달쯤 묵을 가족 동반 손님들에게 인기가 있었다.

　프런트 데스크 뒤에서 사무를 맡아보는 내러콧 양은 앞가슴이 커다랗고 묵직한 47세가량의 여자로, 구닥다리 머리모양을 하고 있었다.

　그녀는 가일스를 보자 친절한 태도로 그를 맞이하는 한편, 많은 손님을 다루어본 경험으로 인해 정확하고 날카로운 눈매로 가일스가 '이 호텔에 모실 만 한 점잖은 손님' 중 한 사람임을 꿰뚫어보았다. 또 가일스 쪽으로 말하면 맘만 먹으면 언제라도 능숙하고도 설득력 있게 말을 할 줄 아는 남자였기 때문에 이번에도 아주 그럴 듯한 이야기를 늘어놓을 수 있었다.

　그의 이야기의 요지인즉—.

　아내와 내기를 했다. 아내의 대모(代母)에 관해서—즉, 그녀가 18년 전에 로열 클래런스 호텔에 묵었었는가 어떤가에 대해서였다. 그런데 아내가 말하길, 그렇게 옛날 숙박부가 여태까지 남아 있을 리 만무하니 내기를 걸어보았자 판결이 나지 않는다고 하는 것이다. 하지만 자기는 그런 바보 같은 소리는 말라고 일축했다. 로열 클래런스 같은 전통 있는 호텔에서는 숙박부를 소중하게 보관하고 있기 마련이라고, 아마 틀림없이 1백 년 전 것이라도 소중히 보관되어 있을 것이라고 말했다.

　"어머나, 저런, 그렇게 오래된 숙박부는 없어요, 리드 씨. 하지만 우리가 '방문객 명단'이라고 부르는 서류철은 보관하고 있답니다. 거기 적힌 이름들을 살펴보시면 아주 재미있는 이름들을 많이 발견하실 거예요. 예, 한번은 현 국왕

께서 웨일스의 황태자 시절이었을 때 여기 묵으신 적도 있지요. 그리고 홀스타인 로츠 가(家)의 애들마 왕녀께서도 매년 겨울철이면 시녀와 함께 오셔서 묵곤 했답니다. 그 밖에도 저희 호텔에 오신 손님들 중에서 아주 저명한 소설가 분들도 많았답니다. 초상화 화가인 다비 선생도 오셨고요."

가일스는 그녀의 말에 적합할 만한 흥미와 존경이 담긴 어투로 대답해 주었다. 그러자 당연한 순서로 그 문제의 연도에 해당하는 '신성한' 방문객 명단이 그의 앞에 내놓아졌다.

내러콧 양이 여러 가지 유명 인사의 이름을 죽 가리켜 보여준 뒤 가일스는 드디어 문제의 8월에 해당하는 페이지를 들춰냈다.

분명히—그렇다! 분명히 있었다.

그가 찾는 이름이 거기 분명히 쓰여 있었던 것이다.

시턴 어스킨 소령 부부, 노섬벌랜드 군 데이스 시(市) 앤스틸 저택,
7월 27일에서 8월 17일까지.

"저 이것 좀 베껴 써도 괜찮을는지요?"

"예, 물론 괜찮고말고요, 리드 씨. 종이하고 잉크가 어디 있더라—아, 펜을 갖고 계시는군요. 그럼 잠깐 실례하겠습니다. 바깥 사무실에 볼일이 있어서……."

그러고 나서 그녀가 숙박객 명단을 펼친 채 자리를 떴으므로 가일스는 작업에 착수했다.

힐사이드 저택으로 돌아와 보니 그웬다는 정원에서 화단 가장자리 위로 몸을 구부리고 이쪽을 바라다보고 서 있었다. 그의 모습을 발견하자 그녀는 곧 몸을 일으켜 세우더니 초조하게 뭔가 묻고 싶은 눈길로 그를 바라보았다.

"그래, 성과가 있었어요?"

"그럼! 여기 적은 게 틀림없어!"

그웬다가 나직한 어조로 종이에 쓰인 것을 읽어 내려갔다.

"노섬벌랜드 군 데이스 시 앤스틸 저택. 예, 그래요! 에디스 파젯이 분명히

노섬벌랜드라고 했어요. 그런데 이 사람들이 아직까지 거기 살고 있는지 모르겠네."

"물론 가서 찾아봐야지!"

"예, 그러는 게 좋겠죠. 그런데 언제 가죠?"

"될 수 있는 대로 빨리 가야지. 내일이 어떻겠어? 자동차를 빌려서 몰고 갑시다. 그러면 당신도 그동안 못 본 영국 구경도 실컷 할 수 있지 않겠어?"

"하지만, 만일 그 사람들이 죽고 없다면요—혹은 어디로 이사해 살고 다른 사람들이 거기서 살고 있다면요?"

가일스는 어깨를 으쓱해 보였다.

"그럼 돌아와서 다른 단서들을 갖고 계속 추리해 봐야지. 난 벌써 케네디 의사한테 편지를 써서는 헬렌이 도망간 뒤에 보내왔다는 편지를 좀 부쳐달라고 부탁했어. 만일 의사가 그 편지를 아직도 갖고 있다면 말이야. 그리고 그녀의 필적을 조사할 만한 견본도 부쳐달라고 했지."

"내 생각엔 그 당시에 일하던 다른 하인들하고도 연락을 좀 했으면 해요. 릴리도 있고—토머스라는 고양이한테 리본을 매주었다는 그 아가씨 말이에요."

"아니, 당신, 갑자기 그 말을 기억해 내다니, 좀 우습군그래."

"그래요, 좀 우습죠? 희한하게도 난 토머스가 기억이 나요. 하얀 얼룩이 있는 검정고양이인데 새끼 고양이가 세 마리 있었던 것이 기억나요."

"아니, 뭐가 말이오—토머스가 말이야?"

"예, 그래요. 토머스라는 고양이였어요. 하지만 실제로는 토머시나라는 암고양이였어요. 고양이란 원래 암놈 수놈이 잘 구분되지 않잖아요? 근데 릴리는 어떻게 되었을까? 지금쯤 뭘 하고 있을까요? 에디스 파젯은 그 아가씨하고 연락이 두절된 모양이던데—릴리는 원래 이 근처 출신이 아니었던 모양이에요. 그래서 세인트 캐서린 저택에서 소동이 나자 토키로 가서 자리를 잡은 거예요. 한두 번 편지를 보냈지만 그걸로 끝이었대요. 에디스가 그러는데, 릴리가 결혼했다는 소식은 들었지만 신랑이 누구인지는 모르겠다고 하더군요. 릴리하고 연락만 된다면 많은 것을 알 수 있게 될 텐데."

"레오니도 있지. 스위스에서 왔다는 그 아가씨 말이야."

"그럴 테죠. 하지만 그 아가씨는 외국인이어서 사정을 잘 몰랐을 거예요. 게다가 나 역시도 그 아가씨는 잘 기억이 안 나거든요. 내 생각으론 릴리가 우리 일에 썩 쓸모가 있을 듯싶어요. 릴리는 감수성이 예민했다잖아요……. 아, 그래요, 가일스, 광고를 또 한 번 내는 거예요. 그 아가씨를 찾는 광고를 말이죠. 릴리 애벗—아마 그런 이름이었죠"

"그래, 그거 좋은 생각이야. 그렇게 한번 해보자고. 그리고 내일은 북부로 가서 어스킨 부부에 대해 좀 알아보기로 하고"

제16장

모자(母子)

"앉아, 헨리!"

페인 부인은 먹을 것을 달라고 젖은 눈을 번들거리고 있는 천식기가 좀 있는 스패니얼 종 개를 향해 낮게 소리쳤다. 그러고 나서 마플 양에게 말했다.

"따끈할 때 핫케이크를 하나 더 드시지요, 마플 양?"

"예, 고맙습니다. 정말 맛있는 핫케이크로군요. 이 댁 요리사 솜씨가 아주 좋은 모양이군요."

"루이자 솜씨는 나쁘지 않죠. 그런데 저런 요리사들이 흔히 그렇듯이 건망증이 좀 있답니다. 게다가 푸딩도 언제나 같은 것밖에 만들 줄 모른다니까요. 그건 그렇고, 요즘 도로시 야드의 좌골신경통은 좀 어떤가요? 그것 때문에 아주 괴로워하던데—그런 병은 대개 신경 탓이지요, 안 그런가요?"

마플 양은 먼저 자신들 두 사람이 서로 아는 친구의 병에 대해 자세히 소식을 전해 주었다. 정말 운이 좋았지 뭐야. 마플 양은 속으로 중얼거렸다.

영국 각지에 흩어져 살고 있는 많은 친구와 친척들 가운데에서 페인 부인을 아는 사람을 찾아낼 수 있었으니 말이야. 그 부인은 페인 부인에게 편지를 보내 마플 양이라고 하는 자기 친구가 딜머스에 머무르고 있으니 그 부인을 초대해 뭐라도 대접해 주었으면 고맙겠다고 했던 것이다.

엘리노어 페인은 키가 크고 몸집이 당당한 여자로, 엄격한 잿빛 눈동자에 곱슬곱슬한 백발머리를 지니고 있었다. 얼굴색은 아기처럼 아주 흰데다가 분홍빛 홍조를 띠고 있었지만 그녀의 어느 구석에서고 아기 같은 부드러움은 찾아볼 수 없었다.

두 사람은 도로시의 병이며 상상에서 생기는 병 같은 것에 대해 이야기를 나누고 나서 마플 양의 건강에 대해 화제를 옮겨갔다. 그리고 그 밖에도 딜머

스의 공기며 요즘 젊은이들 대부분이 한심한 꼴이라는 등의 이야기를 끝없이
펼쳐나갔다.

"요즘 애들은 어렸을 때부터 빵 가장자리 껍질을 먹게끔 훈련이 되어 있질
않아요." 페인 부인이 투덜거렸다.

"나 어렸을 때에는 빵 껍질을 남기고 먹는다든지 하는 건 절대 용납받지
못했는데 말이에요."

"그런데 아드님이 여럿인가요?"

"예, 셋이랍니다. 맏이인 제럴드는 극동은행 싱가포르 지점에 있지요. 로버
트는 육군에 있고요." 그러고 나서 페인 부인은 코웃음을 쳤다.

"글쎄, 둘째는 가톨릭을 믿는 여자하고 결혼했답니다."

그녀의 말에는 자못 의미심장한 투가 배어 있었다.

"무슨 뜻인지 아시겠지요? 그 덕분에 로버트의 아이들은 모두 가톨릭교도로
자라고 있답니다. 지하에 있는 그 애 아버지가 알면 뭐라고 할지 모르는 일이
죠! 남편은 철저한 로처치(低敎會)파였거든요. 요즘은 그 애 소식도 별로 듣지
못한답니다. 내가 그 애를 위해서 뭐라고 좀 했더니 그게 심통이 났나 봐요.
하지만 뭐니뭐니해도 난 솔직하고 성실하게 자기가 생각하는 대로 이야기를
해야 한다고 믿고 있어요. 내 보기에 그 애의 결혼은 굉장한 불운이었어요. 물
론 그 애야 겉으로는 행복한 척하고 있지만 말이에요. 가엾은 녀석—내가 보
기엔 전혀 만족스럽지 못한 것 같아요."

"막내 아드님은 아직 결혼을 안 하셨다죠?"

페인 부인의 얼굴이 환해졌다.

"예, 월터는 나랑 같이 이 집에서 살고 있답니다. 그 애는 몸이 좀 약해서
말이죠—어렸을 적부터 그랬답니다. 그래서 언제나 내가 그 애 건강을 조심해
서 보살펴야 한답니다. 이제 금방 집으로 올 거예요. 그 앤 정말 얼마나 자상
하고 효심 있는 애인지 몰라요. 그런 아들을 두다니 나 정말 운이 좋아요."

"그럼, 아드님은 결혼할 생각도 전혀 안 해본 건가요?"

마플 양이 궁금하다는 듯이 물었다.

"월터는 늘 그랬답니다. 자기는 현대판 젊은 아가씨한테 시달릴 수 없다고

요. 그 애는 그런 젊은 여자들한테는 도통 매력을 못 느낀답니다. 그 애하고 나는 서로 통하는 점이 너무나 많아요. 그래서 그런지 그 애가 너무 집 밖에 나가질 않아서 그것도 걱정이에요. 저녁때면 그 애는 나한테 데이커리(영국의 소설가)의 책을 읽어주기도 하고 나하고 같이 피킷 트럼프 놀이도 한답니다. 그 앤 진짜 가정적인 애죠."

"그래요, 그것참 다행이군요. 그런데 아드님은 지금까지 죽 법률사무소에서만 일하고 있었나요? 누군가가 그러던데, 실론에 차 재배하러 간 아드님이 있다고. 그럼, 그 사람들이 잘못 안 모양이지요?"

페인 부인의 얼굴이 보일 듯 말 듯 찌푸려졌다. 그녀는 호두가 들어 있는 케이크를 마플 양에게 권한 다음 설명에 들어갔다.

"그건 그 애가 아주 젊었을 때 일이었지요. 한참 혈기왕성할 때 저지른 일이었답니다. 젊은 남자란 대개 세상을 두루 보고 싶어 하잖아요? 하지만 그때 그 애가 실론으로 간 것은 어떤 아가씨 때문이었답니다. 젊은 아가씨들이란 원래 변덕이 죽 끓듯 하니까요."

"아, 예, 그야 그렇죠. 내 조카딸에도 한번은……."

하지만 페인 부인은 마플 양의 조카 이야기를 못 들은 척하고 자기 이야기만을 계속했다. 그녀는 상대가 미처 입을 벙긋할 틈도 주지 않고서 친애하는 친구 도로시가 소개해 준 이 이해심 많고 남의 말 잘 들어주는 동지를 상대로 추억담을 늘어놓을 수 있는 기회를 마음껏 누리고 있었다.

"그 아가씨는 정말 월터하고는 너무나 안 어울리는 아가씨였죠. 뭐 그런 이야기야 언제나 그런 식이지만 말이에요. 아니, 그렇다고 그 아가씨가 배우였다든가 그런 뜻은 아니에요. 이 고장에서 일하는 의사의 여동생이었는데, 나이 차가 많이 나서 실제로는 딸이라고 해도 좋을 만큼 어린 아가씨였죠. 그런데 그 가엾은 의사 양반이 노총각이다 보니 자기 여동생을 어떻게 교육시켜야 할지 전혀 몰랐던 거예요. 남자들이란 그런 일에는 정말 아무짝에도 소용없지 뭐예요, 안 그래요? 덕분에 그 아가씨는 제멋대로 천방지축이었죠. 처음에는 우리 애 사무실에 있는 젊은 남자하고 어울렸답니다. 뭐 서기라나 하는 남자였는데 그리 탐탁지 못한 사내였다고 해요. 그래서 결국 사무실에서는 그 사내를 해고시켜야 했죠. 비밀리에 거듭 조사를 한 끝에 말이에요.

어쨌든 그 헬렌 케네디란 아가씨는 꽤나 예뻤던 모양이에요. 내가 볼 땐 뭐 그렇지도 않았지만 말이죠. 난 그 여자 머리를 볼 때마다 언제나 염색한 거라고 생각했거든요. 하지만 가엾게도 월터는 그 여자한테 홀딱 빠져버렸지 뭐겠어요. 아까도 말씀드렸다시피 우리 월터한테는 아주 적합하지 않은 여자였죠. 돈도 없고 별로 가능성도 없어 뵈고 더욱이 며느리로서는 탐탁지 않은 그런 여자였거든요. 하지만 아들의 그런 일에 엄마가 나서본들 무슨 힘이 있겠어요?

월터는 결국 그 여자한테 청혼했다가 딱지를 맞았지요. 그 애가 인도에 가서 차 재배를 한다나 어쩐다나 하는 바보 같은 생각을 하게 된 것도 다 그 일 때문이었답니다. 그때 남편이 그랬어요. '가게 해주라'고요. 물론 속으로는 아주 실망했겠지만 말이에요. 그이는 월터가 자기 대를 이어 변호사 사무실에서 일하길 바랐거든요. 게다가 월터는 변호사 자격시험에도 다 합격해 놓았었지요. 그런데 그 모양이 되어버렸으니! 정말 그런 젊은 여자들은 오나가나 말썽이리니까요!"

"예, 무슨 말씀인지 알겠어요, 내 조카아이만 해도……"

페인 부인은 다시금 마플 양의 조카를 무시해 버린 채 자기 이야기만을 계속했다.

"결국 그렇게 해서 월터는 인도의 앗삼으로 떠났답니다. 아니 뱅갈로이라든가? 하도 오래된 일이고 보니 이젠 기억도 나지 않네. 더구나 내가 괴로웠던 건 인도의 기후에 그 애의 건강이 견뎌낼 것 같지 않아서였답니다.

하지만 그 애는 거기서 1년도 채 못 있었답니다. 사업이야 잘했지요. 월터는 뭐든지 맘만 먹으면 잘하거든요. 그런데 왜 돌아온 줄 아세요? 정말 믿겨지지 않는 일이죠. 글쎄, 그 뻔뻔스러운 여자애가 마음을 바꾸어서는 월터하고 결혼하고 싶다는 편지를 보낸 거예요!"

"아이고, 서린!"

마플 양은 고개를 설레설레 내저었다.

"그래서 그 여자애 혼숫감을 산다, 배편 예약을 한다 법석을 떨었더니만— 그다음에 어떻게 되었는지 아세요?"

"글쎄요, 도무지—."

마플 양은 호기심이 솟구쳐서 몸을 앞으로 쑥 내밀었다.

"글쎄, 결혼한 남자하고 연애를 했다는 거예요. 인도로 가는 배 위에서 말이에요. 아마 자식이 셋이나 있는 유부남이래죠. 어쨌든 월터는 항구로 가서 그여자애를 목이 빠지게 기다리고 있는데 글쎄 그 여자애는 배에서 내리자마자대뜸 한다는 말이, '당신하고 결혼할 수 없어요.' 그러는 거였대요. 아니, 그런못된 짓이 또 어디 있겠어요?"

"예, 그렇지요. 그럼 그 때문에 아드님이 사람을 믿지 못하게 되었는지도 모르겠군요."

"그때서야 비로소 월터는 그 여자애가 어떤 여자라는 걸 똑똑히 보았겠지요. 원래 그런 여자란 남자한테서 죄다 빼앗고 도망가기 십상이거든요."

그러자 마플 양이 머뭇거리듯이 물었다.

"그런데 아드님은 그녀의 행동에 대해 화를 내진 않았나요? 대부분의 남자들은 그런 경우에 화가 나서 어쩔 줄 모를 텐데—."

"월터는 언제나 놀랄 만큼 자제심이 강한 아이랍니다. 아무리 화가 나고 분통이 터지는 일이 있어도 그 애는 다 참아 넘기고 말지 겉으로 나타내는 법이없어요."

마플 양은 무언가 생각에 잠겨 페인 부인을 뚫어지게 응시했다. 그러고는조심스럽게 유도심문을 해보았다.

"상처가 너무 깊으면 그럴 수도 있지요, 안 그렇습니까? 아이들이란 어떤때는 아주 사람을 놀라게 만들거든요. 별로 화낼 것 같지 않던 애가 어느 날갑자기 무시무시하게 성미를 폭발시킬 때가 있는 거지요. 그런 애는 대개 감수성이 예민한 애인데, 꾹꾹 눌러 참다가 도저히 참을 수가 없으면 그렇게 폭발하는 거랍니다."

"어머나, 참 희한하게 그런 말씀을 하시다니—예, 나도 생생히 기억나는 일이 있어요. 제럴드하고 로버트는 둘 다 다혈질이어서 툭하면 싸우곤 했었지요. 물론 심신 건강한 사내아이들이라면 그게 당연한 일이지만."

"그럼요, 당연하고말고요."

"그런데 월터는 언제나 말이 없고 참을성이 많은 아이였답니다. 그런데 어느 날 로버트가 그 애의 모형 비행기를 빼앗은 거예요. 월터가 며칠을 꼬박 걸려서 겨우 만들어놓은 건데—월터는 인내심도 있고 손재주도 꽤 좋거든요. 하지만 로버트는 활달한 반면에 조심성이 좀 모자란 애여서 그것을 그만 망가뜨리고 말았답니다. 그래서 내가 공부방에 들어가 보니 로버트가 글쎄 방바닥에 쓰러져 있고 월터가 그 애를 부젓가락으로 마구 두들겨 패고 있지 뭐예요.

로버트는 정말로 초죽음이 되어 있었답니다. 월터를 떼놓는 데에 얼마나 애를 먹었게요! 그랬더니 그 애는 나한테 잡혀서도 계속 소리치는 거예요. '형이 일부러 그런 거야. 일부러 그런 거라고. 죽여 버릴 테야!' 아이고, 그때 얼마나 놀랐던지. 사내아이들이란 정말 불끈할 때 보면 무섭더군요, 안 그래요?"

마플 양이 뭔가 생각에 잠긴 눈으로 대답했다.

"예, 그렇지요." 이어 그녀는 아까 한 이야기로 화제를 돌렸다.

"그럼 그 약혼은 결국 깨어지고 말았겠군요? 그 아가씨는 그다음에 어떻게 되었나요?"

"영국으로 돌아왔지요. 그런데 돌아오는 길에 또 딴 남자하고 눈이 맞아서 이번엔 결혼을 하긴 했지요. 아이가 하나 딸린 홀아비였답니다. 상처한 지 얼마 안 되는 남자란 언제나 여자의 좋은 먹이가 아니겠어요? 외롭고 가엾은 처지이니까. 결국 그 여자애는 그 남자와 결혼해서 이곳에 자리를 잡고 살았지요. 마을 저쪽 반대편에 있는 집인데, 세인트 캐서린이라고 병원 옆집이었어요. 물론 그 결혼도 오래 가지는 않았어요. 1년도 안 되어서 그 여자애가 다시 그 남자를 버리고 다른 남자하고 도망을 쳐버렸으니까요."

"아이고, 저런, 그럴 수가!"

마플 양이 고개를 내저었다.

"아드님이 그런 여자랑 결혼하지 않은 게 천만다행이로군요!"

"예! 내 말도 그거라니까요! 나도 그 애한테 입버릇처럼 그렇게 말하고 있답니다."

"그럼, 아드님은 건강이 나빠져서 차 재배를 포기하게 되었나요?"

다시금 페인 부인의 이맛살이 살짝 찌푸려졌다.

"그곳 생활이 그 애한테 좀 맞지 않았던가 봐요. 그 여자애가 귀국한 뒤 한 여섯 달쯤 있다가 그 애도 돌아왔으니까요."

"서로 얼굴 대하기가 좀 쑥스러웠겠군요."

마플 양이 과감하게 통겨보았다.

"그 젊은 아가씨가 여전히 여기 살고 있었다니 말이에요. 같은 마을에 살고 있다 보면 그게……."

"월터는 나무랄 데가 없이 훌륭하게 처신했답니다."

월터의 어머니가 강력하게 말했다.

"그 애는 전혀 아무런 일도 없었던 것처럼 행동했죠. 하지만 나로서는 그런 여자와는 아주 딱 손을 끊는 게 좋지 않을까 하고 생각했답니다. 또 실제로 월터한테도 그렇게 얘기했었고요. 어쨌거나 두 사람이 다시 만난다는 건 서로 좀 어색한 일이 아니겠어요? 하지만 월터는 친구로서 계속 그 여자하고 사귀겠다고 고집을 피우는 거였어요. 그러고는 별로 격식을 차리지 않고 종종 그 집에 들러 그 집 어린애하고 놀아주기도 했습니다. 그런데 참 이상한 일이죠! 글쎄 그 어린애가 이번에 여기로 되돌아왔답니다. 이제는 어른이 되어서 남편하고 같이 왔다더군요. 요 전날 유언장을 만들겠다고 월터네 사무실에 왔더랍니다. 리드—그 애의 지금 성은 리드라더군요."

"저런, 리드 부부 말이죠? 나도 그 사람들 알아요. 아주 순진하고 좋은 한 쌍이지요. 그러고 보면 정말 신기하군요—그때 그 아이가 바로 리드 부인이었다니!"

"전처가 낳은 아이였지요. 전처는 인도에서 죽었고요. 그 소령도 참 가엾지—이름은 잊었지만, 홀웨이던가 아마 그랬죠. 그 바람난 계집이 달아나버린 뒤로는 아주 사람이 못쓰게 되어버렸답니다. 대체 어떻게 해서 언제나 질 좋지 못한 여자가 선량한 남자 얼을 빼놓는 건지 알다가도 모를 수수께끼라니까요!"

"그럼, 그 젊은 남자 말인데요, 헬렌이란 여자가 처음에 사귀었다던—아드님 사무실의 서기라고 했던가요? 그 사람은 어떻게 되었나요?"

"아주 성공을 했답니다. 코치 관광이라고, 유람 버스회사를 운영하고 있답니다. 대포딜 코치 관광회사지요. 그 사람 이름을 따서 애플릭 대포딜 코치 관광회사라고도 하지요. 샛노란 칠을 하고 다니는 버스들 말이에요. 참, 요즘 세상은 천해 뵈는 걸 좋아한다니까요!"

"애플릭이라고요?" 마플 양이 물었다.

"재키 애플릭이지요. 좀 비열하고 도전적인 사내랍니다. 출세밖에는 관심이 없는 사내인 것 같아요. 그 사내가 헬렌 케네디하고 어울린 것도 아마 그 때문이었을 거예요. 의사 동생이니 자기 출세에 도움이 될 테니까 말이죠. 자기의 사회적 지위에 보탬이 되리라고 생각한 거예요."

"그럼, 그 뒤로 헬렌은 딜머스에 다신 돌아오지 않았나요?"

"예, 그렇답니다. 잘된 거죠, 뭐. 지금쯤 아마 완전히 잘못된 길로 들어서 있을 거예요. 정말 케네디 의사가 안됐어요. 그 사람 잘못이 아니니까요. 그 사람 아버지의 두 번째 아내도 변덕 많은 여자였답니다. 아버지보다 나이도 훨씬 아래였대요. 그러니 헬렌이 바로 그 여자한테서 방탕한 피를 이어받은 모양이에요. 난 늘 그렇게 생각해 왔답니다."

페인 부인이 갑자기 말을 멈추었다.

"저런, 월터가 왔군요."

어머니로서 그녀의 날카로운 귀가 홀 쪽에서 나는 익숙한 소리를 알아차린 것이다. 그녀의 말대로 문이 열리더니 월터 페인이 들어왔다.

"이분은 마플 양이시란다, 얘야. 벨을 울려라. 새 차를 가져오게."

"아니, 괜찮아요, 어머니. 벌써 한잔했는걸요."

"아니야, 새 차를 마셔야 해. 그리고 핫케이크도 좀 가져오고, 비어트리스."
그녀는 찻주전자를 가지러온 하녀에게 이렇게 덧붙여 명령했다.

"예, 알겠습니다, 마님."

월터 페인은 점잖고 사람 좋은 미소를 떠올리며 말했다.

"어머니는 늘 저를 다 큰 애기 취급을 한답니다. 그래서 괴로워요."

마플 양은 그의 말에 예의바른 대꾸를 하며 천천히 그의 모습을 뜯어보았다.

점잖고 말이 없는 남자. 태도가 조금 심약해 뵈고 당당하지 못하다. 그리고 이렇다 할 특색은 없다. 개성이 없다고나 할까. 여자들이 무시하기 일쑤지만 막상 그 여자들이 사랑하는 남자가 그 여자를 사랑하지 않을 때 차선으로 선

택하여 결혼할 듯싶은 고지식한 타입의 젊은 남자.

월터—언제나 여자 곁에 대기하고 있는 남자.

가엾은 월터—어머니 치맛자락에서 헤어 나오지 못하는 남자. 부젓가락으로 자기 형을 두들겨 팼던 월터 페인 소년…….

마플 양은 의혹에 고개를 내저었다.

제17장

리처드 어스킨

1

앤스틸 저택은 어딘지 모르게 황량한 곳이었다. 그곳은 황량한 언덕배기를 등지고 세워진 하얀 건물이었다. 그리고 그 앞에는 구불구불한 자동차 길이 빽빽한 딸기나무 숲 속을 뚫고 나 있었다.

가일스가 문득 그웬다에게 말했다.

"대체 뭣 하러 우리가 여기 온 거지? 대체 무슨 말을 하러?"

"어머, 가일스, 다 연습했잖아요."

"그야, 다 짜놓기는 했지. 사실 마플 양 사촌동생의 언니의 숙모의 시동생인가 누군가가 이 근처에 살고 있다니 다행이지 뭐야. 하지만 집주인한테 과거의 연애 사건에 대해 물어보는 건 사교적인 방문하고는 좀 동떨어진 것 같아."

"하지만 세월이 이렇게 오래 흘렀는걸요, 뭘. 어쩌면, 그 사람 말이에요, 헬렌을 까맣게 잊어먹었는지도 모르잖아요."

"그래, 어쩌면 그럴지도 모르지. 그리고 또 어쩌면 애당초에 연애 같은 건 없었을지도 모르고."

"가일스, 우린 지금 너무나 어리석은 짓을 하고 있는 건 아닐까요?"

"글쎄, 모르겠어. 가끔 그런 생각이 들기는 하지만. 게다가 더욱이 모를 건 우리가 왜 이 일에 자꾸 관여를 하느냐 하는 거야. 대체 지금 와서 옛날 일이 무슨 문제라고."

"너무 오랜 세월이니까 말이지요. 예, 그래요. 나도 그 점은 수긍해요. 마플 양도 그렇고 케네디 박사도 그렇고 다들 '옛날 일은 그냥 덮어두라'고 했잖아요. 그러니 이제 그냥 덮어두는 게 어떨까요, 여보? 대체 뭣 때문에 우리가 계속 이러는 거지요? 그녀 때문에 그러는 걸까요?"

"그녀라니, 누구?"

"헬렌 말이에요. 그래서 내가 기억하는 건 아닐까요? 그러니까 이젠 어린 시절에 대한 내 막연한 기억만이 그녀의 생사와, 그리고 사건의 진상을 규명할 만한 유일한 열쇠인 셈인가요? 혹시 헬렌이 나를 이용해서(당신도 마찬가지지만) 진실을 밝히라고 명령하고 있는 건 아닐까요?"

"당신 말이 그 여자가 변사를 당했기 때문이라는 건가?"

"그래요. 흔히들 그러잖아요. 책에서도 그러고요. 변사를 당한 사람은 원한 때문에 죽어서도 넋이 편히 쉬를 못하고 떠돌아다닌다고."

"그웬다, 당신 너무 공상적인 말을 하는 거 아니야?"

"그럴지도 모르죠. 어쨌든 우린 그저 내키는 대로 하면 돼요. 이건 그저 사교적인 방문이니까요. 그러니까 굳이 그러고 싶지 않다면 이번 방문에 그 이상의 의미를 두지 않아도 되는 거예요."

하지만 가일스는 고개를 내저었다.

"우린 계속해야 해. 이젠 우리 힘으로도 호기심을 억누를 수 없으니까."

"그래요, 당신 말이 맞아요. 하지만 가일스, 그래도—난 무서워요."

2

"집을 구하신다고요?" 어스킨 소령이 말했다.

그는 그웬다에게 샌드위치 한 쪽을 권했다. 그웬다는 그 샌드위치를 집으며 그를 올려다보았다.

리처드 어스킨은 키가 5피트 9인치(175cm)쯤 되어 보이는 작은 남자였다. 머리는 잿빛이었고 피로한 듯한, 그리고 깊은 생각에 잠긴 듯한 눈매를 하고 있었다. 목소리는 낮고 듣기 좋은 소리였으나 조금 권태로운 듯한 울림을 담고 있었다. 뭐 뚜렷한 특징 같은 건 없는 사람이야. 그웬다는 속으로 단정 지었다. 하지만 매력적인 남자라는 건 분명해. 월터 페인처럼 잘생기지는 않았지만, 그래도 여자들은 월터 페인이라면 두 번 다시 거들떠보지 않고 지나칠 테지만 어스킨 소령은 틀림없이 그냥 지나치지 않으리라.

사실 월터 페인은 그다지 개성이 없는 남자였다. 하지만 그에 비해 어스킨은 그 조용한 태도와는 달리 뚜렷한 개성을 갖고 있었던 것이다. 별로 모나지 않은 태도로 일상사를 이야기하고 있었지만 어스킨의 말투에는 분명히 뭔가가 있었다. 그것은 여자들이라면 재빨리 감지해내고 또 아주 여자다운 방식으로 반응을 보여줄 만한 것이었다.

그웬다 역시 여자였다. 때문에 그녀는 거의 무의식적으로 치마를 매만지고 옆머리의 컬을 살짝 매만지고는 립스틱을 다시 손질했다. 19년 전이라면 헬렌 케네디가 이 남자와 사랑에 빠질 수도 있었으리라—그웬다는 굳게 확신할 수 있었다.

그때 문득 얼굴을 든 그웬다는 그 집 여주인이 뚫어지게 바라보는 것을 알아차리고 자신도 모르게 얼굴이 붉어졌다. 어스킨 부인은 가일스와 이야기를 하고 있었으나 눈길만은 그웬다를 응시하고 있었다. 그녀의 눈길은 그웬다의 외모를 평가하는 한편 잔뜩 의심에 차 있었다.

재닛 어스킨은 키가 큰 여인이며 목소리가 굵직했다. 거의 남자의 목소리라고 해도 좋을 만했다. 체격은 큼지막하고 단단했는데 그 위에 주머니가 크고 디자인이 잘 된 트위드 윗도리를 입고 있었다. 자기 남편보다 나이가 들어 보였으나 그웬다는 실제로는 그렇지 않을 것이라고 마음속으로 판단을 내렸다. 그 얼굴에는 거친 구석이 엿보였다. 불행하고 정에 굶주린 여자로군. 그웬다는 속으로 중얼거렸다.

이 여자는 분명히 남편을 지옥처럼 괴롭히고 있어. 그녀는 다시 속으로 중얼거렸다. 이어 그녀는 소리 내어 대화를 계속했다.

"집을 물색하는 일은 정말 끔찍하게 괴로워요. 부동산 소개소의 말을 들으면 언제나 그럴 듯하지만 실제로 그 집에 가보면 어처구니없기 일쑤거든요."

"이 근처에서 살 생각인가요?"

"글쎄요, 우선 좀 생각해 보고는 있어요. '해드리언 성벽'하고 가까운 곳이니까요. 가일스는 해드리언 성벽에 아주 반해 있답니다. 아, 물론, 좀 이상하게 들리시겠지만. 하지만 영국 어디서 살든 저희한테는 다 마찬가지랍니다. 저희 집은 뉴질랜드에 있어서 이곳에는 아무 연고도 없어요. 또 가일스 역시 그때 그때 휴가를 여러 군데서 사는 아주머니 댁에서 지냈기 때문에 영국에서는 아무 연고지도 없어요. 한 가지 저희가 바라는 건 런던에서 멀리 떨어진 곳이었으면 하는 거예요. 진짜 시골에서 살고 싶거든요."

어스킨은 미소를 지었다.

"두고 보면 아시겠지만 이 근처는 정말 시골입니다. 도시 같은 곳하고는 아주 뚝 떨어져 있으니까요. 이웃 사람들도 별로 없고, 있다고 해도 아주 뚝 떨어져 있죠."

그웬다는 어스킨 소령의 그 겉으로 듣기에는 유쾌한 듯한 목소리 저변에 황량한 기운이 감돌고 있음을 느꼈다.

그 순간 그녀는 그의 외로운 생활을 들여다본 듯한 느낌이었다. 굴뚝 속에서 바람이 윙 회오리치는, 낮이 짧고 어두운 겨울의 나날들(커튼은 묵직하게 드리워져 있고, 방 안에 갇힌 채, 정에 굶주리고 불만에 찬 눈을 한 저 여인과 함께 앉아 있는 생활), 게다가 이웃도 별로 없고, 있다고 해도 너무나 멀리 떨어져 있다.

그때 갑자기 그웬다의 머릿속에서 그러한 영상이 사라져갔다. 다시 현실 속의 여름으로 되돌아온 것이다. 프랑스식 창문은 정원을 향해 열려 있고, 그 창문을 통해 장미꽃 향기와 더불어 여름의 온갖 음향이 밀려들어오고 있었다.

그웬다는 입을 열었다.

"아주 오래된 집이군요, 그렇죠?"

어스킨 소령은 고개를 끄덕였다.

"앤 여왕 시대에 지은 집이지요. 우리 가문이 여기 산 지도 3백년 가까이나 된답니다."

"하지만 퍽 아름다운 집이에요. 이런 집을 지니고 계셔서 아주 자랑스러우시겠어요."

"뭐 이젠 다 낡아빠진 집인걸요. 게다가 세금이 어찌나 호된지 유지하려면 정말 어려워요. 하지만 애들이 이젠 다 자라 사회에 진출해 있으니 제일 어려운 시기는 끝난 셈이지요."

"자녀는 몇 분이나 두셨는데요?"

"아들만 둘이지요. 하나는 육군에 들어가 있고, 또 한 애는 얼마 전에 옥스퍼드 대학을 졸업했다오. 무슨 출판사에 들어간다고 합디다."

그의 눈길이 벽난로를 향하는 바람에 그웬다도 그의 눈길을 뒤따라갔다.

벽난로 위에 두 젊은이의 사진이 있었다. 18살이나 19살쯤 되어 보였다. 2~3년 전에 찍은 것이겠자—그웬다는 속으로 짐작했다.

그 사진을 바라보는 어스킨 소령의 얼굴에 자랑스러움과 애정이 반짝 빛나고 있었다.

"좋은 아이들이랍니다. 그거야 애비인 내 생각일 뿐일지 모르지만."

"예, 아주 근사한 젊은이들인데요." 그웬다가 맞장구를 쳤다.

"그렇지요. 보람이 있는 셈입니다—자신을 위해 희생한 보람 말입니다."

어스킨 소령은 그웬다가 뭔가를 묻고 싶은 표정을 짓자 덧붙였다.

"예, 사실, 부모로서는 자식을 위해 때론 많은 것을 희생해야 할 테죠."

그웬다가 넌지시 말했다.

"어떤 때는 아주 많은 것을 희생해야 한답니다……."

그 순간 그웬다는 또다시 그의 말소리 밑에 흐르고 있는 어두운 것을 감지해냈다.

하지만 그때 어스킨 부인이 남자처럼 굵고 위엄 있는 목소리로 끼어들었다.

"정말 두 분이 이 근처에서 집을 구하고 있는 건가요? 하지만 유감스럽게도 이 근처에서는 적당한 집이 생각나지 않는군요."

만일 생각나는 집이 있다 해도 가르쳐주지 않을 테자—그웬다는 희미한 악의가 솟아오르는 것을 느끼며 속으로 중얼거렸다. 이 어리석고 나이 든 여인은 날 질투하고 있는 거야. 내가 자기 남편하고 이야기를 하고 있다고 해서—그리고 내가 젊고 매력 있는 여자이기 때문에!

"뭐, 그야 두 분이 얼마나 급한 사정인가에 달렸죠."

어스킨이 입을 열었다.

"아니, 전혀 급하지 않습니다." 기일스가 쾌활한 어조로 말했다.

"우린 지금 우리 마음에 꼭 드는 집을 고르고 싶거든요. 게다가 지금 당장은 딜머스에 집이 있으니까요. 남쪽 해안 말입니다."

어스킨 소령이 차 탁자에서 고개를 돌렸다. 그러고는 일어나 창 옆에 놓인 탁자 위에서 담배 상자를 집어들었다.

"딜머스라고요?"

어스킨 부인이 표정 없는 목소리로 중얼거렸다. 그녀의 눈길은 자기 남편의 뒤통수에 꽂혀 있었다.

"아름답고 소박한 곳이지요." 가일스가 계속 퉁겨보았다.

"혹시 아십니까?"

잠깐 침묵이 흘렀다.

이윽고 다시 어스킨 부인의 그 표정 없는 목소리가 흘러나왔다.

"어느 해 여름에 몇 주일 간 거기서 휴가를 보낸 적이 있지요. 아주 오래전 일이었어요. 하지만 그다지 맘에 들지 않더군요. 너무 한산한 것 같았어요."

"예, 그래요." 그웬다가 짐짓 맞장구를 쳤다.

"저희도 그렇게 생각하는 중이랍니다. 가일스하고 저는 좀더 긴장감 있는 생생한 분위기를 가진 곳이 좋거든요."

어스킨 소령이 담배를 물고 돌아와 앉았다. 그러고는 그웬다에게 담뱃갑을 내밀었다.

"이 근처에선 충분히 그런 분위기를 맛볼 수 있을 겁니다."

소령의 말투에는 어떤 엄숙함이랄까, 비정함이 서려 있었다.

그웬다는 그가 담배에 불을 붙여주는 동안 얼굴을 들어 그의 얼굴을 바라보았다.

"그럼 딜머스에 대해서는 자세히 기억하고 계시나요?"

그웬다가 무심한 듯한 어조로 물었다.

순간 그의 입술이 갑작스러운 고통이라도 엄습한 양 뒤틀렸다. 이어 소령은 다소 모호한 말투로 대답했다.

"아주 잘 기억하고 있죠. 우리가 묵었던 곳이 그러니까, 로열 조지 호텔— 아니, 로열 클래런스 호텔이었소."

"아, 예, 고풍스럽지만 아주 멋진 곳이죠. 저희 집도 그 근처에 있어요. 힐사이드라고들 부르는데 예전에는 세인트, 세인트 메리라고 했다죠, 가일스?"

"세인트 캐서린이야." 가일스가 대꾸했다.

이번에야말로 분명히 반응이 있었다. 우선 어스킨 소령이 고개를 홱 돌렸다. 그러고는 어스킨 부인의 찻잔이 받침접시 위에서 딸가닥 소리를 냈다.

부인이 불쑥 말했다.

"정원을 구경하고 싶으시겠죠?"

"아, 예, 감사합니다."

그들은 프랑스식 창문을 열고 밖으로 나왔다. 그 정원은 손질이 잘 되어 있고 나무도 빽빽했으며, 긴 꽃밭과 울퉁불퉁한 산책길도 곁들여져 있었다.

이곳 손질은 주로 어스킨 소령의 일인 게로군. 그웬다는 속으로 짐작했다.

그녀에게 장미며 다년생 식물들에 대해 설명하고 있는 동안만은 어스킨의 어둡고 슬픈 얼굴이 환히 빛나고 있었기 때문이다. 원예는 분명히 그의 취미인 듯했다.

마침내 그 집을 나와 차를 달리고 있을 때 가일스가 조금 머뭇거리며 물었다.

"여보, 그거 떨어뜨리고 왔어?"

그웬다는 고개를 끄덕였다.

"참제비고깔 두 번째 덤불 옆에다가 떨어뜨렸어요." 그러고 나서 그녀는 손가락을 내려다보며 멍하니 결혼반지를 뒤틀었다.

"만일 그걸 다시 못 찾으면 어떻게 하지?"

"그건 진짜 약혼반지가 아닌데요, 뭘. 진짜 약혼반지를 떨어뜨릴 만큼 대담한 모험은 하지 않아요."

"그 얘길 들으니 안심이 되는군."

"난 그 반지에 대해선 아주 감상적인 기분이 되어버려요. 당신 기억해요? 그 반지를 내 손가락에 끼워주면서 당신이 뭐라고 그랬는지? '그린 에메랄드로 정했습니다. 반짝이는 녹색 눈동자의 귀여운 아가씨.'라고 그랬죠."

하지만 가일스는 별로 감상적이지 못한 어조로 대꾸했다.

"우리 젊은이들이 쓰는 독특한 애정 表現 방식은 마플 양 같은 세대에게는 좀 이상하게 들릴 테지."

"지금 뭘 하고 계실까요, 그 아주머니는—현관에서 햇볕이라도 쬐고 있으실까요?"

"아니야, 뭔가 캐내고 계실 거야. 그분 성미라면 능히 그럴 테지! 여기저기 냄새를 맡고 다니고 이것저것 물어대고. 요즘은 좀 너무 많이 묻고 다니지 않았으면 좋겠는데."

"그야 나이 드신 분들은 당연한 거 아니에요? 우리가 하는 식처럼 사람들이 금방 알아차리지는 못할 테지만 말이에요."

가일스의 얼굴이 다시 침울하게 가라앉았다.

"내가 마음에 안 드는 것도 바로 그 점이야."

그러고 나서 그는 잠시 사이를 두었다가 다시 입을 열었다.

"당신만 나서서 위험을 무릅써야 한다는 게 싫단 말이야. 나는 집에서 혼자 가만히 앉아 있고 당신은 나가서 괴로운 일을 한다는 기분이 들어서 참을 수가 없는 걸."

그웬다는 손가락으로 그의 걱정스러워하는 뺨을 살며시 쓸어내렸다.

"알아요, 여보, 알고말고요. 하지만 이 일이 미묘한 문제라는 건 당신도 인정해야 해요. 사실 남자에게 그의 과거 연애 이야기를 물어본다는 건 뻔뻔스러운 일이거든요. 하지만 여자들이라면 잘해낼 수 있는 그런 종류의 뻔뻔함이에요. 영리하게만 처신한다면 말이죠. 그리고 난 영리하게 해낼 작정이에요."

"당신이 영리하다는 건 알아. 하지만 만일 어스킨이 우리가 찾는 그 남자─범인이라면 어떡할 테야?"

그러자 그웬다는 생각에 잠겨 대꾸했다.

"내가 보기엔 그 남자는 아니에요."

"그럼, 지금 우리가 엉뚱한 다리를 긁고 있단 말이야?"

"꼭 그렇다는 건 아니에요. 그 사람은 틀림없이 헬렌을 사랑했을 거예요. 하지만, 가일스, 그 사람은 정말 훌륭한 남자예요. 사람을 목 졸라 죽일 만한 타입이 아니란 말이에요."

"하지만 당신이 사람 목 졸라 죽일만한 남자를 많이 만나본 것도 아니잖아?"

"그야 그렇죠. 하지만 여자로서의 내 육감이 있는걸요!"

"살인자의 희생물이 된 사람들이 대개 그런 소리를 하지. 이봐, 그웬다, 농

담은 집어치우고, 정말 조심해야 해, 당신, 알았어?"

"물론이죠. 사실 난 그런 괴물 같은 여자하고 사는 그 남자가 가엾어요. 그 사람은 지금까지 무척 비참하게 살아왔을 거예요. 분명하다고요!"

"그래, 좀 이상한 여자긴 하더구먼……, 어딘가 모르게 불안해 보이기도 하고……."

"그래요, 정말 음산한 여자예요. 당신, 그 여자가 내내 나를 뚫어지게 보고 있었던 것 알아차렸어요?"

"우리 계획이 잘 되었으면 좋으련만—."

3

다음 날 아침 그들은 계획을 실행에 옮겼다. 가일스는 자기 말대로 이혼소 송에 관여하고 있는 꺼림칙한 탐정이 된 듯한 기분을 느끼면서 앤스틸 저택의 정문이 내려다보이는 아주 좋은 지점에 자리를 잡고 섰다. 11시 30분경—그는 그웬다에게 만사 오케이라고 알렸다.

어스킨 부인이 소형 오스틴 자동차를 몰고 집을 나섰던 것이다. 3마일쯤 떨 어진 곳에 있는 시장에 가는 것이 분명했다. 이제 그들 부부의 행동을 감시할 사람은 아무도 없었다.

그웬다는 재빨리 현관까지 차를 몰고 가서 벨을 눌렀다. 그러고는 어스킨 부인 안 계시냐고 묻자 부인은 외출 중이라는 대답이 나왔다. 그러면 어스킨 소령님이라도 뵙고 싶다고 말했다.

어스킨 소령은 정원에 있었는데 그웬다가 나타나자 화단 손질하던 것을 멈 추고 몸을 일으켰다.

그웬다가 먼저 입을 열었다.

"방해해서 죄송합니다. 하지만 아무래도 어제 여기서 제 반지를 떨어뜨린 것 만 같아요. 차를 마시고 나올 때만 해도 분명히 끼고 있었거든요. 좀 헐렁하긴 했지만, 그래도 도저히 잃어버릴 수는 없답니다. 제 약혼반지이기 때문이에요."

곧이어 반지 수색작업이 벌어졌다.

그웬다는 어제 걸어갔던 길을 다시금 더듬어갔다. 그러고는 자기가 어디 서 있었으며 어떤 꽃들을 만졌었는지 기억을 더듬으려 애썼다. 그러자 커다란 참제비고깔 덤불 옆에서 반지를 곧 찾을 수가 있었다. 그녀는 적이 안심이 되었다.

"자, 그럼 마실 것이라도 한잔 대접해 드릴까요, 리드 부인? 맥주가 어떨지, 아니면 셰리주 한잔? 그게 아니면 커피를 들겠소?"

"아뇨, 아무것도 들고 싶은 생각이 없어요. 정말 괜찮습니다. 담배나 한 대 주시면 고맙겠어요."

그녀가 벤치 위에 걸터앉자 어스킨 소령도 그 옆에 따라 앉았다.

그들은 2~3분 간 말없이 담배만 피워댔다.

그웬다의 심장이 좀 빠르게 고동치고 있었다. 자, 이젠 다른 길이 없어. 범을 잡으려면 범의 굴로 뛰어드는 수밖에─.

"저, 소령님, 여쭤보고 싶은 게 있어요. 뻔뻔스럽고 무례하다고 생각하실지 모르지만, 꼭 알고 싶은 거라서. 그리고 소령님만이 제게 진상을 이야기해 주실 수 있는 분이시거든요. 제가 알기론 소령님은 제 새어머니를 사랑하셨다는데……."

그러자 소령은 놀란 얼굴을 홱 그녀에게 돌렸다.

"당신 새어머니라고요?"

"예, 헬렌 케네디 말씀이에요. 결혼한 뒤로는 헬렌 할리데이가 되었죠."

"그래, 알겠소."

그웬다 옆에 앉은 남자는 말이 없었다.

그의 눈길은 멍하니 양지쪽의 잔디밭을 건너다보고 있었다. 손에 든 담배에서 연기가 모락모락 솟아오르고 있었다. 조용하기 그지없는 모습. 하지만 그의 팔이 그녀의 팔에 닿았을 때, 그웬다는 지금 그의 긴장된 모습 속에서 심한 혼란의 소용돌이가 휘몰아치고 있음을 알 수 있었다.

이윽고 어스킨은 그동안 마음속으로 자문했던 질문에 대답이라도 하듯이 입을 열었다.

"편지 때문이겠지요, 아마도."

그웬다는 그 말에 대답하지 않았다.

"하지만 많이 보내지는 않았소. 두 통, 아니 세 통이었던가? 헬렌은 그걸 다 태워버렸다고 합디다. 하지만 여자들은 편지를 태워버리는 법이 없다오, 안 그렇소? 그런데 그 편지들이 당신 손에 들어간 게로군. 그래서 호기심이 생긴 거고—."

"전 제 새어머니에 대해 좀더 많은 것을 알고 싶어요. 전 새어머니를 퍽 좋아했거든요. 그분이, 그분이 사라지셨을 즈음엔 아직 어린애였지만 말이에요."

"사라지다니?"

"그럼 모르셨어요?"

그의 솔직하고도 놀라움에 가득 찬 눈길이 그녀의 눈길과 부딪쳤다.

"난 그녀의 소식이라곤 전혀 모르고 지냈소. 그 해, 그 해 여름에 딜머스에서 지낸 뒤로는—."

"그럼, 지금 그분이 어디 살고 있는지도 모르시나요?"

"내가 어떻게 알겠소? 벌써 오래전 일인데—여러 해 전이지. 이젠 다 끝난 일이고 말이오. 난 까마득히 잊었나오."

"잊으셨다고요?"

그러자 어스킨 소령이 쓰디쓰게 웃었다.

"아니, 잊지 않았을지도 모르지……. 당신은 꽤 예민한 사람이로군요, 리드 부인. 어쨌든 그녀에 관한 소식을 좀 알려줘요. 설마, 죽은 건 아니겠지?"

그때 갑자기 약하지만 싸늘한 바람이 일더니 그들의 목을 섬뜩하게 하고 지나갔다.

"그분이 살아 계시는지, 아니면 돌아가셨는지는 저도 모릅니다. 그분에 대해선 아무 소식도 듣지 못했어요. 전 혹시 소령님이 아실까 해서—."

그웬다는 그가 고개를 내젓는 것을 보고 말을 계속했다.

"저, 지금 말씀드리지만 그분은 그 해 여름에 딜머스를 떠났답니다. 이느 날 저녁에 갑자기, 이무 말노 없이 말이죠. 그리고는 그 뒤로 영영 돌아오시지 않은 거예요."

"그래서 당신은 혹시 나라면 그녀에게서 무슨 소식을 들었을지도 모른다고 생각한 게로군?"

"예, 그래요."

그가 다시금 고개를 내저었다.

"아니, 난 전혀 아무런 소식도 못 들었소. 하지만 그녀의 오빠는(그 의사 선생 말이오) 딜머스에 살고 있으니 뭔가 알고 있을 테지. 아니면 그 사람 역시 세상을 떠났나요?"

"아뇨, 그분은 살아 계세요. 하지만 그분도 역시 이렇다 할 만한 것은 모르고 계세요. 저, 솔직히 말씀드리면 사람들은 모두 새어머니가 달아난 걸로 알고 있답니다―다른 남자하고요."

그러자 어스킨 소령은 고개를 돌려 깊숙하고도 슬픔에 찬 눈길로 그녀를 바라보았다.

"그래, 모두들 그 사람이 나하고 도망간 걸로 생각했단 말이오?"

"꼭 그렇지는 않지만 그럴 가능성도 있다고 생각한 거지요."

"그럴 가능성도 있다고? 아니, 그렇지 않소. 절대 그럴 가능성은 없었소. 아니면 우리가 바보처럼 어리석었든자―행복해질 기회를 놓치고 만 고지식하고 양심적인 바보들 말이오."

그웬다는 그의 말에 아무런 대꾸도 하지 않았다. 그러자 어스킨이 다시 몸을 돌려 그녀를 바라보았다.

"그래, 다 얘기하는 편이 좋겠군. 뭐 사실은 그다지 많이 할 이야기도 없지만. 하지만 헬렌에 대해 오해하게 놔두고 싶지는 않소. 우리가 처음 만난 것은 인도로 가는 배 위였소. 나는 우리 집 아이 하나가 병이 나는 바람에 인도로 가는 길이었지. 아내는 다음 배편으로 따라올 작정이었고 말이오. 헬렌은 우즈앤 포레스츠 사(社)라든가 하는 차 재배회사에서 일하는 남자와 결혼하러 인도로 가는 길이었소. 하지만 그녀는 그 남자를 사랑하고 있지 않았소. 그 남자는 그녀에게 있어 그냥 친절하고 다정한 옛 친구에 지나지 않았던 게요. 그리고 그녀는 행복하지 못한 자기 집에서 도망치고 싶은 마음에 그와 결혼하려 했던 거고. 어쨌든 우린 즉시 사랑에 빠졌소."

어스킨 소령은 잠시 말을 끊었다. 이윽고 그가 다시 입을 열었다.

"이렇게 말하면 너무 노골적이라고 할 테지만, 하지만 나로선 이 점을 분명히 하고 싶어 그런 표현을 쓴 거요. 우리 사랑은 배 위에서 잠깐 스치고 마는 그런 로맨스 같은 게 아니었소. 그야말로 진지했지. 하지만 결국 우린 그 일때문에—그렇소, 상처를 입고 말았소. 어떻게 할 도리가 없는 일이었으니까. 나로서는 재닛과 아이들을 버릴 수 없었고, 헬렌 역시 나와 같은 생각이었소. 재닛 혼자뿐이었다면 그럴 수도 있었겠지만—아이들이 있으니 어쩔 수 없었던 게요. 우리에겐 아무 희망도 없었소. 결국 우린 작별을 하고 잊기로 해보자고 결론을 내렸지."

그는 짧고도 슬픈 웃음을 터뜨렸다.

"잊는다고? 아니, 난 절대 잊지를 못했소. 단 한 순간도 잊지 못했던 거요. 그러자니 내 인생은 산지옥 같았고……, 헬렌을 생각하는 내 마음은 걷잡을 수 없었지.

어쨌든 헬렌은 결혼하려던 남자와 결혼하지 못하고 말았다오. 최후의 순간에 차마 그럴 순 없다고 판단한 거지. 그 후 그녀는 영국으로 돌아오는 배 위에서 다른 남자를 만난 거요. 그게 당신 아버지였을 테지. 두 달 뒤에 헬렌은 나한테 결혼했다는 편지를 썼소. 상대방 남자는 아내를 잃고 매우 상심해 있었다고 썼더군. 그리고 전처와의 사이에 아이도 하나 있다고 했고, 헬렌은 자신이 그 남자를 행복하게 해줄 수 있다고 믿었던 게요. 그리고 그것만이 최선의 길이라고 믿은 거지.

그때 헬렌이 보낸 편지는 딜머스에서 보낸 것이었소. 여덟 달쯤 뒤 아버지가 돌아가시는 바람에 나는 이 집을 물려받고 이곳에 와서 살게 되었소. 사표를 낸 뒤에 영국으로 돌아왔다. 그러고는 2~3주일 휴가를 지낸 뒤에 이 집으로 들어와 살기로 했었소. 아내는 휴가를 보낼 장소로 딜머스를 권유하더군. 친구들 얘기가 아늑하고 조용한 곳이라고 했다는 게요. 물론 아내는 헬렌과의 일에 대해선 까맣게 몰랐지. 그때 내가 느낀 마음이 유혹을 당신은 상상할 수 있겠소? 그녀를 다시 만나고 싶은 유혹, 그녀가 결혼한 남자가 어떤 남자인지 알고 싶은 유혹 말이오."

다시 짧은 침묵이 흘렀다. 그러고 나서 어스킨 소령은 입을 열었다.

"우린 딜머스에 가서 로열 클래런스 호텔에 묵었지. 그런데 그것이 실수였던 게요. 헬렌을 다시 본다는 건 지옥 같은 일이었으니까. 언뜻 보아 헬렌은 아주 행복해 보였소. 분명히 그런지는 알 수 없었지만. 그리고 그녀는 나하고 단둘이 있는 것을 피하는 눈치였소. 난 그녀가 아직 나를 사랑하고 있는지, 아니면 그렇지 않은지 짐작도 할 수 없었소…… 아마 그 괴로움을 극복한 모양이긴 했지만. 그런데 내 아내가 미심쩍어하기 시작한 게요. 아내는……, 아내는 매우 질투심이 강한 여자였소. 물론 지금까지도 그렇지만."

그는 무뚝뚝하게 덧붙여 말했다.

"자, 내 이야기는 이걸로 끝이오. 그 뒤에 우린 딜머스를 떠났으니까."

"8월 17일에 말씀이시죠?" 그웬다가 물었다.

"그 날짜였소? 아마 그럴 게요. 정확히는 모르겠지만."

"토요일이었어요."

"아, 그래요, 당신 말이 맞소. 재닛이 한 말이 생각나는구먼. 재닛이 그때 그랬지—북쪽으로 가는 기차가 붐빌지 모르겠다고. 하지만 지금 생각하니 그렇게 붐빈 것 같지 않소."

"어스킨 소령님, 제발 기억을 더듬어주세요. 소령님이 제 새어머니, 헬렌을 마지막으로 본 게 언제였나요?"

그는 온화하지만 지친 듯한 미소를 띠었다.

"그다지 어렵진 않소. 우리가 떠나오기 전날 저녁에 헬렌을 만났으니까. 해변에서 말이오. 저녁식사를 하고 산책을 나갔더니 헬렌이 거기 있더군. 주위에는 아무도 없었고 난 그녀를 집까지 바래다주었지. 정원을 지나서—."

"그게 몇 시였나요?"

"글쎄, 잘 기억이……, 9시였던가?"

"그때 작별인사를 하셨나요?"

"그렇소, 작별인사를 했지."

말을 마친 그가 다시 웃음을 터뜨렸다.

"아, 하지만 당신이 상상하는 것 같은 그런 작별은 아니었소. 짧고 냉정한 것이었소. 헬렌이 그러더군. '자, 이젠 돌아가세요. 제발 빨리요. 여기까지 오다니 그럴 수는—.' 그때 갑자기 그녀가 말을 끊었지. 그래서 난, 그냥 돌아올 수밖에 없었던 게요."

"호텔로 말인가요?"

"그렇지, 결국엔 말이오. 하지만 호텔로 돌아가기 전에 난 오래 걸었다오. 교외 쪽으로 해서 걷고 또 걸었던 게요."

"이렇게 여러 해가 지나고 보니 날짜를 제대로 짚기가 참으로 힘들군요. 하지만 새어머니가 집에서 나간 것이 바로 그날 밤이었던 것 같아요. 그러고는 다시 돌아오지 않은 거지요."

"그래, 이제 알겠소. 가뜩이나 그런 판에 나하고 내 아내가 그 다음 날 아침에 떠났으니 사람들이 나하고 그녀가 같이 도망간 거라고 소문을 퍼뜨린 모양이지. 사람들 생각이란 때론 우습다니까."

그웬다는 퉁명스럽게 말했다.

"어쨌든 새어머니가 소령님하고 같이 집을 나간 게 아니란 말씀이죠?"

"천만에, 절대로 아니오. 그건 두 번 다시 물어볼 문제도 안 되오."

"그렇다면 소령님 생각엔 새어머니가 왜 집을 나갔다고 생각하세요?"

어스킨은 이맛살을 찌푸렸다. 이제 그는 태도를 바꾸어 그 점에 흥미를 갖게 된 것 같았다.

"그래, 그것참 이상한 문제로군. 그런데 헬렌은, 그 뭐랄까, 아무 설명 같은 것도 남기지 않았소?"

그웬다는 잠시 답변을 궁리한 뒤에 자기가 믿고 있었던 바를 말했다.

"제 생각으로는 아무것도 없었던 것 같아요. 소령님은 새어머니가 누구 딴 남자하고 달아났다고 생각하시나요?"

"아니오, 그런 일은 없었을 거요."

"보시지 않고서도 본 것같이 확신을 하시는군요."

"그렇소, 확신하오."

"그렇다면 새어머니는 대체 왜 집을 나간 걸까요?"

"헬렌이 만일 진짜 그렇게, 진짜로 그렇게 갑작스럽게 집을 나간 거라면 내가 생각할 수 있는 이유는 단 한 가지밖에 없소. 그녀는 내게서 멀리 도망치려 했던 거요."

"소령님에게서요?"

"그렇소. 아마 그녀는 두려웠을 게요. 내가 자기를 다시 만나려 할까 봐 말이오. 그리고 자기를 괴롭힐까 봐—내가 자기에게 여전히, 여전히 미친 듯이 빠져 있다는 것을 알았을 테니까. 그래요, 그녀가 도망간 건 틀림없이 그 때문일 게요."

"하지만 그런 설명으로는 납득이 가지 않아요. 그 뒤로 새어머니가 어째서 다시 돌아오지 않았느냐 하는 데에 대한 설명 말이에요. 자, 제발 말씀해 주세요. 헬렌이 우리 아버지에 대해 무슨 말 한 것은 없나요? 아버지 때문에 괴롭다든가, 아니면 아버지가 무섭다든가 뭐 그런 말 말이에요."

"자기 남편이 무섭다고? 아니 왜—? 아, 알겠소. 그 사람이 질투했을 거라고 생각하는군. 그래, 아버지는 질투심이 강한 분이셨소?"

"모르겠어요. 아버지는 제가 아주 어렸을 때 돌아가셨으니까요."

"아, 그렇소? 흠, 기억을 더듬어보니 아버님은 평범하고 유쾌한 분이셨던 것 같은데. 헬렌을 퍽 사랑하고 자랑스럽게 여기고 있었고. 하지만 그 이상은 생각이 안 나는구려. 아니, 오히려 질투를 한 쪽은 나였소. 아버님을 질투했으니까."

"소령님이 보시기에 그 두 분은 행복해 보였나요?"

"그렇소, 행복해 보였지. 그걸 보고 난 기뻤지만, 그 한편으로는 괴롭기도 했소. 아니 헬렌은 아버님에 대해 나에게 아무 이야기도 하지 않았소. 아까도 말했지만 우리 단둘이 있었던 적이 한 번도 없었으니까. 둘이 비밀리에 무슨 이야기를 한다든가 그런 적은 절대 없었소. 하지만 지금 당신 말을 듣고 보니까 헬렌이 불안해하던 것이 생각나는군……"

"불안해했다고요?"

"그래요, 난 그때 아마 내 아내 때문에 그러는 모양이라고 생각했지."

그러다가 말고 그는 잠시 말을 멈추었다.

"그런데 지금 생각하니 그 이유 때문만은 아니었던 듯싶소."

문득 그가 날카로운 얼굴로 그웬다를 바라보았다.

"헬렌이 당신 아버님을 두려워했소? 혹시 그분이 헬렌하고 관련 있는 다른 남자들을 질투한 건 아니오?"

"소령님은 그렇게 생각하지 않으시는 것 같은데 뭘 그러세요."

"질투란 이상한 거라서 말이오. 사람들은 때로는 남들한테 전혀 눈치채이지 못하게 감쪽같이 질투를 숨길 수 있거든."

그는 이렇게 말하며 두려운 듯이 잠깐 몸을 떨었다.

"하지만 질투란 아주 무서운 것이 될 수도 있소. 아주 무서운 것이."

"그리고 참, 또 한 가지 알고 싶은 것이 있어요."

그때 그웬다는 말을 멈추었다.

자동차 한 대가 자동차 전용 길을 달려와 섰다. 그것을 보고 어스킨 소령이 입을 열었다.

"아, 아내가 쇼핑에서 돌아왔군."

실로 잠깐 사이에, 어스킨 소령은 조금 전까지와는 아주 다른 사람으로 변해 있었다. 그의 말투는 여전히 상냥하긴 했지만 어딘가 모르게 딱딱했고 얼굴에선 표정이 사라져버렸다. 목소리의 미세한 떨림으로 보아 그는 지금 긴장된 감정을 최대한으로 감추고 있는 모양이었다.

어스킨 부인은 집 모퉁이를 돌아 이편으로 성큼성큼 걸어왔다.

그녀의 남편이 그녀를 향해 한 걸음 내딛었다.

"리드 부인이 어제 정원에서 반지를 떨어뜨렸다는구려."

"그래요?"

어스킨 부인이 내쏘듯이 남편의 말을 받았다.

그웬다는 재빨리 나섰다.

"안녕하세요. 다행히 반지를 찾았어요."

"그거 아주 잘 됐군요."

"예, 정말이에요. 잃어버렸으면 어떡하나 하고 크게 걱정했거든요. 자, 이젠 가봐야겠어요."

하지만 어스킨 부인은 그웬다의 말에 아무런 대답도 하지 않았다. 그러자 소령이 대신 말했다.

"자동차까지 바래다드리리다."

그가 테라스를 따라 걸어가고 있는 그웬다의 뒤를 쫓아가려 막 한 걸음 내딛었을 때였다. 그의 아내의 뾰족한 말소리가 날아왔다.

"리처드, 리드 부인에게 실례가 안 된다면 저 좀 보세요. 아주 중요한 일이에요."

그웬다는 허겁지겁 말했다.

"아, 예, 괜찮고말고요. 성가시게 일부러 나오시지 않아도 돼요."

그러고 나서 그녀는 테라스를 재빠른 걸음으로 달려가 집 한 모퉁이를 돌아서 자동차가 서 있는 곳으로 갔다.

그때, 그녀는 문득 발걸음을 멈추었다. 어스킨 부인의 차가 자기 차에 너무나 바싹 대어져 있어서 차를 빼낼 수 있을지 모를 정도였던 것이다. 그녀는 잠시 주저하다가 천천히 테라스 쪽으로 다시 발걸음을 옮겼다. 하지만 프랑스식 유리문 바로 앞에 다가갔을 때 그녀는 얼어붙은 듯이 서버리고 말았다.

굵직하고 왕왕 울리는 어스킨 부인의 목소리가 귀를 찔러댔던 것이다.

"당신이 무슨 말을 하던 난 믿지 않아요. 이건 둘이 미리 짠 거라고요. 어제 벌써 짜둔 거예요, 안 그래요? 내가 데이스 시에 있는 동안 그 여자를 이리로 오게 한 거예요. 당신은 언제나 마찬가지예요. 예쁜 여자만 보면 사족을 못 쓴다고요. 이젠 견딜 수 없어요. 알겠어요? 이젠 가만있지 않겠다고요!"

어스킨의 목소리가 아내의 말을 잘랐다. 그의 목소리는 나직하고 조용했지만, 거의 절망적인 목소리였다.

"재닛, 이봐요, 어떨 때 보면 당신, 제정신이 아닌 것 같구려."

"제정신이 아닌 건 내가 아니라 당신이라고요. 당신은 여자만 보면 그냥 놔두질 못하잖아요!"

"그게 사실이 아닌 건 당신도 알고 있겠지."

"아니, 사실이에요! 옛날에도 그랬었잖아요. 조금 전의 그 젊은 여자가 왔다는 그 딜머스에서도 말이에요. 그 노란 머리 할리데이라는 여자하고 좋아 지내지 않았다고는 감히 얘기하지 못하겠죠!"

"이봐요, 당신은 웬만한 건 좀 잊어버릴 수 없소? 대체 어째서 언제까지나 그런 일들을 외고 또 왼단 말이오? 그것도 자기 멋대로 없는 일까지 꾸며대서—."

"당신 때문이에요! 당신이 내 마음을 이렇게 갈기갈기 찢어 놓은 거라고요! 하지만 이젠 더 이상 참을 수 없어요. 알겠어요? 더 이상 참을 수 없다고요. 몰래 짜고서 밀회를 하다니! 그러고는 내 뒤에다 대고 날 비웃었겠지! 당신은 나한테는 조금도 신경을 쓰지 않아요. 도대체 신경을 써준 적이 한 번도 없단 말이에요! 죽어버릴 테야! 절벽에서 뛰어내리든지 어쩌든지 해야지……. 이러고 살기보다는 차라리 죽어버리는 게 낫다고요!"

"재닛—재닛—제발, 제발……!"

어스킨 부인의 굵은 목소리가 도중에 끊어지고 그 대신 격정에 우는 울음소리가 여름날의 대기 속으로 메아리쳤다.

그웬다는 발뒤꿈치를 들고 살금살금 걸어가 다시 자동차 길로 나섰다. 그러고는 잠시 생각을 한 뒤에 현관의 벨을 눌렀다. 이어 그녀는 벨소리에 나온 하녀에게 말했다.

"저, 누가 저 차 좀 치워주셨으면 해서요. 저 차 때문에 내 차를 몰고나갈 수가 없어요."

하녀가 다시 집 안으로 들어갔다. 곧이어 한 남자가 예전에 마구간이었던 쪽으로 걸어 나왔다. 그는 모자에 손을 대어 그웬다에게 인사를 한 뒤에 오스틴에 올라타고는 뜰로 몰았다. 오스틴이 사라지자 그웬다는 자기 자동차에 재빨리 올라타서는 가일스가 기다리고 있는 호텔로 돌아갔다.

"왜 이렇게 오래 걸렸어?" 가일스가 그녀를 보자 대뜸 말했다.

"그래, 뭐 좀 알아냈어?"

"그래요. 이젠 모두 다 알아냈어요. 정말 가엾은 사연이에요. 그 사람은 헬렌을 무척 사랑했었나 봐요."

그러고 나서 그녀는 그날 아침 있었던 일을 모두 되풀이해서 남편에게 들려주었다.

"내 생각엔—." 그녀는 결론이라도 짓듯이 말했다.

"어스킨 부인은 좀 제정신이 아니에요. 말투가 꼭 미친 사람 같아요. 어스킨 소령이 질투라고 말한 의미를 알겠어요. 그런 감정을 느낀다는 건 정말 끔찍한 일일 거예요. 어쨌든 이젠 그 사람이 헬렌하고 달아난 남자가 아니라는 것만은 알았어요. 그리고 그 사람이 헬렌의 죽음에 대해 아무것도 모른다는 사실도요. 그러니까 그 사람이 그날 저녁에 헬렌하고 헤어졌을 때만 해도 헬렌은 살아 있었던 거예요."

가일스가 대꾸했다.

"그렇겠지. 적어도, 그 사람 말은 그렇다는 거겠지."

그의 말에 그웬다는 화가 난 표정이었다.

하지만 가일스는 분명하게 되풀이했다.

"그건 그 남자 쪽에서 하는 말일 뿐이야."

제18장

엉거시풀

　마플 양은 프랑스식 유리문 밖 테라스에 허리를 구부리고 앉아 그녀가 모르는 새에 길게 다란 엉거시풀을 뽑아내고 있었다. 하지만 그것은 잠깐 동안의 승리였을 뿐이다. 땅 밑에는 엉거시풀이 여전히 무성하게 뻗어 있었던 것이다. 하지만 적어도 참제비고깔만은 자기가 임시나마 구사일생으로 살았음을 알게 되었다.

　그때 코커 부인이 응접실 창문에 모습을 나타냈다.

　"죄송합니다, 부인, 케네디 박사님이 오셨어요. 리드 부부가 언제까지 집을 비우고 계실지 알고 싶어 하십니다. 그래서 전 잘 모르겠다고 말씀드렸죠. 하지만 부인께선 아실지 모르겠다고 했어요. 이리로 모셔올까요?"

　"아, 그래요, 그렇게 해줘요, 코커 부인."

　코커 부인은 곧 케네디 의사를 대동하고 나타났다.

　마플 양은 좀 허둥대면서 자기소개를 했다.

　"……그래서 난 그웬다에게 두 사람이 집을 비운 동안 여기 와서 집을 돌보면서 잡초도 뽑아주겠다고 약속했지요. 내 생각으론 이 집의 젊은 제 친구들이 임시고용 정원사인 포스터에게 이용당하고 있는 것 같아요. 그 사람은 1주일에 두 번 오기로 되어 있는데, 와서는 차만 연거푸 마시고 수다 떨기 일쑤에다가 일이라곤 도통 하는 것을 못 보았으니 말이에요."

　케네디 의사는 그녀의 말에 좀 멍하니 대답했다.

　"예, 그렇죠. 정원사들이란 다 그러기 마련인걸요, 뭐."

　마플 양은 케네디 의사를 감정이라도 하듯이 자세히 뜯어보았다.

　리드 부부의 이야기를 듣고 생각했던 것보다는 나이가 들어보였다. 좀 빨리 늙어버린 사나이로군. 마플 양은 속으로 중얼거렸다. 게다가 그의 표정은 뭔가

근심걱정이 있어 뵈고 불행한 듯한 모습이었다.

그는 마플 양 앞에 서서 손가락으로 길고 호전적인 듯한 턱을 쓰다듬고 있었다. 이윽고 그가 입을 열었다.

"리드 부부는 멀리 갔나 보군요. 대체 언제 돌아올 건지 아십니까?"

"아, 예, 그다지 오래 걸리지는 않을 거예요. 북부 지방에 사는 친구들을 좀 만나러 갔으니까. 젊은 사람들은 원래 좀 부산스러워요. 늘 여기저기 돌아다니기만 하거든요."

"예, 그렇죠. 정말 옳은 말씀입니다."

그는 잠시 말을 멈추었다가 다시금 조심스럽게 입을 열었다.

"가일스 리드가 나한테 편지를 써서 무슨 서류를(아니, 편지라고 해야겠군요) 좀 보내달라고 해서요. 아직 갖고 있다면 보내달라고 하더군요."

그러고는 그가 망설이며 말을 잇지 못하자 마플 양이 조용히 그다음 말을 이었다.

"여동생 편지 말이지요?"

그러자 케네디 의사는 날카로운 눈길을 그녀에게 홱 돌렸다.

"그럼, 부인도 다 알고 있는 모양이군요? 친척 되시는가요?"

"아뇨, 그냥 친구랍니다. 난 그 두 사람에게 내 능력껏 충고를 해주었지요. 하지만 사람들이 어디 쉽사리 남의 충고를 받아들이나요? 유감이에요……. 하지만 뭐 어쩔 수 없지요."

"그래, 뭐라고 충고를 하셨나요?" 그가 호기심이 난다는 듯이 물었다.

"잠자는 살인은 그냥 그대로 잠자도록 내버려두라고 했죠."

마플 양이 단호한 태도로 말했다. 케네디 의사는 울퉁불퉁한 나무로 만든 앉기 거북한 벤치에 털썩 몸을 기댔다.

"그거 아주 좋은 충고 말씀을 하셨군요. 난 그웨니를 좋아합니다. 옛날에도 아주 착하고 귀여운 아이였거든요. 지금도 아주 멋진 숙녀로 자라났더군요. 그래서 난 그녀가 무슨 말썽에 휘말리지나 않을까 하고 걱정이랍니다."

"말썽이라—말썽에도 여러 가지가 있지요."

"예? 아, 예, 그야 그렇죠."

그는 한숨을 내쉬고 나서 다시 입을 열었다.

"가일스 리드는 나한테 내 여동생이 이곳에서 사라진 뒤에 보냈다는 편지를 좀 빌려줄 수 없겠느냐고 하더군요. 그리고 가능하면 그 애의 필적을 알 수 있는 견본도 좀 보내 달라고 말입니다."

그는 문득 마플 양을 칼처럼 찌를 듯한 시선으로 바라보았다.

"무슨 뜻인지 아시겠죠?"

마플 양은 고개를 끄덕였다.

"예, 알 것 같아요."

"그 두 사람은 켈빈 할리데이가 자기 아내를 목 졸라 죽였다고 한 말이 진실이라고 다시 생각하고 있는 겁니다. 그러고는 내 여동생 헬렌이 사라진 뒤에 보냈다는 편지가 사실은 그 애가 쓴 편지가 아니라고 믿고 있어요. 위조편지라고 생각하는 거죠. 그 두 사람은 헬렌이 살아서 이 집을 나가지 못했다고 믿고 있습니다."

마플 양이 부드럽게 물었다.

"그럼, 박사님은 어떤가요? 이젠 박사님도 그렇게 확신하지 않는 모양이죠?"

"당시에는 분명히 그렇게 확신했죠."

케네디 의사는 여전히 허공을 응시한 채 대꾸했다.

"너무 명백한 일이었으니까요. 켈빈의 말은 순전한 망상이었다고 믿었습니다. 시체도 없고, 여행가방과 옷이 없어졌는데 달리 어떻게 생각하겠습니까?"

"그리고 여동생은 그 무렵에 좀―에취!" 마플 양은 조심스럽게 기침했다.

"그러니까, 어떤 신사분에게 관심을 좀, 가졌지 않았습니까?"

케네디 의사가 다시 마플 양을 바라보았다. 그의 눈 속에는 심한 고통을 받은 듯한 표정이 어려 있었다.

"난 내 여동생을 사랑했습니다. 하지만 인정할 건 인정해야지요. 그 애 주위에는 언제나 남자들이 있었습니다. 세상에는 원래가 그렇게 태어난 여자들도 있기 마련이죠. 그러한 운명은, 그녀들로서도 어쩔 수 없는 겁니다."

"당시에는 모든 일이 분명하게 여겨졌는데 지금은 그렇게 확신을 가지지 못하시겠다는 거군요. 그건 어째선가요?"

케네디 의사는 솔직하게 털어놓았다.

"왜냐하면 만일 헬렌이 아직 살아있을 경우 이렇게 여러 해 동안이나 나에게 아무런 연락도 하지 않는다는 사실이 도저히 믿어지지 않기 때문이죠. 그리고 또 같은 논리로 생각해 볼 때 만일 그 애가 죽었다고 해도 나한테 그런 연락이 전혀 오지 않는 것도 이상하지 않습니까, 그래서—."

그는 자리에서 일어나 주머니에서 편지 다발을 꺼냈다.

"자, 이것이 내가 최대한 모아본 것입니다. 헬렌에게서 받은 처음 편지는 없애버린 모양입니다. 아무리 찾아도 없거든요. 하지만 두 번째로 온 것은 보관해 두었지요. 주소가 우체국 유치로 되어 있습니다. 그리고 여기, 필적을 비교해 보라고 헬렌이 쓴 다른 종이를 가져왔습니다. 아무리 찾아도 이것밖에 없더군요. 원예를 하기 위해 사들인 구근 목록을 적은 것이죠. 주문서 사본인데 그 애가 간직해 놓은 모양입니다. 이 주문서하고 편지 필적은 내가 보기엔 비슷해 보이는데 뭐 나야 전문가가 아니니까 뭐라고 단정 지을 수야 없죠. 이걸 가일스하고 그웬다가 돌아오면 좀 전해 주십시오. 아마 구태여 필적감정가에게 보낼 것까지도 없을 겁니다."

"아, 예, 두 사람은 내일쯤이면—아니, 모레까지는 틀림없이 돌아올 거예요."

의사는 고개를 끄덕이며 여전히 멍한 눈길로 테라스를 더듬어가고 있었다. 그러고는 불쑥 입을 열었다.

"내가 무엇 때문에 걱정하는지 아시겠습니까? 만일 켈빈 할리데이가 정말 자기 아내를 죽였다면 시체를 어딘가에 감추었거나 무슨 방법을 써서든지 없애버렸을 겁니다. 즉, 그 말은 무슨 뜻이냐 하면(나로선 그밖에 달리는 생각할 수 없습니다만) 당시 켈빈이 내게 들려주었던 이야기가 아주 교묘하게 꾸며낸 이야기라는 뜻입니다. 헬렌이 집을 나갔다는 사실을 진짜 그럴 듯하게 보이기 위해서 옷이 잔뜩 든 여행가방을 미리 감추어 놓고, 또 외국에서 편지가 오도록 짜놓은 거지요. 그렇다면 그것은 아주 냉혹하게 계획된 살인인 셈입니다.

그웨니는 아주 귀엽고 좋은 아이였습니다. 그러니 그 애의 아버지가 편집광적인 범죄자라는 것이 밝혀지는 것만 해도 괴로운 일인데, 그 아버지가 계획적으로 살인을 저지른 것이 밝혀지는 건 더더욱 괴로운 일이 아닐 수 없거든요."

말을 마친 그는 몸을 돌려 열려 있는 유리문 쪽으로 향했다.

그때 마플 양이 느닷없이 질문을 던져 그의 발걸음을 멈추게 했다.

"케네디 박사님, 여동생이 누군가를 두려워하고 있지는 않았나요?"

그는 다시 몸을 돌려 그녀를 뚫어지게 바라보았다.

"두려워하다뇨? 아뇨, 내가 아는 한 그런 사람은 없었습니다."

"예, 그저 좀 궁금해서……. 내가 실례되는 질문을 했다면 부디 용서하세요. 하지만 내가 알기론, 헬렌한테 젊은 남자가 있었다는데? 좀 복잡한 일이었다죠? 헬렌이 아주 젊은 처녀였을 적에 말입니다. 애플릭이라던가 하는 남자하고—"

"아, 그거 말입니까? 처녀들이 흔히 겪는 시시한 연애 사건이었죠. 그 친구는 별로 바람직하지 못한 친구였답니다. 약삭빠르고 정직하지 못한 친구였죠. 그리고 물론 헬렌하고는 신분이 어울리지도 않았고요. 그 친구는 그 뒤에 이 고장에서 말썽을 일으키기도 했습니다."

"난 단지 그 젊은이가 복수심에 불탔던 게 아닌가 해서 말이지요."

케네디 의사가 냉소적인 미소를 떠올렸다.

"아뇨, 그렇게까지 심각한 사이는 아니었습니다. 어쨌든 내가 말씀드렸듯이 그 친구는 이 고장에서 말썽을 일으키고는 아주 여길 떴습니다."

"그게 어떤 말썽이었는데요?"

"아, 뭐 범죄라든가 그런 것은 아니었습니다. 그냥 좀 신중하지 못해서 저지른 일이었지요. 자기 고용주의 일을 여기저기 퍼뜨린 거랍니다."

"그 고용주라는 사람이 월터 페인이었지요?"

케네디 의사는 조금 놀란 얼굴이었다.

"예, 그렇습니다. 그렇게 말씀하시니 기억나는군요. 페인 앤드 워치맨 사무소에서 일했지요. 연간(年間) 계약으로 일하는 직원이 아니라 그냥 보통 직원이었습니다."

그냥 보통 직원이라고? 케네디 의사가 가버린 뒤 마플 양은 다시 엉기시풀 위로 놈을 기울이면서 의문에 잠겼다……

제19장

킴블, 말하다

"정말 알 수 없는 일이에요." 킴블 부인이 말했다.

그녀의 남편은 그야말로 분노의 감정이라고 해야 딱 알맞은 감정에 휩싸여서 말문을 열었다. 그는 우선 자기 잔을 앞으로 내밀었다.

"대체 무슨 생각을 하고 있는 거야, 릴리?" 그가 내쏘았다.

"설탕이 없잖아, 설탕!"

킴블 부인은 급히 화가 난 남편을 달래며 설탕을 찻잔에 넣고는 다시금 자세히 자기 이야기를 계속했다.

"이 광고에 대해 생각하던 참이었어요. 릴리 애벗이라고 써 있단 말이에요, 아주 분명하게. 그러고는 '예전에 딜머스의 세인트 캐서린 저택에서 가정부로 계시던 분'이라고 되어 있어요. 이건 틀림없이 나를 얘기하는 거지 뭐예요!"

"흐—음." 킴블 씨도 마지못해 동의했다.

"거기서 일한 게 벌써 몇 년 전 일인데—당신 생각에도 이상하잖아요, 짐."

"흐—음." 킴블 씨가 다시 대꾸했다.

"짐, 대체 이 일을 어떻게 하죠?"

"그냥 내버려두는 거야."

"혹시 돈이 개입되어 있는 일이라면요?"

킴블 씨는 그로서는 드문 일인 긴 이야기를 시작하기 위한 정신적인 무장으로서 목을 그르렁거리며 차를 마셨다. 이윽고, 찻잔을 밀어낸 그는 일단 이야기의 서두를 간결하게 시작했다.

"한잔 더 주구려." 그러고 나서 그는 본격적으로 연설을 시작했다.

"저번에, 당신, 세인트 캐서린 저택에서 있었던 일을 장황하게 늘어놓은 적이 있었지? 난 그때 그 일을 별로 염두에 두지 않았었어. 여자들이 흔히 하는 바보 같은 수다거리라고 생각했기 때문이야. 그런데 그게 아닌 모양이야. 무슨 일이 일어난 것 같다는 말이야. 만일 그렇다면 이건 경찰에 관계된 일이야. 그러니 당신도 그런 일에 연루되고 싶지는 않겠지. 게다가 이제는 모두 옛날에 지나간 일 아니야? 그러니, 이봐, 제발 그 일일랑 그냥 내버려두구려."

"그렇게 말할 수도 있겠죠. 하지만, 여보, 혹시 누가 유언장에 내게 재산을 물려준다고 했을지도 모르잖아요. 혹시 그동안 할리데이 부인이 죽 살아 있다가 이제야 죽으면서 유언으로 나한테 뭘 남겨주었는지도 모르는 일이에요."

"유언으로 당신한테 뭘 남겨준다고? 도대체 뭣 때문에? 허―!"

킴블 씨는 경멸감을 나타낼 때 그가 즐겨 쓰는 단음절 말을 다시금 내뱉었다.

"만일 이게 경찰이 낸 광고라도 해도 말이에요, 이봐요, 짐, 살인자를 체포하는 데에 필요한 정보를 제공하는 사람에겐 큰 보상금을 내리기 마련이잖아요!"

"대체 무슨 정보를 제공하겠다는 거야? 당신이 알고 있는 건 모두 당신이 머릿속에서 제멋대로 상상한 것뿐이잖아!"

"그거야 당신 생각이죠. 하지만 난 죽 생각해 왔는데―."

"흠." 킴블 씨가 지겹다는 듯이 다시 내뱉었다.

"그래요, 난 죽 생각해 왔어요. 신문에서 처음 그 광고를 본 뒤로 계속 말이에요. 물론 내 생각이 좀 잘못되었는지도 모르지요."

레오니는 외국인들이 대개 그렇듯 좀 머리가 모자라서 자기가 들은 말을 제대로 이해할 수 없었던 거예요. 게다가 그 애 영어라는 건 정말 형편없었거든요. 그러니 그 애가 만일 내가 들은 말과는 다른 뜻으로 말한 것이 있다면……. 난 그 남자 이름을 기억해 내려고 애썼어요……. 만일 그 애가 본 사람이 그 남자였다면.

내가 당신에게 줄거리를 이야기했던 그 영화 기억나세요? '비밀의 연인'이라는 영화 말이에요. 그렇게 재미있고 흥분되는 영화는 처음이었어요. 경찰이 범인의 차 덕분에 마침내 범인을 잡게 되는 이야기죠. 그 사내는 자동차 수리공한테 그날 밤 휘발유를 채운 일을 못 본 걸로 해달라면서 5만 달러를 주었죠. 파운드로 얼마나 되는지는 모르겠지만. 그리고 또 한 사내가 있었죠. 질투로 정신이 나간 남편 말이에요. 모두 그녀에게 미친 듯이 빠져 있었어요. 그래서 결국엔—."

킴블 씨는 삐걱 하며 의자를 뒤로 밀었다. 그러고는 천천히 위엄 있는 자세로 몸을 일으켰다. 부엌을 떠나기 전에 그는 마지막 경고를 던졌다. 그 경고는 평소 말이 없긴 하지만 날카로운 혜안을 갖춘 남자가 최후로 하는 경고였다.

"이봐요, 그 일은 모두 덮어두는 거야. 안 그러면 당신은 꼭 후회할 거야."

그러고 나서 그는 개수대로 가서 장화를 신은 다음(릴리는 부엌 마룻바닥이 깨끗해야 한다고 늘 잔소리가 많았다) 밖으로 나갔다.

릴리는 탁자 앞에 앉았다. 가끔 날카로운 회전력을 발휘하기도 하지만 대체로 어리석은 작은 두뇌가 재빨리 돌아가기 시작했다. 물론 그녀도 남편의 말에 정면으로 반대를 할 수는 없었다.

그렇지만 아무리 그래도……. 짐은 도량이 좁고 고리타분한 사람이야. 그녀는 누구 딴 사람에게 충고를 구했으면 좋겠다는 생각을 했다. 그 누구—정보 제공에 대한 보상금이면 경찰 관계 일이면 그런 것에 대해 잘 알고 있는 사람, 그런 사람이 있으면 얼마나 좋을까. 돈벌이 할 좋은 기회가 나타났는데 그걸 내버린다는 건 너무 아까운 일이잖아!

라디오……가정용 파마기구……러셀 의상점에 있는 체리빛 외투(그렇게 멋진 건 처음 보았다!)……그리고 잘만 하면 거실에 놓을 제임스 1세 시대의 응접세트까지…….

그녀는 당장 앞에 놓일 이익만을 마음속에서 그린 채 열렬하고 탐욕스럽게 백일몽을 꾸고 있었다.

옛날 그때……, 레오니가 대체 뭐라고 했더라?

그때, 문득 한 가지 생각이 떠올랐다. 그녀는 벌떡 일어나 잉크병과 편지지와 펜을 가져왔다.

"이제야 내가 할 일을 알았어." 그녀는 속으로 중얼거렸다.

"그 의사한테 편지를 하는 거야. 할리데이 부인의 오빠 말이야. 그 사람이라면 나보고 어떻게 하라고 가르쳐 줄 거야. 만일 아직 살아 있다면 말이지. 그 사람한테 레오니의 말을 전해 주지 않은 게 양심에 걸리거든—그 자동차에 대한 것 하고 말이야."

한참 동안 방 안에서는 릴리의 펜이 종이 위를 사각거리며 편지를 쓰는 소리밖에는 아무것도 들리지 않았다. 그녀는 평소 편지를 거의 쓰지 않는 편이었으므로 새삼스럽게 편지를 쓰자니 문장 구성에 퍽 애를 먹고 있었던 것이다.

어쨌든 마침내 그녀는 그 일을 다 마쳤다. 그러고 나서 그녀는 편지를 봉투에 넣고 봉했다. 하지만 생각했던 만큼의 만족감은 느껴지지 않았다.

십중팔구 그 의사는 죽었거나 딜머스에서 이사 갔을 거야……

그런데 또 다른 사람이 있었지?

이런! 그 사람 이름이 뭐더라? 그 이름이 생각나기만 하면……

제20장

소녀 헬렌

　가일스와 그웬다는 노섬벌랜드에서 돌아온 다음 날 막 아침식사를 끝낸 뒤에 마플 양의 방문을 받았다. 마플 양은 미안한 듯한 얼굴로 들어왔다.

　"이렇게 일찍 찾아와서 정말 미안해요. 좀처럼 이런 짓을 하지 않는데, 하지만 꼭 설명해 둘 일이 있기에—"

　"이렇게 뵈니 반갑기만 한데요, 뭘." 가일스가 의자를 밀어주며 말했다.

　"우선 커피를 좀 드세요"

　"아니, 괜찮아요, 아무것도 필요 없어요. 아침을 아주 잔뜩 먹고 왔으니까. 그러니 우선 내 얘기를 좀 들어봐요. 두 사람이 집을 비운 동안 나보고 여기 와 있어도 좋다고 해서 한번 와 보았었어요. 잡초나 좀 뽑을까 해서."

　"어머나, 정말 너무 고마우시네요." 그웬다가 말했다.

　"그런데 한 가지 문득 깨달은 게 있다오. 1주일에 두 번만 돌보는 건 이 집 정원에 역부족이란 것을 말이에요. 게다가 내가 보기엔 포스터란 그 남자는 당신들을 이용만 하고 있어요. 차만 내리 마시는 데다가 수다가 지나치거든. 그래서 내 생각에 그 사람을 1주일에 하루 더 오게 해보았자 별수 없다고 생각되기에 내 마음대로 정원사 한 사람을 따로 1주일에 한 번 오도록 해두었답니다. 수요일—그러니까 오늘이죠"

　가일스는 호기심이 담긴 눈길로 마플 양을 바라보았다. 실은 그는 지금 좀 놀라고 있었다. 물론 마플 양의 그러한 행위는 친절한 마음씨에서 우러난 것일 수도 있다. 하지만 어딘가 모르게 좀 지나친 참견이 아닐까 싶은 구석도 있는 것이 사실이었다. 게다가 남의 일에 참견한다는 것은 전혀 그녀답지 않은 일이었던 것이다. 그는 천천히 입을 열었다.

　"포스터가 힘든 일을 하기엔 너무 늙었다는 건 저도 알고 있습니다."

"저런, 어떡하죠, 리드 씨. 매닝은 더 나이가 많은데. 75살이라고 하더군요. 하지만 한 2~3일 정도만 임시로 그 사람을 쓰면 퍽 유용할 거예요. 왜냐하면 그 사람은 오래전에 케네디 의사 댁에서 정원사로 일했던 사람이거든요. 아참, 그리고 헬렌하고 사귀었던 젊은 남자 이름은 애플릭이었어요."

가일스가 감탄스럽다는 듯이 입을 열었다.

"제인 아주머니, 그것도 모르고 전 지금 속으로 아주머니에게 불평을 하고 있었습니다. 아주머니는 정말 천재이십니다. 제가 케네디 의사로부터 헬렌의 필적 견본을 받은 건 알고 계시죠?"

"알고 있어요. 내가 여기 와 있을 때 그 사람이 그걸 가져왔거든."

"전 오늘 그것을 편지로 부칠 작정입니다. 아주 유능한 필적 감정가의 주소를 지난주에 알아놓았거든요."

"자, 그럼 정원으로 나가서 매닝 노인을 만나보기로 해요."

그웬다가 말했다.

매닝은 허리가 구부정하고 까다롭게 생긴 노인으로, 눈곱은 좀 끼었지만 날카롭고 영리해 뵈는 눈매를 가진 사람이었다. 그래서 그런지 그가 오솔길을 평평하게 고르고 있는 손의 속도가 집주인들이 가까이 다가옴에 따라 눈에 띄게 빨라졌다.

"안녕하십니까. 안녕하십니까, 부인. 노부인 말씀이 수요일에 임시로 일손이 필요하다고 하시더군요. 이 일을 맡게 되어서 아주 기쁩니다. 이 정원은 손질을 안 해서 그런지 아주 황량하군요."

"아주 여러 해 동안 그냥 제멋대로 놔두었던 모양이에요."

"예, 그렇습니다. 난 핀디슨 부인이 사시던 무렵의 이 정원을 잘 기억하고 있죠. 그 무렵에는 정말 그림 같은 화단이었답니다. 핀디슨 부인은 정원을 퍽이나 아꼈거든요."

가일스는 잔디 깎는 롤러에 편한 자세로 기대어 섰다. 그웬다는 장미나무 싹들을 가위로 잘라내기 시작했다. 마플 양은 무대에서 좀 후퇴해 엉거시풀 위로 몸을 구부렸다.

매닝 노인은 갈퀴를 지팡이처럼 짚고 섰다. 그 모든 게 평화롭고 살기 좋던 옛 시절과 그리고 그 시절의 정원 일에 대해 이야기를 나누기에 딱 좋은 무대 장치였다.

"노인장은 이 근처 집들 정원이라면 훤하시겠어요."

가일스가 부추기듯 말을 꺼냈다.

"아, 그럼요. 이 근처 일이라면 아주 훤하지요. 이 근처 사람들이 좋아했던 것들도 잘 알고요. 율 부인은 나이애그라에서 자라다 오신 분인데, 주목 울타리를 다람쥐 모양으로 깎아서 다듬었답니다. 정말 우습지 뭡니까. 공작새라면 또 몰라도 다람쥐 모양이라니! 램퍼드 대령은 또 베고니아 기르는 일에 전문가였답니다. 베고니아 화단을 아주 근사하게 꾸며놓곤 했지요. 하지만 요즘 보면 꽃밭 가꾸는 게 한물 간 취미 같더군요. 내가 지난 6년 간 얼마나 많은 앞뜰 꽃밭을 흙으로 메워버리고 잔디 뗏장을 입혔는지는 굳이 입에도 담기 싫습니다. 요즘 사람들은 제라늄이며 로벨리아로 가장자리를 꾸민 멋진 화단 같은 건 눈에도 차지 않는가 봅디다."

"노인장은 케네디 의사 댁에서도 일하셨다지요?"

"예, 아주 오래전 일이죠. 1920년 그 무렵이었을 겁니다. 하지만 그 의사 선생님도 이젠 이사하셨죠. 은퇴하셨으니까. 지금은 크로스비 로지의 젊은 브렌트 박사 병원이 성업 중이죠. 하지만 그 젊은 박사는 처방이 좀 이상하더군요. 흰 알약 같은 것만 주고—비타펀즈라고 부르더군요."

"그렇다면 케네디 의사의 여동생인 헬렌 케네디 양도 기억하시겠네요."

"아, 예, 그럼요, 기억하고말고요! 긴 노랑머리에 정말 예쁜 아가씨였죠. 케네디 선생님은 자기 여동생을 퍽이나 애지중지 했답니다. 예, 그래요, 헬렌 아가씨는 결혼한 뒤에 바로 이 집에서 살았습니다. 남편은 인도에서 온 육군 장교라나 그랬죠."

"그래요, 그건 저희도 알아요." 그웬다가 끼어들었다.

"아, 그렇습니다. 듣긴 들었습니다. 그게 토요일 밤이었는데—두 분께서 그 분하고 친척 되신다면서요? 어쨌든 학교에서 처음 돌아왔을 때 헬렌 아가씨는 그림처럼 예쁜 아가씨였답니다. 아주 명랑한 분이었죠. 젊은 아가씨답게 아무 데고 쏘아 다니고 싶어 했고요—무도회니 테니스니 그런 것 말씀입니다. 그래서 난 아가씨를 위해 테니스 코트를 만들어야 했죠. 거의 20년쯤 쓰지 않던 테니스 코트를 다시 손본 겁니다. 그런데 그 코트 위로 나무들이 자라 있어서 그걸 또 모두 잘라버려야 했습니다. 그러고는 석회를 가져다가 줄을 그었지요. 아주 힘든 공사였답니다. 그런데도 결국 써먹지도 못하고 말았죠. 지금도 그 생각을 하면 아주 이상한 일이라는 생각이 듭니다."

"뭐가 이상한 일이었다는 겁니까?" 가일스가 물었다.

"그 테니스 코트에서 생긴 일 말입니다. 글쎄 밤에 누가 와서 네트를 갈기 갈기 찢어놓았더란 말씀이에요. 예, 그야말로 갈기갈기 찢어놓았죠. 원한 때문입니다. 예, 원한 때문이고말고요. 아주 지독한 원한 때문이죠."

"하지만 대체 누가 그런 짓을 했을까요?"

"박사님도 그걸 알고 싶어 몸살이 나셨댔죠. 그분은 그 때문에 아주 노발대발하셨답니다. 그야 당연하죠. 큰돈을 들인 지 얼마 되지도 않았을 때니까요. 하지만 누가 그런 짓을 했는지 아는 사람이 있어야죠. 결국은 못 알아내고 말았답니다. 박사님은 새로 하나 더 만들지는 않겠다고 했지요. 그것도 당연한 말씀이었죠. 만일 누가 원한을 품고 한 짓이라면 두 번째도 역시 그런 일이 마찬가지로 일어날 테니까요. 하지만 헬렌 아가씨는 별로 성을 내지 않았습니다. 아가씨는 운이 없었던 겁니다. 정말 운이 없었지요. 처음에는 그 네트 사건이었고, 그다음에는 발을 다친 사건이었죠."

"발을 다쳤다고요?" 그웬다가 재차 물었다.

"예, 신발 깔개인지 뭔지 그것 때문에 넘어져서 발을 다치고 만 거죠. 그냥 슬쩍 다친 상처 정도였는데 이상하게도 낫질 않는 거예요. 덕분에 박사님은 아주 걱정을 하셨죠. 붕대를 감기도 하고 약도 발라주고 했는데도 좀처럼 낫질 않더군요. 박사님 말이 생각나요. '이거 도무지 알 수 없는 일인데, 무슨 병균이 들어간 모양이야.' 병균—예, 무슨 그런 낱말이었어요. '신발 깔개에 무슨 병균이 있었던 거야.' 그러셨죠. '그건 그렇고 대체 저놈의 신발 깔개기 왜 집 앞길 한복판에 나와 있는 걸까?' 그런 말도 하셨어요.

헬렌 아가씨가 깜깜한 밤에 집에 들어오다 그 위에 걸려 넘어졌거든요. 가 없은 아가씨죠. 그 때문에 댄스파티에도 못 가고 다리를 침대 위로 들어 올린 채 꼼짝 못하고 앉아 있어야 했으니까. 정말이지 헬렌 아가씨한테는 불운의 연속인 것만 같았어요."

자, 이제 때가 왔다! 가일스는 속으로 중얼거리고 나서는 아무렇지도 않게 슬쩍 물었다.

"애플릭이라는 남자 기억하세요?"

"아, 예, 재키 애플릭이라는 남자 말씀이죠? 페인 앤드 워치맨 사무소에 있던―?"

"그래요. 그 사람이 헬렌 양의 친구 아니었나요?"

"그 일이야말로 어처구니없는 이야기였죠. 박사님은 두 사람 일을 적극 말 렸답니다. 옳은 처사였지요. 재키 애플릭의 신분이 너무 보잘것없었으니까요. 게다가 아주 간교한 남자였죠. 그런 사람들은 결국엔 자기가 판 함정에 빠지 고 말지만요. 하지만 그 남자는 이곳에 그다지 오래 살지는 않았습니다. 더 버 티고 살기가 거북해진 게지요. 아주 속 시원하게 사라졌습니다. 그런 사람이 딜머스에 사는 건 우리 모두 달갑지 않은 일이었으니까요. 어디 딴 고장에 가 서 술수를 쓰는 거야 상관없지만 말입니다. 결국은 그렇게 되었습니다만―."

그웬다가 끼어들었다.

"그 테니스 네트가 찢어졌을 때 그 사람은 딜머스에 있었나요?"

"아, 예, 무슨 생각으로 그런 말씀 하시는지 알겠습니다. 하지만 그 남자는 워낙 간교해 놔서 그런 무모한 짓은 하지도 않습니다. 재키 애플릭은 그보다 훨 씬 영리했으니까요. 누군지는 몰라도 원한 때문이었던 것만은 틀림없습니다."

"혹시 누군가 헬렌에게 원한을 품을 만한 사람이 없었나요? 원망스러운 마 음을 품을 만한 사람이?"

매닝 노인이 나직하게 킬킬 웃어댔다.

"젊은 아가씨들 가운데 그런 마음을 품고 있었던 사람이 혹시 있었을지도 모르지요. 헬렌 아가씨만큼 예쁘지 않은 사람이라면 말입니다. 그리고 사실 대 부분은 아가씨보다 못했죠. 사실 내 생각엔 그건 그저 누군가의 어리석은 장 난이었다고 여겨집니다. 악의를 품은 부랑자 녀석쯤이 아닐까요?"

"헬렌은 재키 애플릭한테 열중했었나요?" 그웬다가 물었다.

"아뇨, 헬렌 아가씨가 뭐 젊은 사내들한테 여기저기 마음을 쏟았다고는 생각하지 마십시오. 그 아가씨는 그저 즐겁게 지내고 싶었을 따름입니다. 그게 전부였어요. 물론 남자들 중에는 아가씨한테 홀딱 빠져서 정신이 없었던 사람도 있었죠. 젊었을 때 월터 페인 씨도 그랬답니다. 개처럼 아가씨 뒤를 졸졸 쫓아다녔다니까요."

"하지만 헬렌은 조금도 마음을 주지 않았지요?"

"예, 헬렌 아가씨는 눈길 한번 주지 않았죠. 그냥 웃고 말았으니까요. 그 사람은 외국으로 가버렸습니다. 하지만 얼마 뒤에 다시 돌아왔지요. 지금은 그 사무소 소장이랍니다. 결혼은 절대하지 않았습니다. 그야 그럴 법하지요. 여자란 남자의 인생에 여러 가지 말썽을 일으키니까 말입니다."

"그럼 영감님께서는 결혼하셨나요?" 그웬다가 물었다.

"벌써 둘이나 땅속에 묻었답니다. 하지만 뭐 불평할 수야 없지요. 이제야말로 피우고 싶은 때는 아무 데서나 마음 놓고 담배를 피울 수 있으니까."

그 뒤로는 입을 다문 채 그는 다시금 갈퀴를 집어들었다. 가일스와 그웬다는 집으로 돌아왔고, 뒤를 이어 엉거시풀을 뽑는 일을 단념한 마플 양이 두 사람을 따라왔다.

"제인 아주머니—." 그웬다가 먼저 입을 열었다.

"편찮아보이시는데, 무슨 언짢은 일이라도—."

"아무것도 아니에요."

노부인은 그러고 나서 잠시 사이를 두었다가 좀 수상쩍으리만큼 강한 어조로 입을 떼었다.

"난 그 테니스 네트 건이 마음에 들지 않아요. 갈기갈기 찢어 버리다니. 아무리 그렇다고 해도—." 그녀는 문득 말을 멈추었다.

가일스가 이상하다는 듯이 그녀를 바라보았다.

"무슨 말씀이신지—." 가일스가 입을 열었다.

"아니, 모르겠어요? 내겐 무서우리만큼 분명한 일로 보이는데. 하지만 당신은 모르는 편이 더 나을지도 모르죠. 그리고 혹시, 내 생각이 틀렸을지도 모르는 일이니까. 자, 이젠 노섬벌랜드에서 있었던 일을 얘기해 줘요."

리드 부부는 자신들이 한 일에 대해 자세히 설명했다. 마플 양은 흥미진진하다는 듯이 그 이야기를 들었다.

"정말 서글픈 이야기지 뭐예요!" 그웬다가 말했다.

"비극적인 이야기라고나 할까요."

"그래요, 정말 그렇구먼, 가엾은—가엾은 일이에요."

"예, 저도 그렇게 느꼈어요. 그 남자가 얼마나 고통을 느낄지 생각하면—."

"그 남자가? 아, 그래요. 물론 그렇겠죠."

"하지만 아주머니 말씀은 다른 뜻을—."

"아, 그래요. 내가 생각하는 것은 그 여자, 어스킨 소령 부인이었어요. 아마도 그 남자를 깊이 사랑하고 있을 거예요. 그리고 어스킨 소령은 그녀가 자기한테 어울리는 상대라고 여겨져서 결혼했을 테죠. 아니면 연민의 정이라든가, 또는 남자들이 종종 느끼는 동정심이라든가 합리적인 이유 때문에 결혼했을지도 몰라요. 하지만 그 이유들이란 게 실제로는 아주 불공평한 것들이랍니다."

"'나는 백 가지 사랑의 방법을 안다오. 그리고 그 모두가 사랑하는 사람을 슬프게 만든다오.'"

가일스가 나직하게 노래 구절을 인용했다.

마플 양이 그를 향해서 고개를 돌렸다.

"아, 그 말이 정말 맞아요. 질투란 건 꼭 무슨 이유나 원인이 있어서 일어나는 게 아니거든요. 그건 좀더, 뭐라고 해야 할까? 좀더 근본적인 것에 뿌리를 둔 감정이니까요. 질투의 근본은 사랑을 보답 받지 못하고 있다는 것을 앎으로 해서 생기는 거예요. 그래서 사람들은 계속해서 기다리고 지켜보고 기대하죠—사랑하는 사람이 누구 다른 사람에게 기울어지길 말이에요. 그리고 그 다음에도 그런 일은 거듭거듭 되풀이되지요.

어스킨 부인도 그렇게 해서 남편의 인생을 지옥처럼 만들어버린 거랍니다. 남편인 어스킨 소령 역시 어쩔 수 없이 그녀의 인생을 지옥처럼 만들어버린 거고요. 하지만 제일 고통 받는 건 역시 그녀 쪽이라고 생각해요. 그래도 나라면 어스킨 소령은 실상 자기 아내를 퍽 좋아하고 있는 거라고 말하겠어요."

"아니, 그럴 리가 없어요!"

그웬다가 비명을 지르듯이 말했다.

"이봐요, 그웬다, 당신은 너무 젊어서 몰라요. 그 사람은 자기 아내를 절대 버리지 않았잖아요? 그건 의미심장한 일이에요."

"그건 아이들 때문이었죠. 의무니까—."

"물론 아이들 때문이기도 하겠죠. 하지만 신사 양반들이란 자기 아내에 대해서만은 그다지 의무감을 중요시 여기지 않는 것 같더군요. 내 생각엔—공적인 일이라면 또 모르지만."

가일스가 웃음을 터뜨렸다.

"아주머니, 참으로 대단한 독설가이시군요!"

"어머나, 리드 씨, 난 독설가는 되고 싶지 않아요. 사람이란 언제나 인간의 본성에 대해 낙관적인 희망을 가져야 하는 법이랍니다."

"전 아무래도 월터 페인이 범인은 아닌 것 같아요."

그웬다가 생각에 잠긴 어조로 말했다.

"어스킨 소령도 아닌 것 같고요. 아니, 솔직히 말씀드려서 그 사람이 아니란 걸 알 수 있어요."

"감정이란 언제나 신뢰할 만한 안내인은 아니라오." 마플 양이 대꾸했다.

"겉으로는 전혀 그럴 것 같지 않은 사람들이 범죄를 저지르는 경우가 흔하니까. 내가 살던 마을에서도 그런 일이 있어서 대단한 이야깃거리가 된 적이 있었다오. 크리스마스 클럽의 경리가 그 클럽에 기부된 자선금을 몽땅 경마도박에 쏟아버린 사실이 발견된 거죠. 그 사람은 평소에 경마라든지 무슨 내기나 도박 같은 것을 혐오하는 사람이었거든요. 그의 아버지는 경마 흥행업자였는데, 어머니에게 몹쓸 짓을 많이 했다는 거예요. 그래서인자—그게 심리적 원인이 되었다고 하면 지적인 체하는 논리가 되는 셈이죠? 어쨌든 그 사람은 굉장히 성실했어요. 그런데 어느 날, 그는 우연히 자동차를 타고 뉴마킷 근처를 지나다가 말 조련시키는 광경을 보게 되었지요. 그러고는 그 순간, 그 운명이 그에게 덮쳐온 거예요. 피는 못 속이나 봐요."

"월터 페인과 리처드 어스킨의 혈통이야 뭐 의심할 여지가 없는 것 아닙니까?"

가일스가 단호하게 말했다. 하지만 그의 입가는 재미있다는 듯한 표정으로 일그러졌다.

"물론 원래 살인이란 아마추어들이 저지르는 범죄일 때가 많지만요."

마플 양이 대꾸했다.

"중요한 건 그 두 사람이 다 거기에 있었다는 사실이에요. 현장에 말이에요. 월터 페인은 이곳 딜머스에 있었고, 어스킨 소령 역시 자신의 설명에 의하면 헬렌 할리데이가 죽기 직전에 그녀하고 같이 있었다는 거고요. 그리고 또 그는 그날 밤 한동안 호텔에 돌아가지 않았어요."

"하지만 그 사람 말은 조금도 거짓이 없었어요. 그는—."

그웬다는 문득 말을 멈추었다. 마플 양이 그녀를 딱딱한 눈길로 바라보고 있었기 때문이다.

이윽고, 마플 양이 입을 열었다.

"난 그저 강조하고 싶었을 뿐이에요. 그 두 사람이 현장에 있었다는 사실의 중요성을 말이에요."

그리고 나서 그녀는 리드 부부를 차례로 바라보았다.

"내 생각엔 두 사람이 J. J. 애플릭의 주소를 찾아내는 데에 별로 어려움이 없을 거라고 봐요. 대포딜 관광버스 회사의 경영자이니까 수소문하기가 퍽 수월할 테죠."

가일스가 고개를 끄덕였다.

"예, 제가 한번 나서서 알아보겠습니다. 아마 전화번호부에 있을 겁니다."

그는 잠깐 사이를 두었다가 다시 말했다.

"그런데 우리 두 사람이 그 남자를 만나러 가야 한다고 생각하십니까?"

마플 양은 잠시 기다렸다가 이윽고 대답했다.

"만일 그 사람을 만나러 간다면, 아주 조심해야 해요. 그 정원사 노인이 아까 한 말을 꼭 기억하도록 하고요. 재키 애플릭은 아주 영리하다잖아요. 제발……, 꼭 조심하길 바라요."

제21장

J. J. 애플릭

1

　J. J. 애플릭은 대포딜 관광버스 및 데번 앤드 도싯 관광회사, 그리고 그 밖의 여러 회사의 경영자로서 전화번호부에 두 가지 번호가 실려 있었다. 사무실 전화번호는 엑서터로 되어 있었고, 자택 전화번호는 엑서터의 교외로 되어 있었다. 그와의 약속은 다음 날로 정해졌다.

　가일스와 그웬다가 자동차를 타고 막 길을 나서려 하자 코커 부인이 뛰어나와서 마구 손짓을 해댔다. 가일스는 브레이크를 밟고서 자동차를 세웠다.

　"케네디 의사 선생님 전화예요, 주인님."

　가일스는 차에서 내려 집 안으로 뛰어들어 가 전화를 받았다.

　"가일스 리드입니다."

　"안녕하시오. 방금 좀 이상한 편지가 도착했기에 전화를 건 거요. 릴리 킴블이라는 여자한테서 온 거요. 그게 누구인지 머리를 쥐어짜듯이 해서 생각해 보았는데, 우선 떠오른 것이 혹시 내가 진찰했던 환자가 아닌가 하는 생각이었소. 나한테 진찰받고 종적을 감추어버린 환자 중 하나가 아닐까 하고 말이오. 그러다 생각해 보니 아무래도 옛날 그 집에서—세인트 캐서린 저택에서 일한 하녀인 듯싶단 말이오. 내가 알던 당시에는 분명히 집안일을 하는 하녀였거든. 성은 기억나지 않지만 이름은 분명히 릴리였던 것 같소."

　"예, 릴리라는 처녀가 분명히 있었습니다. 그웬다가 기억하고 있거든요. 고양이 목에 리본을 달아주었다더군요."

　"그웨니는 기억력이 대단한가 본데?"

　"예, 그렇답니다."

　"어쨌든 이 편지 건에 대해서 이야기를 좀 했으면 좋겠는데, 전화로 할 얘기가 아니어서. 내가 지금 집에 찾아가면 싶은데 집에 있을 거요?"

"저희는 지금 엑서터로 떠나려던 참이었습니다. 하지만 가는 길에 들르기로 하지요. 어차피 가는 길이니까요."

"좋소, 그렇게만 해준다면 아주 고맙겠소."

리드 부부가 의사의 집에 도착하자 의사가 설명을 시작했다.

"전화로는 이 이야기를 자세히 하고 싶지 않아서 그랬던 거요. 난 언제나 의심스러웠거든. 시골 전화교환수들이란 남의 통화를 엿듣기 일쑤일 것 같아서. 자, 여기 그 여자가 보낸 편지가 있소."

그러면서 그는 편지 한 통을 탁자 위에 펼쳐놓았다. 그것은 줄이 쳐진 싸구려 편지지에 교양 없는 필체로 씌어 있었다.

박사님께

박사님, 제가 여기 잘라 넣은 종이쪽지에 대해 박사님께서 저에게 충고를 해주신다면 참으로 고맙겠습니다. 저도 나름대로 생각해 보았고 저의 주인하고도 이야기를 해보았지만 대체 어쩌해야 할지 알 수가 없어서 그럽니다. 박사님께서는 이게 돈이나 뭐 보상금 같은 것하고 관계있는 거라고 생각하세요? 사실 저는 돈은 갖고 싶지만 경찰이나 그런 사람들에게 끼어드는 건 싫어서요.

그동안 저는 할리데이 부인이 집을 나가시던 그날 밤에 대해 죽 생각해 보았는데 제 생각으로는 부인은 결코 집을 나간 게 아니라고 생각합니다. 왜냐하면 부인이 갖고 나간 옷들이 전부 엉터리였거든요. 처음에 저는 주인 나리가 저지른 짓이라고 생각했습니다만 지금 와서 보니 그런 것 같진 않아요. 왜냐하면 제가 그날 밤에 창문 밖으로 자동차를 보았기 때문입니다. 그것은 아주 멋있는 차였는데 전에도 본 적이 있는 차였습니다. 하지만 박사님께 먼저 그 얘기를 누구한테 해도 좋은지 물어보기 전에는 아무 일도 하고 싶지 않습니다. 왜냐하면 저는 경찰 일에 끼고 싶지 않고, 남편도 그건 싫어하니까요.

그래서 말씀인데 괜찮으시다면 다음 목요일에 박사님을 뵈러 갈까

합니다. 그날은 장날이라 주인 양반이 집에 없으니까요. 그때 저를 만나주시면 참으로 고맙겠습니다.

릴리 킴블 올림

"주소는 내가 예전에 딜머스에서 살던 집 주소로 되어 있소."

케네디 의사가 입을 열었다.

"그래서 우체국을 거쳐 이리로 온 거지. 거기 들은 종이쪽지는 두 사람이 낸 신문광고요."

그때 그웬다가 갑자기 말했다.

"어머나, 멋진 일이에요! 이 릴리라는 여자는, 보셨죠, 우리 아버지가 범인이라고 생각하지 않는 거예요!"

그녀는 사뭇 즐거운 어조였다. 케네디 의사는 어딘가 피곤함에 지친 듯했지만 다정한 눈길로 그녀를 바라보았다.

"당신한테는 잘된 일이군, 그웬니." 그의 어조는 부드러웠다.

"당신 말대로였으면 좋겠소. 어쨌는 이렇게 하는 편이 좋을 것 같소. 우선 내가 이 편지에 답장을 보내서 목요일에 이리로 오라고 하는 거요. 기차 편도 아주 편리하니까, 딜머스 중계역에서 차를 갈아타면 4시 30분 조금 뒤에 여기 도착할 수 있을 게요. 두 사람도 그날 오후에 여기 오게 되면 우리 같이 그녀에게서 이 얘기 저 얘기 캐낼 수 있지 않겠소?"

"그거 훌륭한 생각이십니다."

가일스가 맞장구를 치며 자기 시계를 흘끗 내려다보았다.

"아, 이런, 그웬다, 서둘러야겠어. 박사님, 이만 실례해야겠습니다. 약속이 있어서요. 대포딜 관광회사의 애플릭 씨하고 만날 약속을 했습니다. 그 사람 말이 자기는 무척 바쁜 사람이라나요? 그러니 늦지 않게 가야겠습니다."

"애플릭?" 케네디 의사가 문득 얼굴을 찌푸렸다.

"아, 그렇지! '데포딜 관광회사의 버스를 타고 데번 관광을!' 그거 말이오? 그 꼴도 보기 싫은 누런색 괴물 같은 버스! 그런데 그 이름은 무슨 다른 일로 귀에 익은 듯싶은데."

"헬렌 일 때문이죠." 그웬다가 대답했다.

"이런, 맙소사! 설마 그 사내는 아니겠지?"

"아뇨, 그 사람 맞습니다."

"하지만 그 사내는 뭐 하나 볼 것 없는 건달이었는데 그렇게 출세를 했단 말이오?"

"저, 뭐 한 가지만 가르쳐주시겠습니까?" 가일스가 불쑥 말했다.

"박사님이 그 사람과 헬렌 사이를 깨뜨리셨다죠? 그런 일을 하신 건 단지 그 사람의—뭐라고 할까, 사회적인 지위 때문이었습니까?"

케네디 의사는 표정 없는 눈길로 그를 바라보았다.

"이봐요, 난 구식 사람이오. 요즘은 모두들 인간은 누구나 평등하다는 사상을 펴고 있지. 물론 그 말은 도덕적으로 근거가 있는 말이오. 하지만 아무리 그래도 난 사람한테는 원래 제각기 타고난 신분이 있다고 믿고 있소. 그리고 사람이란 그렇게 제각기 태어난 신분대로 사는 게 가장 행복하다고 믿고 있소. 그리고 그 애플릭이라는 남자에 대해선 난 애초부터 별로 탐탁지 못하고 속 검은 사내라고 생각했소. 내 생각이 옳은 건 나중에 밝혀졌지."

"대체 그 사람이 무슨 짓을 한 겁니까?"

"하도 오래 돼서 지금은 기억이 잘 나지 않는데, 어쨌든 내 기억에 의하면 그 사내는 페인 사무소에서 일하면서 얻은 정보를 어딘가에 돈 받고 팔아넘기려고 했었을 게요. 사무소 고객 한 사람하고 관계된 어떤 비밀스러운 일이었지."

"그럼, 그 사람은 자기가 해고된 데에 대해서 원망을 했었나요?"

케네디 의사는 가일스를 흘끗 날카로운 눈길로 쳐다보고는 짤막하게 대꾸했다.

"그렇소."

"그 사람이 박사님 여동생하고 사귀는 것을 싫어하신 데에는 뭐 또 다른 이유가 있지 않았습니까? 혹시 그 사람이 어딘가 좀—예, 어딘가 좀 이상했다거나 그렇게 생각하신 적은 없었습니까?"

"당신이 먼저 그 얘기를 꺼냈으니 솔직히 대답하리다. 사실 내가 보기엔 그 사내가 좀(특히 일자리에서 해고된 뒤에 더욱 그랬는데) 불균형한 정신병 징

조를 보인 것처럼 여겨졌다오. 더 자세히 말하면 피해망상증 초기 단계로 보인 거지. 하지만 그 뒤에 그렇게 출세를 하다니 그 증세가 아주 심하게 나타난 건 아닌 모양이구려."

"그런데 그 사람을 해고한 건 누구였습니까? 월터 페인이었나요?"

"월터 페인이 그 일에 관계했는지 어땠는지는 나도 모르겠소. 그 사무소 측에서 해고한 것으로 되어 있으니까."

"그 사람은 자신이 희생되었다고 불평하던가요?"

케네디 의사가 고개를 끄덕였다.

"예, 알았습니다……. 자, 이젠 바람처럼 차를 몰아야겠습니다. 그럼 목요일에 뵙겠습니다, 박사님."

2

그 집은 최근에 새로 지은 집이었다. 흰색 벽에 둥글고 커다란 윤곽을 지닌 집인데 유리창이 꽤 커다랗게 나 있었나. 가일스와 그웬다는 화려한 홀을 지나 서재로 안내되었다. 그곳에는 방 절반만큼이나 하는 커다란 크롬제 책상이 버티고 있었다.

그웬다는 신경질적으로 가일스에게 속삭였다.

"여보, 정말이지 제인 아주머니가 안 계셨던들 우리가 무슨 일을 할 수 있었는지 모르겠어요. 중요한 대목마다 언제나 그 아주머니한테 도움을 받았으니 말이에요. 처음에는 노섬벌랜드에 사는 아주머니의 친구, 이번에는 아주머니가 사시는 마을 목사님 부인이 주관하는 소년클럽 연례 야유회에 관한 일을 핑계로 삼을 수 있으니 말이죠."

그때 마침 문이 열리고 J. J. 애플릭이 방 안으로 들어왔으므로 가일스는 그녀에게 가만있으라고 손짓을 했다.

재키 애플릭은 단단한 체격의 숭년 남자로, 굵은 줄무늬 양복을 입고 있었다. 눈빛은 검고 기민해 보였으며 얼굴빛은 불그스레하니 사람이 좋아 보이는 인상이었다. 그의 모습은 그야말로 사람들이 흔히 떠올리는 성공한 경마도박사의 모습 그대로였다.

"리드 씨 되십니까? 처음 뵙겠습니다. 만나서 반갑군요."

가일스는 그에게 그웬다를 소개했다. 그녀는 재키 애플릭이 좀 지나치게 열의를 담은 채 자기 손을 꽉 쥐는 것을 느꼈다.

"그런데 무슨 용건이신지요, 리드 씨?"

애플릭은 커다란 책상 뒤에 가 앉았다. 그러고는 줄무늬 마노 상자에서 담배를 꺼내어 그들에게 권했다. 가일스가 곧바로 소년 클럽 야유회의 이야기를 꺼냈다. 그의 오랜 친구들이 그 클럽을 운영하고 있는데 이틀간 데번 관광여행을 꼭 주선해 주고 싶다는 용건이었다.

애플릭은 즉석에서 사무적인 태도로 비용이며를 밝히더니 이것저것 충고를 해주었다. 하지만 그러면서도 그는 조금 어리둥절한 표정을 감추지 못했다.

이윽고 그가 결론짓듯이 말했다.

"자, 이젠 충분히 아셨겠지요, 리드 씨. 그러니 나중에 확정서류를 보내 드리기로 하지요. 하지만 이건 분명히 사무실에서 의논해야 할 일이군요. 내 비서한테 듣기로는 우리 집에서 개인적인 용건으로 만나고 싶다고 하신 걸로 알고 있는데—"

"예, 그건 사실입니다, 애플릭 씨. 저희가 뵙고자 말씀드린 건 두 가지 용건이 있어서였습니다. 우선 한 가지는 조금 아까 말씀드렸고요. 또 한 가지는 순전히 사적인 일입니다. 여기 제 아내는 오래전에 사라진 자기 새어머니의 행방을 찾고 싶어 하고 있습니다. 그래서 말씀인데, 애플릭 씨께서 저희들을 좀 도와주실 수 있을까 해서—"

"글쎄요, 그럼 그 부인의 성함을 알아야—물론 내가 알고 있는 분이겠죠?"

"한때 알고 계셨을 겁니다. 그 부인 성함은 헬렌 할리데이인데, 처녀 때 이름은 헬렌 케네디였다고 합니다."

애플릭은 꼼짝 않고 앉은 채였다. 그러고는 눈을 가늘게 뜨더니 천천히 의자를 뒤로 젖혔다.

"헬렌 할리데이라—글쎄, 기억이 나지 않는데……, 헬렌 할리데이……."

"예전에 딜머스에 살았었지요." 그웬다가 한마디 끼워넣었다.

애플릭이 앉은 의자 다리가 휙 내려왔다.

"아, 알겠소! 그래, 물론 알고말고!"

그의 둥글고 혈색 좋은 얼굴이 기쁜 듯이 환히 밝아졌다.

"헬렌 케네디 아가씨 말이로군! 예, 물론 기억하고말고요. 하지만 워낙 오래 전 일이라서. 한 20년은 족히 되었을 겁니다."

"18년 전입니다."

"아, 그런가요? 속담처럼 세월은 정말 쏜살같구먼. 하지만, 리드 부인, 안되셨지만 실망하실 겁니다. 난 그때 이후로 헬렌 양을 한 번도 본 적이 없으니까 말이오. 소식도 들어본 적이 없고요."

"어쩌나!" 그웬다가 실망했다는 듯이 외쳤다.

"정말 실망이로군요. 저희는 애플릭 씨라면 꼭 도움이 되어주실 걸로 믿고 왔는데—"

"그런데 헬렌 아가씨한테 무슨 일이라도 난 겁니까?"

애플릭의 눈의 재빠르게 가일스와 그웬다의 얼굴을 차례로 건너다보았다.

"뭐 부부싸움이라도 났습니까? 아니면 집을 나갔습니까? 돈 문제인가요?"

그웬다가 대답을 했다.

"그분은 집을 나가셨어요—아주 갑작스레. 딜머스에서도 자취를 감추었답니다. 그것도 18년 전에, 어떤 사람하고요."

재키 애플릭이 재미있다는 듯이 입을 열었다.

"그렇다면 두 분은 그녀가 나와 함께 달아났을지도 모른다고 생각한 거로군요? 대체 왜죠?"

그웬다는 노골적으로 털어놓았다.

"우리가 듣기론 선생님과 그녀가 한때, 뭐랄까, 서로 좋아하셨다기에."

"나하고 헬렌 양이 말인가요? 아, 예, 하지만 그건 별것 아니었어요. 그저 소년 소녀들한테 흔히 있을 수 있는 일이었지. 우리 서로 별로 심각하게 생각하진 않았습니다." 그러고 나서 그는 무뚝뚝하게 덧붙였다.

"사실 심각하게 생각할 만한 여건도 아니었지만."

"저희를 무척 뻔뻔스럽다고 여기시겠지요—"

그웬다가 이렇게 입을 열었지만 그가 그녀의 말을 가로막았다.

"뭐, 어떻습니까? 난 그런 것 별로 신경 쓰는 사람 아닙니다. 당신들은 사람을 찾고 있는데 내가 혹시 도움이 될지 모른다고 생각한 것 아니오? 어쨌든 뭐든지 물어보시오. 아무것도 감출 생각은 없으니까."

그러고 나서 그는 그웬다를 뚫어지게 바라보았다.

"그럼, 당신이 할리데이 씨 따님이로군요?"

"예, 그렇습니다. 저희 아버지를 알고 계셨어요?"

그는 고개를 내저었다.

"사업차 딜머스에 갔을 때 헬렌이 사는 곳에 한 번 들른 적이 있었죠. 결혼해서 거기 산다고 들었었거든요. 헬렌은 아주 정중하게 대해 주더군요."

그는 잠깐 말을 멈추었다.

"하지만 저녁을 먹고 가라고 초대하지는 않습니다. 그래서 당신 아버지는 만나지 못했습니다."

저 말—'저녁을 먹고 가라고 초대하지는 않습니다.' 하는 저 말에 혹시 원한의 흔적이 담겨 있는 것은 아닐까?

"헬렌은, 기억하실지 모르지만, 행복해 보였나요?"

애플릭은 어깨를 으쓱해 보였다.

"꽤 행복해 보이더군요. 하지만 워낙 옛날 일이라서—그래도 만일 불행해 보였다면 기억이 났을 테지요."

그러고 나서 그는 당연히 호기심이 난 모양인지 덧붙여 물었다.

"그럼 두 분 말은 그녀가 18년 전에 딜머스를 떠난 뒤로 아무 소식도 못 들었다는 겁니까?"

"예, 아무것도 못 들었어요."

"아무것도? 편지도 없었소?"

"두 통 있긴 있었습니다." 가일스가 입을 열었다.

"하지만 이런저런 이유를 생각해 볼 때 그녀가 직접 쓴 편지가 아닌 것 같아서요."

"그 편지를 그녀가 쓴 것 같지 않다고?"

애플릭의 어조는 '이거 재미있는데?' 하는 듯한 어조였다.

"꼭 미스터리 영화 같군요!"

"예, 저희도 그런 생각입니다."

"그 오빠라는 사람은 어떻습디까―의사 양반 말이오. 그 사람도 자기 여동생이 어디 있는지 모른답디까?"

"그렇습니다."

"알겠소. 진짜 미스터리 영화군, 안 그렇소? 그럼 광고를 내보지 그래요?"

"벌써 냈답니다."

그러자 애플릭이 무심한 어조로 내뱉었다.

"그녀는 죽은 것 같군요. 당신들만 듣지 못했다 뿐이지."

그웬다는 몸을 흠칫 떨었다.

"추운가요, 리드 부인?"

"아뇨. 헬렌이 죽은 것을 상상해 보고 있었어요. 하지만 전 그녀가 죽었다고는 생각하고 싶지 않아요."

"당신 말이 맞소. 나 역시 그렇게 생각하고 싶진 않습니다. 대단한 미인이었으니까."

그웬다는 충동적으로 불쑥 입을 열었다.

"선생님은 그녀를 알고 계셨죠. 그것도 아주 잘 알고 계셨잖아요. 사실 전 아주 어렸을 때 그녀를 본 기억밖에 없어요. 그녀는 어떤 사람이었나요? 사람들은 그녀를 어떻게 생각했었나요?"

애플릭은 잠시 그녀를 빤히 응시했다.

"솔직히 말하죠, 리드 부인. 믿든지 말든지 그것은 당신 마음대로지만, 난 그녀를 불쌍하게 여기고 있었습니다."

"불쌍하다고요?"

그웬다가 당혹스러운 눈길을 그에게 돌렸다.

"그래요, 맞아요. 그때 그녀는 학교를 막 마치고 돌아와 있었죠. 다른 아가씨들과 마찬가지로 재미있는 일이 없나 하고 바라고 있었답니다. 그런데 그녀의 오빠란 사람은, 아가씨란 이런 일은 해서는 안 되고 저런 일은 괜찮다는 등 아주 생각이 완고한 중년 사내였죠. 그러니 헬렌으로서는 도무지 아무 재미도 없었던 겁니다. 그래서 내가 그녀를 데리고 나가서 사는 것이 뭔지를 좀 보여주었지요. 그렇다고 해서 뭐 특별히 그녀에게 푹 빠져 있었던 건 아닙니다. 그녀 역시 마찬가지였고.

헬렌은 그저 제멋대로 모험을 하는 게 즐거웠을 따름이지요. 그러던 중 당연한 일로 사람들이 우리가 만나고 있는 것을 눈치챘죠. 그러자 그 의사 선생이 제동을 건 겁니다. 그야 그로서는 당연한 일이었겠지. 처지가 달랐으니까, 그녀는—하지만 우리가 약혼이니 뭐니 그런 걸 했다는 건 아닙니다. 물론 나도 언젠가는 결혼하리라고 맘먹고 있었죠. 하지만 그건 내가 훨씬 어른이 된 다음의 일이라고 생각했어요. 게다가 난 출세하고 싶었고, 거기에 따라서 내 출세를 도와줄 아내를 찾고 있었죠. 하지만 헬렌에게는 별다른 재산도 없었고, 그렇지 않더라도 우리는 별로 적합한 결혼 상대가 아니었을 겁니다. 우리는 그저 좋은 친구 사이였지요. 연애 감정 비슷한 것도 조금 있긴 했습니다만."

"하지만 몹시 화가 나신 건 사실이었을 테죠. 그 의사 선생님아—."

그웬다는 말하다가 말고 말을 멈추었다. 그러자 애플릭이 그 뒤를 이었다.

"그래요, 분명히 화가 났었죠. '넌 좋지 못한 놈이야.' 하는 말을 들으면 누구라도 언짢을 테니 말이오. 하지만 화내 보았자 무슨 소용 있겠습니까?"

"그러고 나서 일자리를 잃으신 거로군요." 가일스가 입을 열었다.

그러자 애플릭의 낯빛이 좀 불쾌해 보였다.

"예, 해고당했죠. 페인 앤드 워치맨 사무소에서 말입니다. 그게 누구 때문인지는 분명하게 잘 알고 있습니다."

"그러신가요?" 가일스가 묻는 듯한 어조로 말했다.

하지만 애플릭은 대답 안 하겠다는 듯이 고개를 내저었다.

"그 일에 대해선 아무 말도 안 하렵니다. 물론 분명히 알고는 있지만—사실 난 누명을 쓴 겁니다. 그것뿐이에요. 누가 그런 짓을 했는지는 훤히 꿰뚫고 있습니다. 그리고 그 이유도 말입니다."

그의 얼굴에 갑자기 핏기가 확 퍼졌다.

"정말 비열한 짓이었어요! 사람을 감시하고, 교묘한 함정을 파고는 엉뚱한 거짓말을 퍼뜨리다니. 아, 물론 내겐 적이 많았었지요. 하지만 난 결코 적들한테 당하고 그냥 있은 적이 없었습니다. 언제나 '이에는 이'로 갚아왔으니까. 그리고 결코 잊지도 않아요."

문득 그가 말을 멈추고는 아까와 같은 태도로 돌아와 상냥한 표정을 지었다.

"그러니 보다시피 내가 두 분한테 도움이 되어 드릴 게 아무것도 없군요, 미안하게도. 헬렌하고 나는 그저 약간 즐거움을 함께 나눈 겁니다. 그뿐이에요. 결코 깊이 들어가진 않았습니다."

그웬다는 그를 뚫어지게 바라보았다. 그의 이야기는 아주 명쾌하고 분명했다. 하지만 정말 사실일까? 그녀는 사뭇 미심쩍었다. 어떤 생각이 천천히 떠올랐다. 그 생각은 곧 분명히 그녀의 머릿속에 떠올랐다.

"하지만 그 후에도 당신은 딜머스에 가셨을 때 헬렌을 찾아가셨죠?"

애플릭이 돌연 웃음을 터뜨렸다.

"이거 못 당하겠는데요, 리드 부인. 예, 분명히 그랬습니다. 아마 내가 얼굴이 말상인 변호사에게 쫓겨났다고 해서 완전히 나가떨어진 신세가 된 건 아니라는 걸 보여 주고 싶었던 모양입니다. 사업도 잘 되고 있었고, 멋진 자동차도 몰고 다니고 있었고—내 힘으로 훌륭하게 자수성가를 했으니까."

"그녀를 찾아본 건 한 번뿐이 아니었지요?"

그녀의 말에 그는 잠시 망설이는 기색이었다.

"두 번—아니, 아마 세 번이었을 게요. 그저 잠깐 들러본 거죠."

그러다 말고 그는 갑자기 이제 더 이상 할 말이 없다는 듯이 단호하게 고개를 끄덕였다.

"어쨌든 별로 도움이 되어 드리지 못해서 미안합니다."

가일스가 자리에서 일어났다.

"바쁘신 시간을 이렇게 많이 빼앗아서 정말 죄송합니다."

"아니, 뭐 괜찮습니다. 옛 추억을 이야기하는 것도 기분 전환이 되니끼."

그때 문이 핵 열리더니 한 여인이 안을 들여다보고는 곧 당황하여 변명의 말을 늘어놓았다.

"아이, 이런—죄송합니다, 누가 계신지도 모르고……."

"괜찮으니 들어와요, 여보. 내 아내입니다. 여보, 이분들은 리드 부부시라오"

애플릭 부인은 두 사람과 악수를 나누었다. 그녀는 키가 크고 여윈 체격에 어딘지 모르게 쓸쓸해 보이는 여자였는데, 옷만은 거기 어울리지 않게 디자인이 잘 된 고급 옷을 입고 있었다.

애플릭 씨가 입을 열었다.

"우린 옛 시절의 추억을 나누고 있었던 참이라오. 도로시, 당신을 만나기 전 이야기지." 그러고 나서 그는 리드 부부에게로 몸을 돌렸다.

"집사람과는 여행 중에 만났답니다. 아내는 이 부근 출신이 아닙니다. 풀터햄 경의 사촌동생이지요."

그의 말투에는 자랑하는 듯한 기색이 담겨 있었다. 그러자 그 여윈 체격의 부인의 얼굴이 확 붉어졌다.

"여행이란 퍽 멋진 거지요" 가일스가 말했다.

"아주 교육적인 것이기도 하고요." 애플릭이 맞장구쳤다.

"뭐 나야 별로 이렇다 하게 내놓을 교육도 받지 못했지만 말입니다."

"난 남편에게 언제나 얘기한답니다. 그리스 관광여행은 꼭 한 번 가야 한다고 말이에요." 애플릭 부인이 끼어들었다.

"하지만 시간이 없잖소. 난 바쁜 사람이란 걸 알면서─."

"그렇다면 이거 붙잡고 있어선 안 되겠군요." 가일스가 말했다.

"자, 그럼 안녕히 계십시오, 감사했습니다. 야유회 경비에 대한 것은 뒤에 알려주시겠지요?"

애플릭은 문까지 그들을 배웅했다. 그웬다는 문득 어깨너머로 돌아보았다. 애플릭 부인은 서재 앞에 서 있었다. 그녀는 자기 남편의 등에 시선을 꽂은 채 이상하다는 듯한, 그리고 좀 불쾌한 듯한 표정을 짓고 있었다.

가일스와 그웬다는 다시 한 번 작별을 하고 자동차 있는 곳으로 다가갔다.

"어머나, 이런! 큰일 났어요. 스카프를 놓고 그냥 왔어요."

"당신 이젠 어디 갈 때마다 뭔가를 두고 나오는구려."

"그렇게 괴로운 얼굴 하지 말아요. 가서 가져올게요."

그녀는 집 안으로 뛰어들어 갔다.

서재의 열린 문틈으로 재키 애플릭이 큰소리로 말하는 것이 들렸다.

"대체 뭣 때문에 그렇게 제멋대로 불쑥 들어와서 참견이오? 몰상식하게시리……."

"미안해요, 재키. 난 손님들이 있는지 몰랐어요. 그런데 대체 그 사람들 누구예요? 당신은 왜 그렇게 당황했고요?"

"당황하다니, 그런 적 없소. 난 그저—."

그러다가 말고 그는 문간에 서 있는 그웬다를 보고는 입을 다물었다.

"어머, 애플릭 씨. 제가 스카프를 두고 갔지요?"

"스카프라고요? 아뇨, 리드 부인, 못 보았는데."

"이런 내 정신 좀 봐. 그럼 차 안에 있나 보군요."

그녀는 다시 밖으로 나왔다. 가일스는 차를 돌리고 있는 중이었다. 커브 도는 길가에 커다랗고 노란 리무진이 세워져 있었다. 크롬 칠을 해선지 번쩍번쩍 빛나고 있었다.

"대단한 차로군." 가일스가 입을 열었다.

"근사한 차예요 가일스, 기억나요? 에디스 파젯이 한 말 말이에요. 릴리가 했다면서—릴리가 어스킨 소령에게 혐의를 걸었다고 한 말 말이에요. '번쩍거리는 자동차를 타고 찾아오는 수수께끼의 남자'한테가 아니고요. 그런데 번쩍거리는 자동차를 타고 왔던 수수께끼의 남자란 혹시 재키 애플릭이 아니었을까요?"

"그래, 릴리라는 여자가 박사에게 보낸 편지에도 '멋진 자동차'라는 말이 있었지."

그들은 서로 얼굴을 쳐다보았다.

"저 사람도 그곳에 있었어요. 제인 아주머니가 말하던 식으로 하면 '바로 그 현장'에 말이에요. 그날 밤, 그 현장에 말이죠. 아아, 가일스, 난 목요일에 릴리 킴블이 뭐라고 할지 그때까지 궁금해서 기다릴 수도 없을 것 같아요!"

"그 여자가 겁을 먹고 안 나타나고 만다면?"

"어머나, 그렇지 않아요. 그 여자는 꼭 올 거예요. 가일스, 만일 이 멋진 자동차가 그날 밤 거기 있었던 차라면—."

"그때 있었던 차가 이런 노란 괴물이었다고 생각해?"

"내 차가 마음에 드십니까?"

그때 불쑥 애플릭의 상냥한 목소리가 날아든 바람에 그들은 펄쩍 뛰었다. 그는 그들 부부 바로 뒤에 쭉 고르게 심어진 산울타리 위로 몸을 내밀고 서 있었다.

"난 그 차를 작은 미나리아재비라고 부른답니다. 차에 공들이는 일을 좋아하지요. 어떻습니까, 썩 눈에 들어오는 차 아니오?"

"예, 정말 그렇군요!" 가일스가 대꾸했다.

"난 꽃도 좋아한답니다. 수선화, 미나리아재비, 칼세올라리아―모두 내가 좋아하는 꽃들이지요. 그리고, 스카프, 여기 있습니다. 탁자 뒤로 떨어져 있더군요. 자, 그럼 안녕히 가시오. 만나서 반가웠습니다."

"우리가 그 사람 차를 노란 괴물이라고 하는 말을 들었을까요?"

그웬다가 달리는 차 안에서 남편에게 물었다.

"아니, 그렇진 않을 거야. 태도가 아주 친절하고 싹싹하던걸, 뭐. 안 그래?"

하지만 가일스도 좀 걱정이 되는 모양이었다.

"글쎄, 그랬죠. 하지만 태도만 보고야 알 수 있나요? 가일스……, 그 사람 부인 말이에요. 그 부인은 그 사람을 무서워하고 있었어요. 그 얼굴이란―!"

"두려워하다니! 저렇게 명랑하고 유쾌해 보이는 사람을 말이야?"

"아마 속마음은 그다지 명랑하고 유쾌한 사람이 아닐지도 몰라요. 가일스, 난 애플릭이라는 사람, 별로 마음에 들지 않아요. 그런데 대체 얼마나 오래 우리 등 뒤에 서서 우리 이야기를 엿들었을까요. 우리가 뭐라고 말할 때 엿듣기 시작했을까요?"

"뭐 별말 못 들었을 거야."

하지만 가일스는 여전히 불안한 얼굴이었다.

제22장

릴리, 약속을 지키다

1

"이런 젠장, 기가 막혀서!" 가일스가 돌연 소리를 질렀다.

그는 방금 오후에 배달된 편지 겉봉을 뜯어본 뒤였는데, 그 내용물을 경악스러운 눈길로 뚫어지게 바라보고 있었다.

"여보, 무슨 일인데 그래요?"

"필적감정 전문가가 보낸 보고서야."

그웬다가 급히 외쳤다.

"그렇다면 외국에서 보냈다는 그 편지가 그녀가 쓴 게 아니었군요?"

"아니야, 진짜야, 그웬다. 그녀가 썼대."

그들은 서로의 얼굴을 멍하니 바라보았다.

그웬다는 믿을 수 없다는 듯이 말했다.

"그렇다면, 그 편지들은 위조가 아니었다는 말이군요. 진짜 편지였어요. 그날 밤에 헬렌은 집을 나가 외국에서 편지를 쓴 거로군요. 목이 졸려 죽었다든지 그런 건 얼토당토않은 생각이었고요?"

가일스가 천천히 입을 열었다.

"그런 모양이야. 하지만 이거 정말 이상한데. 도무지 납득이 가지 않으니. 모든 것이 우리의 생각과는 다른 방향을 가리키고 있는 것만 같아."

"그럼 혹시 그 필적감정가가 잘못 감정한 게 아닐까요?"

"그럴 수도 있겠지. 하지만 꽤 믿을 만한 사람이라던데, 그웬다, 솔직히 말하면 난 이번 사건에 대해선 무엇 하나 알 수가 없이 오리무중이야. 혹시 우린 지금 얼토당토않은 짓거리를 벌이고 있는 게 아닐까?"

"그게 다 내가 극장에서 바보 같은 행동을 했기 때문이라는 건가요? 가일스, 그럼 이렇게 해요. 우선 제인 아주머니 집에 들르기로—케네디 의사 선생님 댁에는 4시 30분까지 가면 되니까 아직 시간이 있어요."

하지만 마플 양은 그들 부부가 기대했던 것과는 조금 다른 반응을 보여주었다. 일이 아주 근사하게 되었다고 말하는 것이었다.

그웬다가 놀라서 물었다.

"하지만 제인 아주머니, 일이 아주 근사하게 되었다니 그게 무슨 말씀이세요?"

"그 말은 누군가가 생각보다는 영리하지 못했다는 뜻이라오."

"아니, 어째서요? 어떤 면에서 영리하지 못했다는 말씀이지요?"

"제 꾀에 제가 넘어간 거지요."

마플 양은 이렇게 대꾸하면서 만족스러운 듯이 고개를 끄덕였다.

"어떻게 말씀입니까?" 가일스가 끼어들었다.

"이봐요, 가일스, 당신은 틀림없이 이 편지 건이 얼마나 우리의 조사범위를 좁혀주었는지 알겠지요?"

"헬렌이 이 편지를 실제로 썼다는 것을 아시고서도 여전히 그녀가 살해되었다고 믿고 계신 겁니까?"

"내 말은 뭐냐 하면 누군가에게 이 편지가 헬렌의 자필 편지여야 한다는 게 퍽 중요한 일이었을 거라는 말이에요."

"예, 알았습니다……, 아니, 알 것 같군요. 그렇다면 헬렌이 이 편지를 쓰도록 누군가가 꾀었나 보군요. 사정상 말입니다. 그리고 그 일이 우리의 조사범위를 좁혀줄 수 있다는 말씀이시고요. 그러면 그 사정이라는 건 어떤 것이었을까요?"

"어머나, 저런, 리드 씨, 당신은 제대로 생각을 정리하지 못하고 있군요. 아주 간단하고 명백한 일인데—"

그녀의 말에 가일스는 초조하면서도 조금 언짢은 얼굴을 했다.

"예, 전 분명히 잘 모르겠습니다."

"아니, 조금만 잘 생각해 보면—"

"여보, 이젠 가요. 늦겠어요." 그웬다가 끼어들었다.

그들은 혼자서 고소를 머금고 있는 마플 양을 남겨두고 떠났다.

"저 아주머니 때문에 가끔 화가 난다니까." 가일스가 퉁명스럽게 말했다. "대체 뭘 어떻게 하려는 건지 도무지 알 수가 없으니."

그들은 정각에 의사의 집에 도착했다. 문을 연 것은 의사였다.

"가정부한테는 오후에 외출하라고 내보냈소."

그는 자신이 문을 열어 나온 이유를 이렇게 설명했다.

"그 편이 더 나을 것 같아서—."

그는 리드 부부를 거실로 안내했다. 그곳에는 찻잔과 받침접시를 올려놓은 쟁반이며 버터 바른 빵, 그리고 케이크 등이 준비되어 있었다.

"아무래도 차 한 잔 하는 게 좋을 것 같지 않소?"

그는 왠지 좀 자신이 없는 어투로 그웬다에게 물었다.

"그러면 킴블 부인 기분도 편해질 테니까."

"예, 그렇고말고요." 그웬다가 대답했다.

"그럼 두 분은 어떻게 한다? 곧바로 두 분을 소개할까? 그러다간 그녀를 겁먹게 하는 게 아닐까?"

그웬다가 천천히 입을 열었다.

"시골 사람들은 아주 의심이 많다더군요. 그래서 제 생각엔 박사님이 혼자 맞으시는 게 아무래도 좋을 듯싶군요."

"동감입니다." 가일스가 옆에서 맞장구쳤다.

"그럼, 두 분은 옆방에서 기다리고 내가 이쪽으로 통하는 문을 조금 열어 두겠소. 그럼 우리가 무슨 이야기를 하는지 들릴 테니까. 상황이 상황이니만큼 그렇게 해도 무방할 듯싶소만."

"몰래 엿듣는 게 되겠지만 급한 걸 어떡해요." 그웬다가 대답했다.

케네디 의사는 슬며시 미소를 지었다.

"뭐 그리 도덕적인 문제까지 염려할 필요는 없을 듯싶소. 어떤 경우든 난 그녀에게 비밀을 보장해 주겠다는 약속은 안 할 작정이니까. 충고를 바란다면야 충고를 해줄 테지만."

그러고 나서 그는 슬쩍 시계를 보았다.

"열차는 4시 35분에 우들레이 로드 역에 도착하게 되어 있소. 이제 2~3분 있으면 도착할 테지. 그러면 언덕을 걸어서 올라오는 데에 5분쯤 걸릴 테고."

말을 마치자 그는 어딘가 침착하지 못한 모습으로 방 안을 왔다 갔다 했다. 오늘따라 그 얼굴에 주름살이 더 패여 있고 여윈 모습이었다.

"난 도무지 알 수가 없소. 이게 대체 다 무슨 일인지 도무지 알 수가 없단 말이오. 헬렌이 그 집을 나간 게 아니라면, 그리고 그 편지가 위조였다고 한다면—."

그때 그웬다가 말을 꺼내려고 재빨리 몸을 움직였으나 가일스가 고개를 흔드는 바람에 그만두었다. 의사는 말을 계속했다.

"그 가엾은 켈빈이 헬렌을 죽이지 않았다면 대체 진상은 어떻게 된 거란 말이오?"

"누군가 다른 사람이 죽였겠지요." 그웬다가 대답했다.

"하지만, 그웬다, 만일 누군가가 그 애를 죽인 거라면 대체 어째서 켈빈은 자신이 그런 짓을 했다고 그처럼 고집을 피웠을까?"

"자기 아니면 그런 짓을 했을 사람이 없었다고 여기신 거겠지요. 침대 위에 죽어 있는 헬렌을 발견하고는 틀림없이 자신이 한 짓이라고 여기신 거예요. 그럴 수 있는 일 아니겠어요?"

하지만 케네디 의사는 초조한 듯이 자기 코를 문질러댈 뿐이었다.

"내가 어찌 알겠소? 심리학자도 아닌데. 충격으로 인해서 그렇게 생각한 걸까? 아니면 이미 신경과민 상태였던 것일까? 그래요, 그럴 가능성도 높아요. 하지만 그렇다면 대체 누가 헬렌을 죽이고 싶어 했단 말이오?"

"우린 세 사람 중 하나라고 생각합니다." 그웬다가 대답했다.

"세 사람이라니? 누구누구 세 사람 말이오? 헬렌을 죽일 만한 동기를 가진 사람은 아무도 있을 리 없는데, 혹시 머리가 돈 사람이라면 몰라도. 그 애한테 는 적이라곤 없었소. 모두들 그 애를 좋아했으니까."

그는 책상서랍을 열더니 그 안을 뒤적였다. 이윽고 한 장의 스냅사진이 나왔다. 그 사진은 체육복을 입고 머리는 뒤로 질끈 묶은 채 환한 얼굴을 하고 서 있는 키 큰 여학생의 모습이었다. 지금보다 훨씬 젊고 행복한 표정을 한 케네디 의사가 그 옆에 서 있었다. 그리고 그의 팔에는 테리어 종의 강아지가 안겨져 있었다.

"최근엔 부쩍 그 애 생각만 난다오." 그가 입속으로 중얼거렸다.

"오랫동안 그 애 생각은 조금도 나지 않았는데, 거의 잊을 뻔했었는데……. 그런데 요즘은 늘 그 애 생각뿐이라오. 이게 다 당신들 때문이오."

그의 말투에는 두 사람을 비난하는 듯한 기색이 숨어 있었다.

"그건 그녀 때문이에요." 그웬다가 불쑥 말했다.

그러자 의사가 그녀에게 홱 시선을 돌렸다.

"그게 무슨 뜻이오?"

"말 그대로예요. 뭐라고 설명은 드릴 수가 없네요. 하지만 분명히 저희 탓은 아니에요. 헬렌, 그녀 탓이지요."

그때, 우수를 담은 듯한 기적 소리가 가늘게 그들의 귀에 들려왔다.

케네디 의사는 프랑스식 유리문을 열고 밖으로 나갔다. 그들 부부도 그의 뒤를 따랐다. 긴 연기 꼬리가 천천히 골짜기를 따라 피어오르다가 하늘로 흩어지고 있었다.

"저기 그 기차가 가는군." 케네디 의사가 입을 열었다.

"역에 도착하는 겁니까?"

"아니, 역을 떠나는 게요."

그는 잠깐 말을 끊었다가 다시 이었다.

"이제 몇 분 있으면 이리로 올 게요."

하지만, 그 몇 분이 지났건만 릴리 킴블은 오지 않았다.

2

릴리 킴블은 딜머스 중계역에서 내려 육교를 건너 작은 지방 노선 열차가 기다리는 보조 플랫폼으로 나섰다. 승객은 불과 5~6명 정도였다. 오후 중 사람이 뜸한 시간이기도 했지만, 헬체스터에서 장이 서는 날이라서 더욱 사람이 뜸했다.

곧이어 열차가 출발했다. 구불구불한 골짜기를 따라 칙칙폭폭 바퀴 소리도 요란하게 앞으로 나아갔다. 종점인 론스버리 베이까지는 정거장이 셋 있었다.

뉴턴 랭포드, 매칭스 홀트(우들레이 캠프장으로 가는 역이다), 그리고 우들레이 볼턴.

릴리 킴블은 창밖을 내려다보고 있었으나 그녀의 눈에는 푸른 숲이 우거진 시골 풍경은 들어오지 않고 그 대신 연한 녹색 천을 덮어씌운 제임스 왕조풍의 응접세트만이 계속 눈앞에 떠오르고 있었다······.

매칭스 홀트의 작은 역에 내린 승객은 오직 그녀뿐이었다. 그녀는 검표원에게 차표를 내밀고는 개찰구를 나섰다. 길을 따라 조금 가자니 '우들레이 캠프 방면'이라고 적힌 표지판이 가파른 언덕으로 이어지는 오솔길을 가리키며 서 있었다.

릴리 킴블은 오솔길로 들어서 경쾌한 발걸음으로 언덕을 오르기 시작했다. 숲 한쪽으로 길이 꼬부라져 있었다. 그리고 그 반대편으로는 히스 꽃과 가시 금작화로 뒤덮인 가파른 비탈이었다. 그때 어떤 사람이 숲 속에서 툭 튀어나오는 바람에 릴리 킴블은 놀라서 펄쩍 뛰었다.

"어머나, 정말 깜짝 놀랐어요!" 릴리가 소리를 질렀다.

"여기서 뵙게 될 줄은 꿈에도 몰랐어요!"

"놀라게 했나? 하지만 놀랄 일이 또 있지."

숲속은 인적 하나 없이 고요했다. 때문에 비명 소리와 싸우는 소리를 들을 사람은 아무도 없었다. 하지만 사실은, 비명 소리라곤 들릴 새도 없이 그 싸움은 곧 끝나고 말았다.

산비둘기 한 마리만이 깜짝 놀라서 숲 속에서 푸드덕하고 날아올랐다······.

3

"아니, 대체 그 여자 어떻게 된 걸까?"

케네디 의사가 짜증이 난다는 듯이 외쳤다.

시계바늘은 5시 10분 전을 가리키고 있었다.

"혹시 역에서 오는 길을 잃은 게 아닐까요?"

"아주 자세하게 가르쳐주었는데. 누구라도 쉽게 알 수 있게 말이오. 역에서 나오면 왼쪽으로 돌았다가 오른쪽에 나 있는 첫 번째 길인데—아까도 말했지만 5분이면 오는 거리란 말이오."

"마음을 바꾸었는지도 모르는 일이죠." 가일스가 말했다.

"아마 그런 모양이오."

"혹시 기차를 놓쳤는지도 모르지요." 그웬다가 말했다.

케네디 의사가 느릿느릿 말했다.

"아니, 내 생각엔 오지 않기로 마음먹은 것 같소. 아마 남편이 말렸는지도 모르지. 시골 사람이란 도무지 믿을 수가 없다니까."

그러고 나서 그는 화가 난 듯이 방 안을 서성거렸다. 그러더니 갑자기 전화기 있는 곳으로 가 교환에게 역의 전화번호를 물었다.

"여보세요, 역인가요? 난 케네디라는 의사요. 4시 35분 열차로 도착한 사람을 기다리고 있는데, 중년의 시골 여자요. 누가 우리 집으로 오는 길을 묻지 않던가요? 아니면—뭐라고요?"

리드 부부는 의사 바로 옆에 서 있었으므로 우들레이 볼턴 역원의 부드럽고도 한껏 늘어지게 태평한 목소리를 들을 수 있었다.

"박사님을 찾아오신 손님은 아무도 없었습니다. 4시 35분 기차로 오신 손님 중 낯선 사람은 아무도 없었거든요. 메도스에서 오시는 내러코츠 씨, 그리고 조니 로스 씨하고 벤슨 씨 따님—그뿐이고 다른 손님은 한 사람도 없었습니다."

"자, 그렇다면 마음을 바꾼 게 틀림없구먼."

케네디 의사가 전화기를 내려놓고 말했다.

"그럼, 이젠 두 분에게 차를 대접해도 되겠군. 찻주전자는 올려놓았으니 내가 서서 차를 끓여 오리다."

곧이어 그가 찻주전자를 가지고 오자 세 사람은 자리에 앉았다.

"잠깐 일이 잘못된 깃뿐이오."

그는 갑자기 기운을 내려는 듯이 활발하게 말했다.

"그녀의 주소를 알고 있으니 그걸 갖고 가면 그 여자를 만날 수 있을 게요."

그때 따르릉 하고 전화벨이 울리는 바람에 의사는 자리에서 일어났다.

"케네디 박사님이신가요?"

"예, 그렇습니다만."

"전 롱퍼드 경찰서의 래스트 경감입니다. 혹시 릴리 킴블이라는 여자를 기다리고 계십니까? 릴리 킴블 부인 말입니다. 오늘 오후 박사님을 방문할 예정이었다던데―?"

"그렇소. 그런데 왜 그러시오? 무슨 사고라도 생겼소?"

"뭐, 정확하게 말해서 사고라고는 할 수 없겠죠. 죽었거든요. 그런데 시체에서 박사님이 보낸 편지가 나왔습니다. 그래서 전화 드리는 겁니다. 가능한 한 빨리 롱퍼드 경찰서로 와주실 수 있겠습니까?"

"곧 가리다."

4

"자, 진상을 좀 분명하게 하십시다." 래스트 경감이 말했다.

그는 케네디 의사, 그리고 동행한 가일스와 그웬다에게로 차례차례 눈길을 돌렸다. 그웬다의 얼굴은 창백한 석고 같았다. 그녀는 양손을 꽉 움켜쥐고 있었다.

"박사님께선 이 부인이 4시 5분에 딜머스 중계역에서 떠나는 기차를 타고 올 걸 기다리고 계셨던 거로군요? 4시 35분에 우들레이 볼턴 역에 도착하는 기차 말입니다."

케네디 의사는 고개를 끄덕였다.

래스트 경감은 죽은 여자의 시체에서 나온 편지를 내려다보았다. 사태는 매우 분명했다.

친애하는 킴블 부인

내 힘이 다하는 한 당신에게 조언을 해 드리겠소 편지 앞머리에 쓰인 주소를 보면 아시겠지만 난 이제는 딜머스에 살고 있지 않소 쿰

벨리에서 3시 30분에 떠나는 기차를 타고 딜머스 중계역에서 존스베리 베이로 가는 기차로 갈아타고는 우들레이 볼턴에서 내리면 내 집은 거기서 몇 분 걸리지 않은 곳에 있소 역에서 나오면 왼쪽으로 돌고 그다음엔 오른쪽 첫 번째 길로 도시오 우리 집은 그 길 맨 끝 오른쪽 집이오 대문에 문패가 달려 있으니 찾기 쉬울 것이오

그럼 이만.

제임스 케네디

"그녀가 좀더 빠른 기차를 타고 오리란 건 예상하지 못하셨습니까?"

"빠른 기차라고요?"

케네디 의사는 놀란 얼굴을 했다.

"실상이 그렇기 때문에 말씀드리는 겁니다. 그녀는 쿰벨리에서 3시 30분발 기차가 아니고 1시 30분발 기차를 타고 떠난 겁니다. 그러고는 딜머스 중계역에서 2시 5분발 기차로 갈아탄 다음 우들레이 볼턴에서 내리질 않고 그 하나 전 정거장인 매칭스 홀트에서 내렸습니다."

"이런! 그것참 이상한 일이구먼!"

"그녀는 병 때문에 박사님과 의논하려고 오려던 참이었습니까?"

"아니오. 난 의사 일에는 벌써 여러 해 전부터 손을 떼고 있었소"

"저도 그렇게 생각하고 있었습니다. 그럼 평소에 그녀와 잘 아는 사이였습니까?"

케네디 의사는 고개를 내저었다.

"아니오, 벌써 근 20년간이나 만난 적이 없소"

"하지만, 저—지금 보면 확인할 수는 있으시겠지요?"

그 말을 듣자 그웬다는 무서워 몸을 떨었다. 하지만 죽은 시체쯤은 의사에게는 아무렇지 않은 모양인지 케네디 의사는 신중한 어조로 대답을 할 뿐이었다.

"상황이 상황인 만큼 그녀를 알아볼지 어떨지는 자신할 수 없소 아마 목이 졸려 죽었겠지요?"

"예, 그렇습니다. 시체가 발견된 곳은 매칭스 홀트에서 우들레이 캠프로 가는 길에서 조금 들어간 딸기나무 숲이었습니다. 4시 10분 전쯤에 캠프장에서 내려오던 등산객이 발견했지요. 경찰의는 사망시간을 2시 15분에서 3시 사이로 추정하고 있습니다. 아마 역에서 나선 지 얼마 되지 않아서 살해된 듯싶습니다. 매칭스 홀트에서 내린 다른 승객은 없었다고 하더군요. 거기서 내린 승객은 그녀뿐이었던 것이죠.

그런데 말입니다. 그녀는 왜 매칭스 홀트에서 기차를 내렸을까요? 혹시 기차역을 잘못 알았던 걸까요? 전 그렇게는 생각되지 않습니다. 어쨌든 그녀는 자기가 박사님과 약속한 것보다 두 시간이나 일찍 이곳에 왔고, 더욱이 박사님이 타고오라고 한 기차를 타지도 않았습니다. 박사님이 그녀에게 보낸 편지 말입니다. 대체 그녀는 박사님하고 무슨 볼일이 있었습니까?"

케네디 의사는 자기 윗도리 주머니를 뒤져 릴리의 편지를 꺼냈다.

"일이 이렇게 될 듯싶어서 가져왔소. 여기 든 신문광고 쪽지는 이분들 리드 부부가 지방신문에 낸 광고요."

래스트 경감은 릴리 킴블의 편지를 읽고 나서 동봉한 신문광고 쪽지를 읽었다. 다 읽고 나자 그는 케네디 의사에게로, 그리고 가일스와 그웬다에게로 차례로 시선을 옮겼다.

"이 편지하고 광고 뒤에 얽힌 배경을 알 수 있겠습니까? 아주 오래전 일인가 보지요?"

"18년 전 일이랍니다." 그웬다가 대답했다.

그렇게 해서, 이야기가 흘러나오게 되었다. 물론 하다 보니 중간에 조금씩 덧붙이는 구석도 있었다.

래스트 경감은 남의 이야기를 잘 들을 줄 아는 사람이었다. 때문에 자기 앞에 앉은 세 사람이 저마다 편하게 이야기를 풀어나가게 해주었다.

우선 케네디 의사는 무미건조한 말투로 사실만을 간결하게 이야기했다. 그런 반면 그웬다는 조금 앞뒤가 안 맞고 횡설수설하는 면도 있었으나 그녀의 이야기는 듣는 사람으로 하여금 상상력을 발동시키게 하는 힘을 갖고 있었다. 셋 중에서 가장 큰 공을 세운 것은 가일스일 것이다.

그의 말은 요지가 분명하고 명쾌했으며, 케네디 의사보다는 이야기를 좀 덜

숨기는 편이었고, 그웬다보다는 말에 앞뒤 조리가 딱 맞았다. 어쨌든 세 사람이 이야기하는 데에는 오랜 시간이 걸렸다……

마침내, 래스트 주임경감은 한숨을 내쉬고는 그들의 이야기를 요약해 되풀이했다.

"할리데이 부인은 케네디 박사님의 여동생이자 리드 부인의 새어머니였군요. 그리고 그녀는 18년 전 당신이 살고 있는 집에서 사라져버렸습니다. 릴리 킴블은(처녀 때 이름은 애벗이었다죠) 그 당시 그 집의 하녀였었고요. 그런데 무슨 이유에선지 릴리 킴블은 이렇게 세월이 오래 흘렀는데도 새삼스레 그 집에서 무슨 범죄가 행해졌을 거라고 믿게 되었습니다. 그 무렵에 할리데이 부인이 누군지 정체 모를 남자와 달아난 거라고 소문이 자자했었지요. 할리데이 소령은 15년 전 정신병원에서 죽었는데, 죽는 순간까지 자신이 아내를 목 졸라 죽였다고 하는 망상에(만일 그게 망상이라고 한다면 말입니다) 시달리고 있었습니다."

여기까지 말한 그는 잠시 말을 끊었다가 다시 입을 열었다.

"지금까지 말씀드린 것들은 모두 흥미 있는 일이지만 언뜻 보기엔 별로 연관성이 없는 듯합니다. 하지만 그중에서 가장 핵심이 되는 부분은 할리데이 부인이 살아 있느냐 아니면 이미 죽었느냐 하는 문제겠지요? 그리고 만일 죽었다면 언제 죽었느냐, 그리고 릴리 킴블이 알고 있다는 것은 대체 무엇이냐 하는 문제가 있습니다. 우선 표면적으로 보기에 릴리 킴블은 뭔가 중요한 것을 알고 있었던 게 틀림없습니다. 하도 중요한 일이라 범인은 그녀가 그 이야기를 누설하지 않게 하기 위해서 그녀를 살해해야만 했죠."

그웬다가 외쳤다.

"하지만 대체 우리 말고 누가, 그녀가 그 이야기를 누설하리란 걸 어떻게 알았다는 말씀인가요?"

래스트 경감은 생각에 잠긴 눈으로 그녀를 바라보았다.

"그게 바로 중요한 점입니다, 리드 부인. 그녀가 딜머스 중계역에서 4시 5분에 떠나는 기차 대신 2시 5분에 떠나는 기차를 탔다는 사실 말입니다. 거기엔 틀림없이 뭔가 이유가 있었을 겁니다. 게다가 그녀는 우들레이 볼턴 앞의 역에서 내렸답니다. 왜? 내가 보기엔 이렇습니다.

박사님에게 만나자는 편지를 쓴 다음에 그녀는 누군가 또 다른 사람에게 편지를 써서 우들레이 볼턴에서 만나자고 했을 겁니다. 그리고 그 누군가와 만난 뒤 그래도 별로 뚜렷한 성과가 없으면 그때 가서 다시 케네디 박사님에게 조언을 구하러 가야겠다고 계획한 겁니다. 즉, 그녀가 어떤 특정한 인물에게 의심을 품은 나머지 그 사람을 만나 자신이 그의 범행에 대해 뭔가를 알고 있음을 슬며시 알려주면서 만나자고 하는 편지를 썼을 가능성이 있다는 거지요."

"협박을 한 거로군요." 가일스가 무뚝뚝하게 말했다.

"그녀 자신은 꼭 그렇게 생각하지 않았을 테지요."

래스트 경감이 대꾸했다.

"그녀는 다만 욕심에 눈이 어두워 혹시나 하는 마음으로 그랬던 겁니다. 자기의 말에 따라서 돈을 좀 얻어낼 수 있지 않을까 하는 생각에 머리가 혼란스러워져 있었던 거지요. 그거야 곧 알 수 있을 테지요. 그녀의 남편을 조사하면 아마 더 많은 것을 알게 될 테니까요."

5

"조심하라고 경고를 했지요, 정말입니다."

킴블 씨가 무겁고 침통한 어조로 말했다.

"절대 그런 일에 끼어들지 말라고요. 그런데도 나 몰래 간 겁니다. 예, 그래요. 자기 생각만 제일 옳은 줄 알았던 거죠. 릴리는 언제나 그런 식이었어요. 좀 지나칠 만큼 영리한 거죠."

심문을 해본 결과 킴블 씨는 이 일에 아무 관련이 없음이 밝혀졌다.

릴리는 남편을 만나 결혼하기 전에 세인트 캐서린 저택에서 하녀로 일했었다. 그녀는 영화를 아주 좋아했으며, 모르면 모르되 자기가 일하던 집에서 살인이 있었을 것 같다는 이야기를 자주 했었다.

"하지만 난 그 말에 별로 관심을 두지 않았지요. 모두 공상으로 지어낸 헛

소리라고 생각했기 때문입니다. 릴리는 그저 평범한 이야기 같은 것에는 만족할 줄을 몰랐답니다. 그러고는 주인 나리가 마님을 해치웠다느니 시체를 지하실에 묻었다느니 하면서 수다를 길게 늘어놓는 것이었어요. 그 스위스 소녀가 창밖으로 뭔가를—아니면, 누군가를 보았다는 얘기도 했지요. '그런 외국인의 말에는 신경 쓸 것 없어.' 내가 그랬지요. '외국인들이란 죄다 거짓말쟁이들이니까. 우리 영국 사람하고는 다르단 말이야.' 그랬어요.

그러고 나서는 릴리가 그 일에 대해 아무리 수다를 떨어도 들은 척도 하지 않았습니다. 아무것도 아닌 일을 공연히 불려서 이야기를 지어내고 있는 게 뻔했으니까요. 아마 범죄 같은 일을 좋아했나 봅니다. '선데이 뉴스'라는 신문도 받아보았답니다. '세계의 유명한 살인범들'이라는 기사가 연재로 실려 있다나요. 어쨌든 매일 살인사건에 대한 생각으로 머릿속이 꽉 차 있었죠. 뭐 사실 자기가 살던 집에서 살인사건이 일어났다고 생각하는 거야 어떻습니까. 생각하는 것만으로는 아무한테도 상처를 입히지 않으니까요. 하지만 결국, 나한테 이 광고에 답장을 보내겠다고 나서더군요. 그래서 난 '제발 그런 일은 상관하지 말'고 얘기해 줬죠. 말썽에 휘말리면 어떻게 하느냐고 말입니다. 정말이지 내 말대로 했더라면 지금도 아무 일이 없었을 텐데—."

그는 잠시 생각에 잠겨 있었다.

"아, 그렇습니다. 만일 그랬다면 지금도 무사히 살아 있었을 텐데, 지나치게 영리하고 꾀가 많았던 겁니다. 릴리는 그런 사람이었습니다."

제23장

그럼, 그들 중 누가?

가일스와 그웬다는 킴블 씨를 심문하는 자리에 래스트 경감과 케네디 의사를 따라가지 않았다. 그 대신 그들은 7시경에 집으로 돌아왔다. 그웬다의 얼굴은 여전히 창백했으며 병자 같은 모습이었다.

케네디 의사는 그러한 그녀를 보고 가일스에게 자상하게 일렀다.

"그웬다에게 브랜디를 좀 마시게 하고 뭘 좀 먹이도록 해요. 그다음엔 푹 자도록 해주고—너무 심한 충격을 받은 모양이오."

"정말 무서운 일이에요, 가일스." 그웬다는 여전히 중얼거리고 있었다.

"너무나 끔찍해요. 그 가엾고 어리석은 여자가 살인범하고 만날 약속을 하고는 그렇게 추호의 의심도 없이 태연하게 살인범을 찾아가다니—살해되기 위해서 말이에요. 도살장으로 끌려가는 양처럼."

"자, 이제 그 생각은 그만하구려, 여보. 어쨌든 이번 일로 우리는 어딘가에 분명히 살인자가 존재하고 있다는 것을 알게 된 거야."

"아니에요, 우린 알아낸 것이 없어요. 이번 살인자가 아니라, 그 당시의 살인자 말이에요—18년 전의. 하지만 지금 보니 전혀 현실의 일 같지가 않아요……. 어쩌면 그 모두가 우리의 착각이었는지도 몰라요."

"하지만 이번 일로 그것이 착각이 아니란 걸 분명히 알았잖아? 당신 생각이 언제나 옳았어, 그웬다."

가일스는 마플 양이 힐사이드 저택에 있었으므로 적이 안심이 되었다. 그녀와 코커 부인은 대소동을 피우면서 그웬다를 돌보아주었다.

그웬다는 브랜디는 영국 해협의 증기선을 생각나게 한다는 이유로 마시기 싫다면서, 그 대신 레몬이 든 뜨거운 위스키를 조금 마셨다. 그러고는 코커 부인의 설득에 못 이겨 식탁 앞에 앉아 오믈렛을 먹었다.

가일스는 그웬다에게 또다시 충격을 주고 싶지 않아 다른 이야기를 화제에 올리고 싶었지만 마플 양은 차분하며 초연한 태도로 가일스가 고도의 전술이라고 인정하지 않을 수 없는 화술을 펴며 이번 살인사건에 대해 이야기를 했다.

"얼마나 끔찍한 일이에요, 그웬다. 물론 커다란 충격이긴 해요. 하지만 퍽 흥미 있는 일이라는 것도 인정하지 않을 수 없을 테죠. 물론 나야 이만큼 늙은 사람이니 죽음이라는 것에 대해 당신만큼 충격을 받지는 않아요. 내가 두려워하는 것은 암이라든가 하는 것처럼 길게 질질 끌고 고통스러운 것뿐이지.

어쨌든 이번 일로 우린 실로 중요한 것을 깨달았어요. 헬렌 할리데이—그 가엾은 젊은 사람이 누군가에 의해 살해되었다는 것은 절대 의심의 여지가 없는 사실이라는 것을 말이에요. 줄곧 그렇게 생각해 오긴 했지만 이제는 그것을 더욱 확실히 알게 된 거지요."

"그리고 아주머니의 말씀대로라면 그 시체가 어디 있는지도 알아야겠죠."

가일스가 대꾸했다.

"아마 지하실이겠죠?"

"아니, 그렇지 않아요. 에디스 파젯이 한 말 기억나죠? 릴리한테서 그 말을 듣고 나서 하도 마음이 쓰이기에 그 다음 날 아침에 지하실로 내려가 보았다고 하잖아요. 그런데 그런 흔적은 아무 데도 없다고 했죠. 하지만 누군가 정말 자세히 찾으려고만 한다면 흔적은 꼭 있었을 거예요."

"그럼 시체는 어떻게 된 겁니까? 차에 실어내 벼랑 위에서 바닷물 속으로 내던지기라도 한 겁니까?"

"그게 아니에요. 자, 내 말을 들어봐요. 두 사람—당신이 처음 이 집에 왔을 때 맨 먼저 놀랐던 것(그웬다 당신 말이에요), 맨 먼저 보고 놀랐던 것이 뭐지요? 거실 창문 너머로 바다가 보이지 않는다는 사실—그것이었지요. 그리고 당연히 잔디밭으로 내려가는 층계가 있을 거라고 생각한 곳에 그 대신 나무가 심어져 있었고요. 그 뒤에 안 거지만 원래 그곳에는 층계가 있었으니 인젠가 테라스 끝으로 옮겨졌다고 했지요. 그렇다면 대체 누가 무엇 때문에 층계를 옮긴 걸까요?"

그웬다는 뭔가 짚이는 데가 있다는 얼굴로 마플 양을 뚫어지게 바라보았다.

"그럼 아주머니 말씀은 거기가 바로—."

"그렇게 층계를 옮긴 데에는 분명히 무슨 이유가 있었을 거예요. 그런데 그럴 만한 이유로 보이는 게 아무것도 없단 말이에요. 사실 그곳은 잔디밭으로 내려가는 층계를 만들기엔 좀 적당치 않은 곳 아니에요? 하지만 그 테라스 끝은 아주 조용한 곳이에요. 그 집에서 그곳을 내려다볼 수 있는 곳은 딱 한 군데 창문뿐—2층 아기방 창문밖에는 없는 거예요.

그래도 모르겠어요? 만일 누군가가 시체를 그곳 땅에 파묻으려면 흙을 파내고 뒤집어야 하는데, 그러려면 또 흙을 파헤쳐야 할 이유가 있어야 해요. 그때 이유로 등장한 것이 바로 그 거실 앞의 층계를 테라스 끝으로 옮겨야 한다는 구실이었던 거예요. 난 이미 케네디 의사로부터 헬렌 할리데이와 할리데이 소령이 정원 일에 아주 열심이었다는 사실을 알아냈어요.

정원 일에 보통 공을 들인 게 아니라더군요. 매일 오는 정원사는 그저 그 부부들이 하라는 대로 하기만 하면 되었다더군요. 그리고 만일 정원사가 와서 그 층계를 옮긴 것을 발견하고 돌 몇 개가 옮겨져 있는 것을 발견했다고 해도 그 사람은 그저 할리데이 부부가 자기가 없는 사이에 또 일을 벌였나 보다고 생각하고 말 뿐이었을 거예요. 물론 시체는 그 두 장소 중 어디에고 묻을 수 있었겠지만, 내 생각에는 테라스 끝에(거실 창문 앞이 아니라) 묻혀 있을 거라고 보는 게 더 확실한 듯싶어요."

"어떻게 확신하시죠?" 그웬다가 물었다.

"그 가엾은 릴리 킴블이 편지에서 말한 게 있잖아요. 그녀는 레오니가 창문 너머로 뭔가를 봤다는 말을 듣고는 시체가 지하실에 파묻혀 있으리라는 생각을 바꾼 거예요. 그렇다면 아주 명백한 것 아니에요? 스위스 소녀 레오니는 그날 밤, 우연히 아기방 창문 너머를 내다보다가, 누군가가 시체를 묻기 위해 땅을 파는 걸 본 거예요. 아마 그녀는 누가 파고 있는지도 똑똑히 보았겠죠."

"그런데 경찰한테 한마디도 알리지 않았단 말이에요?"

"이봐요, 그웬다, 그 당시에는 범죄의 가능성 같은 건 문제되지도 않았잖아요. 할리데이 부인이 애인하고 달아나버렸다—레오니가 제대로 이해할 수 있었던 사실은 그것밖에 없었으니까. 그 소녀는 아마 영어도 제대로 할 줄 몰랐을 거예요. 하지만 릴리에게는 그런 얘기를 했을 테지요. 그것도 사건 당시가 아니라 훨씬 나중에, 그날 밤 자기가 창문 너머로 이상한 것을 보았다는 이야기를 말이에요. 그러자 그 말을 들은 릴리는, '그래, 내 생각대로 범죄가 일어난 거야!' 하고 더욱 굳게 믿게 된 거죠.

하지만 그 말을 들은 에디스 파젯은 릴리에게 그런 바보 같은 소리는 하지도 말라고 핀잔을 주었을 테지요. 또한 그 스위스 소녀도 에디스 파젯의 꾸지람을 받아들였을 거예요. 게다가 그녀는 경찰이니 뭐니 하는 것에는 연루되고 싶지 않았을 테니까. 원래 사람이란 외국에 나와 있을 때는 경찰이라고 하면 과민반응을 보이기 쉬운 모양이에요. 그래서 그녀는 결국 아무 말도 않고 스위스로 돌아갔고, 이제 그런 일은 생각도 말자고 마음먹었을 테지요."

그녀의 말이 끝나자 가일스가 입을 열었다.

"만일 레오니가 지금 살아 있기만 하다면, 어디 살고 있는지 알아낼 수만 있다면—."

마플 양은 고개를 끄덕였다.

"아마 알아낼 수 있을 거예요."

그러자 가일스가 궁금한 듯이 물었다.

"그럼 어떻게 일을 착수해야 할까요?"

"아뇨, 그런 일은 당신보다는 경찰이 더 능할 거예요."

"내일 아침에 래스트 경감님이 이리로 오시게 되어 있긴 하지만—."

"그렇다면 경감님한테 알려주어야 하겠군요—그 층계에 대해서 말이에요."

"그럼, 제가 본 것은요—아니, 보았다고 생각한 것도 말해야 하나요? 저 홀에서 본 그것 말이에요?" 그웬다가 초조한 듯이 끼어들었다.

"아, 참 그렇지! 그웬다, 당신이 이 이야기를 지금까지 아무한테도 하지 않은 건 참으로 현명한 처사였어요. 정말 현명한 일이에요. 하지만 이젠 말해야 될 때가 왔어요."

가일스가 천천히 입을 열었다.

"헬렌은 홀에서 목이 졸려 죽었습니다. 살인자는 그녀의 시체를 끌고 계단으로 올라와 침대에 뉘었죠. 그런데 그때 켈빈 할리데이 씨가 들어와 마약이

든 위스키를 마시고 정신을 잃었지요. 그러자 살인자는 이번에도 그를 옮겨다 침실로 갖다놓았습니다. 그 후 켈빈 할리데이는 정신을 되찾은 뒤 헬렌의 시체를 보고는 자기가 그녀를 죽인 거라고 생각하게 됩니다.

한편 살인자는 어디 가까운 곳에서 그것을 지켜보았겠지요. 그 후 켈빈이 케네디 의사 댁으로 달려가자 그 사이에 살인자는 그 시체를 옮겨 아마도 테라스 끝 나무숲에 감추어놓은 다음 모두들 깊이 잠들기를 기다렸다가 땅을 파고는 시체를 묻은 거지요. 그렇다면 결국 살인자는—그날 밤 내내 이 집 안을 돌아다니고 있었다는 말이 되는 겁니까?"

마플 양은 고개를 끄덕였다.

"그러니까 살인자는, 현장에 있었던 거로군요. 제인 아주머니께서 그것이 중요한 점이라고 하셨던 말이 기억납니다. 그렇다면 우리가 떠올린 세 사람의 용의자 중 누가 그러한 조건에 가장 잘 들어맞는지 살펴봐야겠군요. 우선 어스킨 소령을 생각해 보기로 하지요. 그 사람은 분명히 현장에 있었습니다. 그 사람 자신도 자기가 9시경 해변에서 헬렌 케네디를 이 집까지 바래다주었다고 인정하고 있으니까요. 그러고는 작별을 했다는 겁니다. 하지만 그 사람이 진짜로 헬렌과 작별한 걸까요? 그 대신 그녀를 목 졸라 죽였다고 한번 해보도록 하지요."

"하지만 두 사람 사이는 이미 다 끝난 거였잖아요!" 그웬다가 소리쳤다.

"이미 오래전에 말이에요. 그 사람도 자기가 헬렌하고 단둘이 있었던 적은 거의 없었다고 했어요."

"하지만, 이봐요, 그웬다, 우리가 지금 이 일을 조사하는데 꼭 필요한 방법은 누가 무슨 말을 했건 그건 상관하지 않는 거야."

"어머나, 가일스가 이제야 그렇게 말하는 걸 들으니 기쁜데요!"

마플 양이 나섰다.

"사실 난 좀 걱정이었거든요. 당신들 두 사람이 다른 사람들 하는 말만 듣고는 그걸 모두 진짜 사실로 받아들이는 것 같아서 말이에요. 유감스럽게도 난 사람을 의심부터 하고 보는 천성이 있어요. 슬픈 일이죠. 하지만 살인 문제에 있어서만은 난 사람들이 하는 말, 그것을 내가 확인해보지 않은 이상 아무엇도 믿지 않기로 철칙을 세우고 있답니다. 예를 들어서 말이에요, 여행가방에 넣어서 가져간 옷가지는 헬렌이 직접 넣은 게 아니라는 릴리의 말—그것은 아주 분명한 사실일 듯싶어요. 왜냐하면 에디스 파젯이 우리한테 릴리가 그러더라고 말했을 뿐더러, 릴리 자신도 케네디 의사에게 보내는 편지에서 그 사실을 언급하고 있으니까요. 그렇다면 그것은 분명한 사실이죠.

그다음에 케네디 의사가 우리에게 얘기하길, 켈빈 할리데이는 자기 아내가 몰래 자기에게 마약을 먹이고 있었다고 믿고 있었다지요? 그 이야기는 켈빈 할리데이의 일기에도 써 있고요. 그렇다면 그것 역시 또 하나의 분명한 사실이라고 할 수 있어요. 매우 이상한 사실이긴 하지만. 안 그래요? 어쨌든 지금은 그걸 따지지 않기로 해요. 아무튼 난 두 사람이 지금까지 세워온 대부분의 가설들이 두 사람이 남들한테서 들은 이야기에 근거를 두고 있다는 사실을 지적하고 싶었던 거예요. 모두들 그럴 듯한 이야기를 들려주었을 테니까."

가일스는 뚫어질 듯한 시선으로 마플 양을 바라보았다. 그리고 그웬다는 이제 아까와 같은 혈색을 되찾은 채 커피를 홀짝홀짝 마시며 식탁 위로 몸을 내밀고 있었다.

이윽고 가일스가 입을 열었다.

"그렇다면 세 남자가 우리에게 한 말을 차례로 점검해보기로 하지요. 우선 어스킨 소령의 말부터. 그 사람 말은—"

그때 그웬다가 나섰다.

"당신은 그 사람을 싫어하잖아요. 게다가 그 사람에 대해서 계속 거론하는 것은 시간 낭비일 뿐이에요. 이젠 그 사람은 분명한 용의선상에서 제외되어 있으니까요. 그 사람은 절대 릴리 킴블을 죽일 수가 없었어요."

하지만 가일스는 냉정한 태도로 자기 할 말을 계속했다.

"그 사람 말은 자기는 헬렌을 인도로 가는 배 위에서 만났으며, 서로 사랑에 빠졌다고 합니다. 하지만 자기 아내와 자식들을 버릴 수가 없어서 헤어지기로 했다는 거죠. 그런데 그게 꼭 그렇지 않았을 경우를 한번 생각해 보기로 하지요. 그가 헬렌을 필사적으로 사랑했다고, 그리고 그와 함께 달아나길 거절한 것이 그녀 쪽이었다고 생각해 보는 겁니다. 그리고 그 사람은 헬렌보고 만일 다른 사람하고 결혼하면 죽여 버리겠다고 위협했을 경우—."

"있을 법하지도 않은 일이에요!" 그웬다가 외쳤다.

"하지만 그런 일은 종종 일어나는 법이야. 그 사람 부인이 그 사람한테 한 말, 당신이 엿들은 말을 기억해 봐. 당신은 그걸 그 부인의 질투 탓이라고 돌려버렸지만, 실은 그 말이 사실일 수도 있어. 아마도 그녀는 여자에 관한 일로 지금까지 내내 괴로운 세월을 보냈을지도 몰라. 그 사람은, 색정광의 일종인지도 모른단 말이야."

"그럴 리 없어요."

"그렇겠지. 그 사람은 여자한테는 기묘한 매력을 풍기는 사람이니까. 내 생각으로도 그 어스킨이라는 사람한테는 뭔가 기묘한 점이 있는 듯싶어. 어쨌든 그 사람의 의심나는 점을 계속 말해 보겠어. 헬렌은 페인과 결혼하겠다는 약속을 깨버리고는 영국으로 돌아오다가 당신 아버지를 만나 결혼하고는 여기 눌러 살게 되었습니다.

그런데 돌연, 어스킨 소령이 나타난 겁니다. 그는 겉으로는 자기 아내와 함께 여름휴가를 즐긴다는 명목 아래 이곳에 온 거죠. 하지만 그건 좀 이상한 일이었습니다. 그는 헬렌을 다시 만나기 위해 이곳에 왔다고 인정하고 있거든요. 그럼 이젠 어스킨이 바로 그 남자였다고—헬렌이 거실에서 같이 있었던, 그리고 '당신이 두렵다'고 말하는 걸 릴리가 엿들었다던 바로 그 남자라고 상상해 보죠. '당신이 두려워요. 지금까지 죽 두려웠어요. 당신은 미치광이예요.' 그랬다던가—.

그래서 헬렌은 무서웠기 때문에 노퍽으로 도망가서 살려고 계획을 세웠죠. 하지만 그녀는 그것을 누구에게도 알리지 않고 쉬쉬했습니다. 누구도 알면 안 된다고—즉, 그 '누구도 알면 안 된다'는 것은 어스킨 부부가 딜머스를 떠날 때까지는 아무도 몰라야 한다는 거였죠. 여기까지는 그럭저럭 모든 사실이 꼭 맞습니다.

자, 이제 운명의 그날 밤이 다가옵니다. 그날 초저녁에 할리데이 부부가 무엇을 하고 지냈는지는 모르겠지만—."

그때 마플 양이 헛기침을 하면서 끼어들었다.

"사실은 난 에디스 파젯을 한 번 더 만났어요. 그녀 말이 그날 밤엔 일찍 저녁식사를 했다더군—7시경에 말이에요. 할리데이 소령한테 무슨 회합 약속이 있어서였대요. 골프 클럽인 것 같기도 하고 교구 모임이었던 것 같기도 했다더군요. 그리고 할리데이 부인은 저녁식사를 한 뒤 외출했고요."

"예, 맞습니다. 헬렌은 미리 약속을 했다가 어스킨 소령을 만난 겁니다. 아마 해변가에서였겠죠. 소령은 그 다음 날 딜머스를 떠나게 되어 있었습니다만 아마 가기 싫다고 했을지도 모르지요. 그래서 그는 헬렌에게 자기와 같이 달아나자고 강요합니다. 하지만 헬렌은 싫다고 하고선 집으로 돌아왔고, 소령은 그녀를 따라왔습니다. 마침내, 미친 듯한 분노에 휩싸여 그는 그녀의 목을 조르고 맙니다. 그다음 과정은 우리가 아까 이미 살펴본 대롭니다.

그는 제정신이 아닌 켈빈 할리데이로 하여금 헬렌을 죽인 것이 바로 켈빈 자신이라고 믿게 하자고 마음먹습니다. 그러고 나서 모두들 잠든 밤늦은 시각에 그는 시체를 파묻습니다. 그 사람이 그웬다에게 한 말을 생각해 보십시오—딜머스를 여기저기 돌아다니느라고 밤 이슥해서야 호텔에 돌아왔었다고 한 말 말입니다."

"하지만 좀 이상하군요." 마플 양이 대꾸했다.

"그럼 그동안 그의 부인은 무얼 하고 있었을까요?"

"아마 질투로 인해 길길이 뛰고 있었겠지요." 그웬다가 말했다.

"그러고는 소령이 호텔로 들어오자 마구 퍼부었을 거예요."

"자, 이상이 제가 줄거리를 재구성해본 겁니다. 가능한 일이라고 생각하는데요." 가일스가 결론을 내렸다.

"하지만 그 사람은 릴리 킴블을 죽일 수 없었어요."

그웬다가 이의를 달았다.

"노섬벌랜드에 살고 있으면서 어떻게 여기서 살인을 저지른단 말이에요? 그러니 그 사람을 수상쩍게 생각하는 건 시간낭비일 뿐이에요. 그보다는 월터 페인이라는 사람을 생각해 봐요."

"그래, 좋아. 월터 페인은 충동을 억압당하고 있는 타입의 인물입니다. 겉으로 보기엔 상냥하고 온화하며 아무렇게나 대해도 괜찮을 듯한 느낌을 줍니다.

하지만 제인 아주머니께서는 우리에게 이미 귀중한 증언을 한 가지 해주셨습니다. 월터 페인이 언젠가 너무나 격분한 나머지 자기 형을 죽일 뻔했었다는 이야기 말입니다. 물론 당시 그는 어린애였죠. 하지만 그런 점을 감안하더라도 월터 페인이 언제나 남을 쉽게 용서하는 너그럽고 얌전한 아이였다는 것을 생각하면 그 일은 놀라운 일이었습니다.

그거야 어쨌든 나중에 월터 페인은 헬렌 할리데이를 사랑하게 되었습니다. 그저 사랑한 정도가 아니라 완전히 넋을 잃을 만큼 사랑한 거지요. 하지만 그녀는 그를 거절했고 이에 그는 절망하여 인도로 갔습니다. 그러다 얼마 후 그녀는 그와 결혼하겠다는 편지를 쓰고는 인도로 출발했습니다. 그런데 곧이어 그녀는 월터 페인에게 두 번째 타격을 입힙니다. 인도에 도착해서는 곧 그를 차버린 겁니다. 그러고는 '오는 배에서 딴 남자를 만났다'는 것이었습니다.

그 후 그녀는 영국으로 돌아가 켈빈 할리데이와 결혼을 했습니다. 아마도 월터 페인은 켈빈 할리데이야말로 그녀가 자기를 차버리게 한 진짜 원인이라고 생각했을 테지요. 그는 앙심을 품고는 가슴속에 미칠 듯한 질투와 증오감을 간직한 채 귀국합니다. 그러고는 너그럽고 우애 넘치는 태도로 이 집에 가끔 놀러 와서는 겉으로 보기에는 더없이 충실하고 얌전히 길들여진 도빈 종고양이처럼 군 겁니다. 하지만 아마 헬렌은 그의 그러한 태도가 진심에서 우러나오는 것이 아님을 눈치챘을 겁니다.

그녀는 월터 페인의 그 상냥한 태도 뒤에 어떤 것이 도사리고 있는지를 특유의 직감으로 일별한 것입니다. 아주 오래전에 그녀는 조용하고 차분한 젊은 이 월터 페인의 내부에 실은 불건전하고 음침한 기질이 숨어 있음을 눈치챘는지도 모르지요. 그렇기 때문에, 바로 그렇기 때문에 그녀는 월터 페인에게 말한 겁니다! '언제나 당신이 무서웠어요.'라고 그래서 그녀는 아무도 몰래 딜머스를 떠나 노퍽에서 살 계획을 세웠습니다. 왜냐고요? 바로 그 사람—월터 페인이 두려웠기 때문입니다.

자, 이제 다시 그 운명의 날 저녁으로 돌아갑니다. 하지만 이번 경우는 별로 확실한 근거가 없어서 뭐라고 이야기하기가 좀 곤란합니다. 그날 밤 월터 페인이 무얼 하고 있었는지 우리로선 알 도리가 없기 때문입니다. 게다가 지금으로선 그것을 알아낼 수 있는 가능성이 영영 없습니다. 하지만 그는 여기서 걸어서 1~2분 걸리는 곳에 산다는 점에서 제인 아주머니가 말씀하신 '현장에 있었다'라는 조건을 충족시킬 수 있는 인물입니다.

그날 밤 그는 두통이 생겼다면서 일찌감치 침대에 들었다든가, 아니면 공부할 일이 있어 서재에 틀어박혀 있었다고 알리바이를 댈지도 모릅니다. 하지만 그 시간이라면 그 역시 살인자가 했으리라고 판단되는 모든 일을 할 수 있는 시간입니다. 그리고 또 저로서는 세 남자 가운데서 여행가방의 옷을 꾸릴 때 잘못 꾸릴 만한 사람은 월터 페인밖에 없다고 보입니다. 그 사람이야말로 여자가 어떨 때 어떻게 옷을 차려입는지 도무지 모르는 사람일 테니까요."

"정말 이상한 일이죠." 그웬다가 끼어들었다.

"그날 사무실에서 그 사람을 만났을 때 말이에요. 난 그 사람한테서 창문의 블라인드가 모두 내려진 집 같다는 이상한 느낌을 받았어요……. 그러고는 심지어 엉뚱한 생각까지 했지요. 또 그 집은 죽은 사람이 있는 집일 거라는 생각을요." 그러고 나서 그녀는 마플 양을 쳐다보았다.

"아주머니한테는 제 생각이 우스꽝스러우시겠지요?"

"아니, 그렇지 않아요. 그 말이 옳을 수도 있다고 생각해요."

"자, 그럼 애플릭이라는 남자를 생각해 보기로 해요."

이번에는 그웬다가 말했다.

"애플릭 관광회사. 언제나 너무 영리하기만 한 재키 애플릭. 우선 그 남자한테 제일 불리한 점은 케네디 의사가 보기에 그 당시 그 사람은 피해망상증을 갖고 있었다는 점이에요. 그건 즉 뭐냐 하면, 그 당시 그 남자의 정신상태가 정상이 아니었다는 거죠.

물론 그 사람은 자기와 헬렌의 일을 모두 다 이야기해 주었지요. 하지만 우린 지금 그것이 몽땅 거짓말이라고 치고 새로 생각을 더듬어나가야겠지요. 애플릭은 헬렌을 그저 귀여운 소녀 정도로 생각한 것이 아닙니다. 그는 아주 미칠 듯이, 정열적으로 그녀를 사랑했던 겁니다. 하지만 그와는 반대로 헬렌은 그를 전혀 사랑하지 않았지요. 그저 즐기고 있었을 뿐인 거죠. 제인 아주머니도 말씀하셨지만 그녀는 남자라면 덮어놓고 좋아하는 미치광이였으니까요."

"아니, 난 그런 말 한 적이 없어요. 그런 말은 절대……."

"예, 그럼 원하신다면 색정광이라고 고쳐 말하죠. 어쨌든 그녀는 재키 애플릭과 잠시 연애를 즐기다가 그를 떼어버릴 궁리를 했습니다. 하지만 그는 헬렌을 놓치지 않으려고 했지요. 그러자 그녀의 오빠가 그녀를 궁지에서 구해냈어요. 이에 재키 애플릭은 그 처사를 절대 용서하지도 않았고 잊지도 않은 채 마음속에 꽉 눌러 담고 있었습니다. 더구나 그는 직업까지도 잃고 말았죠. 그 사람 말에 따르면 월터 페인이 누명을 씌운 거라나요. 그것만 보아도 우린 그 남자가 피해망상에 걸렸던 것을 분명하게 알 수 있어요."

그때 가일스가 나섰다.

"그건 맞는 말이야. 하지만 그 반면에, 만일 그것이 사실이라면 그것은 월터 페인에게는 아주 불리한 점이 되지. 아주 중요한 단서니까."

그웬다는 말을 계속해 나갔다.

"헬렌은 외국으로 가고 그는 딜머스를 떠났어요. 하지만 그는 헬렌을 오매불망 잊지 못했지요. 그 뒤 헬렌이 결혼해서 딜머스로 오자 그는 이 집으로 찾아와 그녀를 만났습니다. 처음에는 단 한 번 찾아왔다고 했지만 그 뒤 이야기를 계속하다 보니 한 번뿐이 아니라 여러 번 온 것을 인정하더군요. 그리고 ―아 참, 가일스, 기억나지요? 에디스 파젯이 잘 썼다는 말 말이에요. '번쩍거리는 멋진 차를 타고 온 수수께끼의 남자'라는 말. 즉, 그는 하녀들도 입에 올릴 만큼 자주 왔던 거지요. 하지만 헬렌은 되도록 그를 식사에 초대하지 않고자 애를 썼지요. 월터 페인과 남편을 만나게 하고 싶지 않았던 거예요. 아마 그녀는 그가 두려워서 그랬을 거예요, 아마―."

그때 가일스가 그녀의 말을 가로막았다.

"이것은 두 가지 측면에서 생각해 볼 수 있습니다. 우선 헬렌이 월터 페인을 사랑하고 있었다고 해보지요. 월터 페인이야말로 그녀가 처음 사랑에 빠진 남자였으며, 그 뒤로도 죽 사랑하고 있었다고 말입니다. 그래서 두 사람은 남몰래 사랑을 나누었지만 그녀로서는 아무한테도 그걸 알리고 싶지 않았죠. 그리고 그가 자기하고 같이 달아나자고 말을 꺼냈을 무렵엔 이미 싫증이 나 그와의 사랑의 도피 같은 것은 생각도 하지 않았던 겁니다. 그래서, 그래서 결국 그는 그녀를 죽여 버리고 말았습니다. 그 이후는 아까 말했던 것과 마찬가지고요.

릴리는 케네디 의사에게 보내는 편지에서 그날 밤 창밖에 멋진 자동차가 서 있었다고 했습니다. 그건 재키 애플릭의 차밖에 없습니다. 때문에 재키 애플릭 역시 현장에 있었던 셈입니다. 물론 이것은 하나의 가설일 뿐이지만 저로선 합리적인 것이라 여겨집니다. 하지만 우리가 재구성한 줄거리 속에 헬렌의 편지를 집어넣는 일이 아직 남아 있습니다. 그동안 저는 제인 아주머니가 말씀하신 그 '상황'—즉, 헬렌이 그 편지를 쓰지 않을 수 없도록 만든 그 상황이라는 것에 대해 머리를 쥐어짜면서 생각해 보았습니다.

그런데 결론적으로 말씀드리면 제 생각엔 그 상황이란 것을 설명하기 위해선 우선 그녀에게 진짜로 남자가 있어서 그와 함께 달아나려고 계획하고 있었다는 것을 인정해야 합니다. 그럼 그것을 사실로 친다고 하고, 세 사람의 용의자에 다시 대비시켜 보기로 하지요.

우선 어스킨입니다. 예를 들어 그는 여전히 자기 아내를 버리거나 가정을 깨뜨릴 마음의 준비가 되어 있지 않았다고 해보는 겁니다. 하지만 헬렌은 이미 켈빈 할리데이 씨를 버리고 어딘가로, 어스킨이 가끔 와서 시간을 보낼 수 있는 그 어딘가로 떠나기로 마음먹었다고 쳐봅시다. 그렇다면 우선 제일 먼저 할 일은 어스킨 부인의 의심을 없애버리는 일일 겁니다. 그래서 헬렌은 두 통의 편지를 썼습니다. 이 편지는 나중에 그녀의 오빠에게 배달되어 그녀가 누군가와 함께 외국으로 달아난 것처럼 보이게 해주었습니다. 또한 이것은 그녀가 편지에서 문제의 그 남자가 누구냐 하는 것을 애매모호하게 밝히고 있는 것과도 아주 썩 부합이 되는 일입니다."

"하지만 그녀가 남편을 버리고 그 남자와 도망갈 생각이었는데 왜 굳이 그 남자가 그녀를 죽여야 한단 말이죠?"

그웬다가 이상하다는 듯이 물었다.

"아마 막판에 가서 그녀가 마음을 바꿨었기 때문일 거야. 결국 자기가 진실로 사랑하는 것은 남편이란 것을 깨달았던 거지. 그러자 그 사람은 불같이 흥분해서 그녀를 목 졸라 죽였어. 그러고 나서는 옷을 챙겨 여행가방을 꾸리고는 그 편지를 이용한 거지. 이렇게 하면 모든 일에 다 설명이 맞아들게 돼.

또한 이 같은 설명은 월터 페인에게도 그대로 적용됩니다. 아마 시골 변호사에겐 유부녀와의 스캔들이 치명적인 것일 겁니다. 그래서 헬렌은 어디 가까운 곳—월터 페인이 종종 들를 수 있는 곳으로 몸을 피하기로 하고, 그 대신 표면적으로는 누군가와 함께 외국으로 달아나버린 것처럼 하는 일을 수락했죠. 곧이어 편지까지 다 써놨는데, 그때, 그웬다 당신이 이야기한 것처럼 마음이 달라진 거야. 이에 월터 페인은 미친 듯이 화가 나서, 그녀를 죽였어."

"그럼, 재키 애플릭 쪽은 어때요?"

"사실 애플릭의 경우는 그 편지를 쓴 이유를 납득하기가 제일 어려워요. 제가 보기엔 그 사람은 스캔들 같은 것에 얽매일 그런 남자가 아니니까요. 혹시 헬렌은 그 사람이 아니라 우리 아버지를 무서워했던 것이 아닐까요? 그래서 외국으로 간 것처럼 꾸미는 게 좋으리라고 생각했는지도 모르지요. 아니면 애플릭의 아내가 당시 상당한 재산을 갖고 있었는데 애플릭이 그 돈을 자기 사업에 투자하고 싶었는지도 모르지요. 예, 그래요, 정말 그 편지를 쓴 이유는 여러 가지로 추정해 볼 수 있어요. 그런데 제인 아주머니는 누구라고 생각하세요?" 그웬다가 물었다.

"사실 전 월터 페인이라고는 생각되지 않아요. 하지만 그렇다면 누가—"

그때 코커 부인이 커피 잔을 치우려고 들어왔다.

"아 참, 부인, 까맣게 잊고 있었네요. 이번에 그 가엾은 여자가 살해되어 두 분이 거기 휘말려들었다니 정말 부인에겐 안된 일이에요. 그리고 또 잊은 건데, 페인 씨가 오늘 오후에 마님을 뵈려고 오셨었답니다. 한 30분가량 기다리다가 가셨는데 두 분이 자기를 기다릴 거라고 생각하시던 걸요?"

"저런, 이상한 일이네!" 그웬다가 말했다.

"그게 몇 시였죠?"

"4시경—아니, 그 직후였을 거예요. 그러고 나서 그분이 가시자 또 어떤 신사분이 커다란 노란 자동차를 타고 오셨더군요. 그분 역시 두 분이 자기를 기다릴 거라고 생각하신 모양이에요. 제가 아무리 그럴 리 없다고 말해도 들은 척도 않고 한 20분가량 기다리다가 가셨어요. 전 두 분이 티 파티 같은 것을 약속하셨다가 잊어버리신 게 아닐까 하고 생각했죠"

"저런! 그런 일 없는데—정말 이상한 일이네."

"그럼 빨리 페인 씨한테 전화를 해보기로 합시다." 가일스가 말했다.

"아직 잠자리에 들지는 않았을 테니까."

그러고 나서 그는 곧 실행에 옮겼다.

"여보세요, 페인 씹니까? 전 가일스 리드입니다. 오늘 오후에 저희를 만나러 오셨다기에……예?……아뇨, 아닙니다. 예, 틀림없습니다. 저런, 그것참 이상한 일이군요. 예, 저도 이상한 일이라고 생각합니다."

그러고 나서 그는 수화기를 내려놓았다.

"이것 참 이상한 일이 생겼군. 오늘 아침에 그의 사무실에 전화가 왔다는 거요. 오늘 오후에 우리를 만나러 와달라는 메모가 적혀 있었다고 그러는군. 중요한 볼일이 있어서 그런다고 하면서."

가일스와 그웬다는 서로의 얼굴을 얼른 마주보았다.

곧이어 그웬다가 입을 열었다.

"빨리 애플릭 씨한테 전하해 보세요."

가일스는 다시 전화기 앞으로 다가가 애플릭의 전화번호를 찾아내어 다이얼을 돌렸다. 시간이 조금 걸린 뒤에 곧 통화가 되었다.

"애플릭 씨이십니까? 가일스 리드입니다. 제가……."

그다음에 아무 말도 없는 것으로 보아 가일스는 지금 상대방이 청산유수처럼 쏟아내는 말 때문에 미처 입을 열지 못하는 것 같았다. 그러다가 마침내 가까스로 말할 기회를 얻은 가일스가 입을 열었다.

"하지만 저희는 그런 전화를……예, 그건 분명 합니다……절대 그런 전화는……예, 예, 바쁘신 분이라는 걸 알고말고요. 저희는 그런 일은 꿈에도 생각하지……예, 그런데 전화를 건 사람이 대체 어떤 사람이었다고 합니까? 남자……라고요? 예, 분명히 말씀드리는데 저는 절대 아니었습니다 아뇨…‥예, 알겠습니다. 정말 이상한 일이지 뭡니까?"

그는 전화를 끊고 나서 식탁으로 되돌아왔다.

"글쎄, 누군가가 내 이름을 대면서 애플릭 씨한테 전화를 했다는 거야. 급한 일이라고, 많은 돈이 걸린 문제라고 하면서 말이야."

그들은 다시 서로의 얼굴을 바라보았다.

"그 둘 중 한 사람일지도 몰라요." 그웬다가 말했다.

"아시겠어요? 그 사람들 중 하나가 릴리를 죽이고는 알리바이를 만들기 위해 이리로 찾아온 거예요."

"그렇게 해서는 알리바이가 되지 못해요, 그웬다."

마플 양이 일침을 박았다.

"뭐 꼭 알리바이 때문이라고 하는 건 아니에요. 사무실에서 나와 있을 구실거리를 만들려고 했다는 편이 더 좋겠군요. 제 말은 둘 중 한 사람은 사실이지만, 나머지 한 사람 말은 거짓말이라는 거예요. 둘 중 한 사람이 다른 한 사람한테 전화를 걸어서 이 집으로 와달라는 전갈을 하는 거죠. 그 상대편에게 혐의가 걸리게 하기 위해서요. 하지만 둘 중 어느 쪽이 범인인지는 모르죠. 이제 두 사람 중 어느 한쪽이 범인이라는 건 분명해졌어요. 페인 아니면 애플릭인 거예요. 나라면, 재키 애플릭이라고 할 테지만."

"나는 월터 페인 쪽이라고 생각하는데." 가일스가 대꾸했다.

두 사람은 곧 마플 양을 바라보았다.

하지만 그녀는 고개를 내저을 뿐이었다.

"또 한 가지 가능성이 있어요."

"예, 물론 있지요—어스킨!"

가일스가 곧 성큼성큼 전화기로 다가섰다.

"여보, 뭘 하려는 거예요?"

"노섬벌랜드에 장거리전화를 신청하려는 거야."

"어머나, 가일스, 당신 설마 그 사람아—"

"어쨌든 확인을 해봐야겠어. 그가 만일 거기에 있다면, 오늘 오후에 릴리를 죽일 수는 없었던 셈이지. 자가용 비행기라든가 그런 엄청난 것을 이용하지 않는 한 말이야."

그들은 말없이 기다렸다. 이윽고 전화벨이 울렸다.

가일스는 펄쩍 뛰다시피 하여 수화기를 집어들었다.

"어스킨 소령님에게 개인 전화 신청하신 분이지요? 이제 말씀하세요. 어스킨 소령님이 나오셨습니다."

가일스는 신경질적으로 헛기침을 한 다음 입을 열었다.

"여보세요, 어스킨 소령이십니까? 가일스 리드입니다⋯⋯예, 리드⋯⋯맞습니다."

그러다가 말고 그는 갑자기 난처한 얼굴로 그웬다의 얼굴을 건너다보았다. '아이고, 이런 대체 무슨 말을 하지?' 하는 듯한 얼굴이었다.

그웬다는 자리에서 벌떡 일어나 남편에게서 수화기를 받아들었다.

"어스킨 소령님이세요? 리드 부인이에요. 저희한테 집 하나가 소개되어서 그러는데요—린스콧 블레이크라고 저, 혹시 그 집에 대해 뭐 알고 계시는 것 없으세요? 댁에서 가까운 곳이라고 하던데—."

수화기를 통해 어스킨의 목소리가 흘러나왔다.

"린스콧 블레이크? 글쎄요. 들어본 일이 없습니다. 편지 주소는 어디로 되어 있나요?"

"그게 참, 너무 더러워서 알아볼 수가 없어요. 아시잖아요. 부동산 소개업소에서 보내는 그 형편없이 타이프 친 편지 말이에요. 하지만 내용을 보니 데이스에서 15마일 떨어진 곳이라고 하는군요. 그래서 저희 생각엔 소령님이 아시지나 않을까 해서—."

"미안하오만 들은 적이 없소. 지금은 누가 살고 있답니까?"

"예, 지금은 비어 있는 집이래요. 하지만 신경 쓰지 마세요. 사실 저희는 벌써, 다른 집 하나를 점찍어 놓고 있었거든요. 괜히 번거롭게 해 드려서 죄송합니다. 바쁘실 텐데요."

"아뇨, 전혀 그렇지 않소. 집안일이 조금 바쁘긴 하지만. 아내가 어디 멀리 나가 있어서 말이오. 게다가 요리사가 자기 어머니를 만나러 집에 갔기 때문에 이것저것 집안일을 하느라 바빴답니다. 이거 집안일에는 두통 손씨가 없어서—정원 일이야 좀 하지만—."

"저도 언제나 집안일보다는 정원 일이 더 좋아요. 혹시 부인께서 어디 편찮으신 건 아니겠지요?"

"아니, 그렇지 않소. 여동생이 초대해서 그 집에 갔으니까. 내일 돌아올 거요."

"그럼 안녕히 주무세요. 번거롭게 해 드려서 죄송합니다."

그웬다가 수화기를 내려놓았다.

"어스킨 소령은 용의선상에서 벗어났어요." 그녀의 말투는 의기양양했다.

"부인이 집에 없어서 자질구레한 집안일을 혼자 다 하고 있다나 봐요. 그렇다면 남은 건 두 사람이군요. 그렇지 않아요, 제인 아주머니?"

하지만 마플 양의 표정은 엄숙하기만 했다.

"두 사람은 일을 끝까지 충분히 생각하지 않았나 보군요. 아아, 이거 정말, 걱정이에요. 내가 뭘 어떻게 해야 할지 똑똑히 알 수 있기만 하다면……."

제24장

원숭이 앞발

1

　그웬다는 식탁 위에 팔꿈치를 괴고 앉아서 양손으로 턱을 받친 채 멍하니 급히 먹다 남은 점심찌꺼기들을 내려다보고 있었다. 이 식기들을 빨리 부엌으로 가지고가 씻어서 치우고는 저녁식사로 무엇을 준비해야 할지 생각해야만 했다. 하지만 그다지 급히 서두를 필요는 없었다. 머릿속으로 일을 정리할 시간이 좀 필요하다고 생각했기 때문이다. 모든 일이 너무나 갑작스럽게, 그리고 너무나 빨리 진행되었던 것이다.

　이제 와서 생각해 보니 그날 아침에 일어났던 일들은 너무도 혼란스러워 도저히 현실 같지가 않았다. 모든 일이 너무나 빨리, 그리고 너무나 거짓말처럼 벌어지고 만 것이다.

　그날 아침 일찍 9시 30분경 래스트 경감이 찾아왔다. 그리고 그와 함께 경찰서의 프라이머 형사반 경감과 군(郡) 경찰서장도 찾아왔다. 군 경찰서장은 그다지 오래 있지 않았다. 프라이머 경감은 릴리 킴블 사망 사건과 거기에 관계된 제반 문제를 위임받았기 때문에 온 것이다.

　프라이머 경감은 겉보기와는 달리 뜻밖에도 온화한 태도와 차분하면서도 양해를 구한다는 듯한 목소리로 자기 부하들이 정원을 좀 파헤쳐도 괜찮겠느냐고 물어왔다. 그런데 그의 어조로 보자면 18년 동안 땅에 묻혀 있던 시체를 찾는다기보다는 마치 자기 부하들에게 건강에 좋은 운동을 시키고 싶은데 어떠냐고 묻는 투였다.

　가일스가 그때 나서서 큰소리로 말했다.

　"우리가 한두 가지 도움이 될 만한 단서를 제공할 수 있을 듯싶습니다."

　그리고 나서 그는 경감에게 잔디밭의 그 층계가 갑자기 옮겨진 것을 이야기하고는 테라스로 경감을 안내했다.

경감은 집 모퉁이 2층 방에 달린 난간 있는 창문을 올려다보고는 입을 열었다.

"아마 저것이 아기방이었겠지요?"

가일스가 그렇다고 대답했다. 이어 경감과 가일스가 집 안으로 돌아왔고, 이번에는 삽을 든 부하가 뜰로 나섰다.

가일스는 경감이 미처 질문을 시작하기도 전에 먼저 입을 열었다.

"경감님, 우선 내 아내가 지금까지 나와 또 한 사람한테 말고는 아무한테도 말하지 않았던 일을 들어보시는 게 좋을 듯싶습니다."

그러자 부드러우면서도 상대방을 강하게 내리누르는 듯한 프라이머 경감의 눈길이 그웬다에게 머물렀다. 그것은 조금은 의심스러운 듯한 눈길이었다.

저 사람은 지금 속으로 자문하고 있는 거야. 그웬다가 생각했다. 이 여자는 믿을 만한 여자일까, 아니면 제멋대로 공상이나 하는 그런 여자일까 하고

이런 생각이 너무나 강하게 그녀를 눌러왔으므로 그녀는 저도 모르게 변명하는 듯한 말투로 이야기를 시작했다.

"사실 제 이야기는 공상에서 나온 것인지도 모릅니다. 정말 그럴지도 몰라요. 하지만 그 일은 무서우리만큼 생생했어요."

프라이머 경감은 부드럽고도 위로하는 듯한 말투로 입을 열었다.

"그럼, 리드 부인, 이야기를 들어보기로 하죠."

그웬다는 설명을 시작했다. 처음 보았을 때 이 집이 너무나 친근하게 여겨졌던 일, 곧이어 자신이 실제로 어렸을 때 이 집에서 살았다는 것을 알게 된일, 그리고 자신이 아기방의 벽지며 그 방 안으로 연결된 문이 있었던 것을 기억해낸 일, 그리고 잔디밭으로 내려가는 층계가 꼭 있었을 것만 같이 느껴졌던 일 등등.

프라이머 경감은 고개를 끄덕였다. 그는 그웬다의 어린 시절의 추억에 대해 별로 흥미 없다는 말은 하지 않았지만, 그녀가 보기에는 꼭 그렇게 생각하는 것만 같았다.

이어 그녀는 긴장한 채 마지막 이야기로 들어갔다. 극장에 앉아 있다가 돌

연 힐사이드의 층계 난간 사이로 홀에 죽어 있는 여인을 본 일이 생각났던 이야기.

"얼굴이 납처럼 푸른 채 목 졸려 있었어요. 게다가 그 눈부신 금발머리—헬렌이었어요. 하지만 정말 어이없는 이야기지 뭐예요. 전 헬렌이라는 여자가 누구인지도 몰랐으니까요."

"우리 생각엔 그게—."

가일스가 입을 열자 프라이머 경감이 뜻밖에도 위엄 있는 태도로 손을 들어 제지했다.

"리드 부인이 직접 말씀하시도록 해주십시오."

그 말에 그웬다가 얼굴을 붉힌 채 말을 더듬자 프라이머 경감은 그웬다가 눈치도 못 챌 만큼의 고도의 기술로 부드럽게 그녀의 말을 도와주었다.

"웹스터의 연극이라고요?" 그는 깊이 생각하는 어조로 말했다.

"흠, '말피 공작부인'이겠군요. 원숭이 앞발이라고요?"

"하지만 그건 악몽이었는지도 모릅니다." 가일스가 또 끼어들었다.

"리드 씨, 제발 잠깐만—."

"예, 물론 악몽이었을 수도 있어요." 그웬다가 말했다.

이에 경감이 대답했다.

"아뇨, 난 그렇게 생각하지 않습니다. 사실 이 집에 누군가 살해된 여자가 있지 않고서야 릴리 킴블의 사망 원인을 설명하기가 대단히 곤란하니까요."

그 말이 아주 그럴 듯하게 마음에 위안을 주었으므로 그웬다는 급히 말을 이었다.

"그리고 헬렌을 죽인 것은 우리 아버지가 아니에요. 정말입니다. 펜로즈 박사님도 우리 아버지는 절대 그런 짓을 할 타입이 아니라고, 누구를 죽일 만한 사람이 절대 아니라고 하셨는걸요. 게다가 케네디 박사님은 그건 분명히 우리 아버지의 짓이 아니며, 그저 그렇게 혼자 생각한 것뿐이라고 확신하셨어요. 그래서 우리 생각엔 범인이 누구인지 알 것 같다는 느낌이에요. 적어도 그 두 사람 가운데 한 사람—."

"이봐요, 그웬다—." 가일스가 다시 입을 열었다.

"사실 꼭 그렇게 생각할 수는……."

"저, 리드 씨, 죄송하지만―." 경감이 나섰다.

"정원에 나가서 부하들이 일을 얼마나 진척시켰는지 보아주시겠습니까? 내가 보낸 거라고 하십시오."

가일스가 방을 나가자 그는 프랑스식 유리문을 닫고 걸쇠를 잠근 뒤 다시 그웬다의 앞으로 와 앉았다.

"자, 이젠 부인이 생각하셨던 것을 남김없이 들려주십시오. 앞뒤가 맞지 않거나 조리에 어긋나도 상관하지 마시고요."

이에 그웬다는 그녀와 가일스가 품어왔던 의심이며 추리를 몽땅 털어놓았다. 그리고 될 수 있는 한 모든 방법을 동원해서 헬렌 할리데이의 인생에 등장했을 듯싶은 세 남자에 대해 알아보았던 일, 그리고 마침내 어떤 결론을 얻었다는 것, 그리고 월터 페인과 J. J. 애플릭이 가일스가 건 것처럼 누군가 꾸민 전화를 받고 어제 오후 힐사이드 저택으로 찾아왔었다는 일 등을 모두 털어놓았다.

"하지만 경감님은 아시겠지요―그 두 사람 중 어느 한쪽이 거짓말을 하는 건지도 모른다는 사실 말이에요."

그러자 경감은 차분하고도 조금은 지친 듯한 목소리로 대답했다.

"우리 같은 직업을 갖다보면 그런 어려움도 겪는답니다. 제일 어려운 일 중 하나죠. 아주 많은 사람들이 거짓말을 하거든요. 물론 부인이 생각하시는 그런 이유 때문만은 아니지만 말입니다. 게다가 어떤 사람들은 자기가 거짓말을 하고 있는지조차 모르기 일쑤지요."

"저도 그런 사람이라고 생각하세요?" 그웬다가 걱정스럽다는 듯이 물었다.

그러자 경감은 싱긋 미소를 지었다.

"당신은 썩 믿을만한 증인이라고 생각합니다, 리드 부인."

"그럼 헬렌의 살해범에 대한 제 생각도 옳다고 보세요?"

경감은 한숨을 내쉬더니 대답했다.

"우리에겐 그것이 생각하고 자시고 할 문제가 아닙니다. 사실을 점검해 가며 조사해 볼 문제지요. 사건에 관계된 사람들이 모두 사건 당시 어디에 있었나 하는 것, 그리고 자기의 행적에 대해 어떤 이유를 붙이나 하는 것 등등. 사실 우리는 릴리 킴블이 살해된 시각을 전후 10분 정도밖에 여유를 두지 않고 정확히 알고 있습니다. 2시 20분에서 2시 45분 사이지요. 그러니 두 사람 중 누구라도 어제 그녀를 죽이고 이 집으로 올 수 있었던 겁니다. 하지만 그 전화 건에 대해선 아무래도 그럴 듯한 이유를 찾아낼 수가 없군요. 그래보았자 그 두 사람에게는 범행 당시의 시간에 대한 알리바이가 성립되지 않으니까요."

"하지만 그 시각에 두 사람이 무슨 일을 하고 있었는지는 알아낼 수 있으시겠지요? 2시 20분에서 2시 45분 사이에 말이에요. 심문하시면 될 테니까요."

프라이머 경감은 그녀의 말에 빙그레 웃었다.

"필요한 심문은 모두 할 겁니다, 리드 부인, 그건 확실히 믿으셔도 됩니다. 적당한 시기에 말이죠—서둘러 봐야 좋을 것 하나도 없으니까요. 앞을 제대로 봐야죠."

그웬다는 갑자기—경감이 참을성 있게, 그리고 조용하면서 남들의 눈에 드러나지 않게 일해 나가고 있는 장면이 떠올랐다. 전혀 급하지 않게……, 하지만 누구에게도 가차 없이…….

"예, 알았어요……. 그건 경감님이 전문가니까 그러시는 거겠죠. 저하고 가일스는 그저 아마추어일 뿐이고요. 가끔 운 좋게 추리가 맞아떨어지는 일도 있을지 모르지만, 그다음을 어떻게 처리해 나가야 할지 모르는 거예요."

"예, 아마추어들이란 그런 거지요, 리드 부인."

경감이 다시 빙그레 웃었다. 이어서 자리에서 일어난 그는 잠긴 프랑스식 유리문을 열고는 막 정원 쪽으로 발을 내딛다가 갑자기 우뚝 멈추어 섰다.

짐승을 발견하고 좋긋 그쪽을 노리고 서 있는 사냥개 같은 모습이야. 그웬다는 속으로 중얼거렸다.

"실례입니다만, 리드 부인, 저분은 혹시 마플 양 아닙니까?"

그웬다는 그의 옆으로 다가가 섰다. 정원 가운데에서 마플 양이 여전히 그 엉거시풀을 상대로 패배뿐인 싸움을 계속하고 있었다.

"예, 바로 그렇답니다, 제인 아주머니예요. 친절하게도 정원 일을 도와주시고 계시는군요."

"마플 양이시라—그래, 알 듯싶소"

그웬다가 이상하다는 듯 뭔가 묻고 싶은 눈으로 그를 바라보며 말했다.

"아주머니는 참 다정한 분이세요."

그러자 그가 대꾸했다.

"매우 유명한 부인이시죠, 마플 양 말씀입니다. 적어도 세 군의 경찰서장을 손 안에 쥐고 좌지우지한답니다. 우리 서장이야 아직 그런 꼴이 되지 않았지만 그렇게 될 날도 머지않았습니다. 그럼 마플 양도 이 사건에 관여하고 있다는 말씀이군요?"

"저희에게 도움이 되는 충고를 적잖이 해주셨어요." 그웬다가 대답했다.

"물론 그랬겠죠."

경감이 당연하다는 듯이 대꾸했다.

"할리데이 부인의 시체를 파내려면 어딜 파야 한다고 가르쳐준 것도 마플 양의 이야기입니까?"

"아주머니는 저하고 가일스에게 어디를 파야 좋을지 생각해 보라고 말씀해 주셨어요. 그걸 진작에 생각해내지 못하다니 우리도 참 멍청하지 뭐예요."

경감은 나지막하게 쿡쿡 웃어댔다. 그러고는 마플 양 옆으로 성큼성큼 다가갔다.

"마플 양, 아직 정식으로 소개받지는 못했습니다만, 언젠가 한번 멜로즈 대령님이 저분이 마플 양이라고 가르쳐주신 일은 있었습니다."

마플 양은 얼굴을 붉힌 채 벌떡 일어섰다. 그녀의 손에는 덩굴풀이 한 움큼 쥐어져 있었다.

"아, 예, 멜로즈 대령님 말씀이시죠? 내가 퍽 좋아하는 분이세요. 나한테는 언제나 아주 친절하게 해주셨답니다. 그 사건 이후로—"

"목사관 서재에서 교구위원이 총에 맞고 살해된 사건 말씀이시죠? 아주 오래전 사건이었지요. 뭐 그 뒤로도 활약이 대단하셨지만—림스톡 근처에서 일어났던 독 묻은 펜 사건이며—"

"나에 대해서 아주 많이 알고 계시는 모양이로군요. 성함이……"

"프라이머라고 합니다. 여기서도 아주 바쁘신 모양이죠?"

"예, 도움이 될까 해서 정원 일을 하고 있어요. 보기 괴로울 만큼 황폐한 정원이라, 저 엉거시풀만 해도 어찌나 지독하게 안 뽑히는……."

마플 양은 이렇게 말하며 경감의 얼굴을 솔직담백하게 응시하고 있었다.

"그 뿌리가 땅속 깊숙이 뻗어 있기 때문이에요. 아주 깊숙이, 흙 속으로 계속 뻗어나가는 거죠."

"예, 그 말씀이 맞습니다." 경감이 대꾸했다.

"아주 깊숙이……, 멀리……, 멀리 옛날까지 뻗어나가 있는 거죠. 이번 살인 사건 말입니다. 18년 동안—."

"아마 그보다 더 오랜 옛날부터였는지도 모르지요."

마플 양이 그의 말을 이어받았다.

"땅속으로 뻗어나가서는……, 사실 굉장히 해로운 거랍니다. 예쁘게 피어나려는 다른 꽃들의 생명까지 앗아가니까요."

그때 한 경관이 오솔길을 따라왔다. 그는 땀을 뻘뻘 흘리고 있었고 이마에는 흙덩어리가 묻어 있었다.

"나왔습니다……, 뭔가가 나왔어요, 경감님. 분명히 그 여자인 듯싶습니다."

2

그래, 바로 그때부터였어. 그웬다는 기억을 더듬었다. 그날이 악몽 같은 모습으로 변하기 시작한 것은 그때부터였다.

가일스가 들어왔다. 그의 얼굴이 좀 창백했다.

"그웬다, 그녀요. 그녀가 틀림없소."

이어 경관 한 사람이 경찰서로 전화를 걸자 키가 작달막하고 부산스러워 보이는 경찰의가 들어왔다.

쿠커 부인—차분하면서도 침착한 쿠커 부인이 정원으로 나간 것은 바로 그때였다. 그녀의 행동은 잔인한 호기심 때문으로 보일 수도 있었지만, 그것이 아니고 단지 점심식사를 위해 준비한 접시에 곁들일 푸성귀를 찾으러 나간 것이었다.

그 전날 코커 부인은 릴리 킴블의 살인사건 소식을 듣고는 놀라움에 찬 비난을 퍼부었고, 그 사건이 그웬다의 건강에 미칠 영향에 대해 적잖이 우려를 나타낸 바 있었다. 왜냐하면 코커 부인은 그웬다의 출산 예정일까지 몇 달 만 지나면 아기방을 새로 꾸며서 다시 쓸 것이라고 학수고대하고 있었던 것이다.

이때에도 코커 부인은 그웬다에 대한 걱정을 하면서 그 기분 나쁜 발견물이 있는 곳으로 곧장 걸어갔다. 하지만 그녀는 곧 걱정될 만큼 '메스껍고 이상한' 느낌이 들었다.

"부인, 너무나 무서워요. 난 뼈 같은 건 도저히 견딜 수 없어요. 그런 걸 해골이라고 그런다지요. 게다가 그런 것이 우리 집 정원에—박하나무 잎사귀며 그런 것들 바로 옆에 있었다니. 아유, 심장이 왜 이렇게 뛰는지 모르겠네. 두근두근 거려서 숨도 못 쉬겠네. 저, 부인, 염치였지만 브랜디를 한 모금만 주시면……."

그웬다는 코커 부인의 숨소리가 가빠지고 얼굴이 납빛이 된 것을 보고 급히 찬장으로 달려가 브랜디를 따라와서는 코커 부인에게 마시게 했다.

이윽고 코커 부인이 입을 열었다.

"아유, 간신히 진정되었어요, 부인"

그 순간 코커 부인의 목소리가 갑자기 잦아들었다. 그웬다는 코커 부인의 괴로운 얼굴 표정을 보고는 비명을 질러 가일스를 불렀다. 그리고 가일스는 재빨리 경찰의를 소리쳐 불렀다.

"내가 그곳에 있었기에 망정이자—." 경찰의가 나중에 한 말이었다.

"안 그랬으면 정말 큰일 날 뻔했습니다. 그때 의사가 없었다면 아마 그 여자는 그 자리에서 죽었을 겁니다."

이어 프라이머 경감은 브랜디 병을 집어들고는 의사와 함께 수군거리기 시작했다. 곧이어 프라이머 경감이 그웬다에게 두 분이 그 브랜디를 마지막으로 마신 것이 언제였느냐고 물어왔다.

이에 그웬다는 며칠 전부터 입에 대지 않았다고 대답했다. 북부 쪽으로 여행을 가느라 집을 비운데다가 요즘 몇 번 술을 마셨을 때도 브랜디는 마시지 않고 진을 마셨다는 것이었다.

"그런데 어제 마침 그 브랜디를 마실 뻔했어요. 하지만 그걸 마시면 언제나 영국 해협의 기선이 떠올라서 마시지 않았죠. 그 대신 가일스가 새 위스키 병을 따주었지요."

"그거 천만다행이었군요, 리드 부인. 어제 만일 그 브랜디를 마셨더라면 오늘 이렇게 살아 계셨을지도 의문시되는군요."

"가일스도 그 브랜디를 마실 뻔했더랍니다. 하지만 그만두고 저하고 함께 위스키를 마셨지요."

그웬다는 흠칫 몸을 떨었다.

코커 부인이 병원으로 옮겨지고, 이어서 가일스와 경찰이 통조림으로 급히 점심을 마친 뒤 본서로 몰려간 다음, 집 안에 혼자 있게 된 지금, 그웬다는 그날 아침 일어났던 그 한바탕 소란이 도저히 믿겨지지 않는 심정으로 망연자실하여 식탁 앞에 앉아 있는 것이다.

한 가지 사실만은 분명하게 그녀의 마음에 떠오르고 있었다. 어제 이 집에 재키 애플릭과 월터 페인이 와 있었다는 사실이었다. 그렇다면 그들 둘 중 아무라도 브랜디에 손을 댈 수 있었다는 이야기이고, 그러고 보면 그 전화의 목적은 분명해진다. 두 사람 중 한쪽이 브랜디 병에 독을 넣을 기회를 얻으려고 한 것이 아니면 뭐겠는가! 그 이유는? 그웬다와 가일스가 사건의 진상에 너무나 가까이 다가가 있었기 때문에 범인이 손을 쓰려고 한 것이다.

혹은 그것도 아니면, 누군가 제3의 인물이 그녀와 가일스가 케네디 의사의 집에서 약속시간을 기다리는 동안 이 집 밖에서 들어와(아마도 식당의 열려진 문을 통해서였을 것이다) 브랜디에 독을 넣은 것은 아닐까? 그리고 그 제3의 인물이 혹시 두 사람에게 전화를 해서 그 두 사람에게 혐의가 돌아가게 한 것은 아닐까?

하지만 제3의 인물이라니, 바보 같은 생각일 뿐이야. 그웬다는 속으로 중얼거렸다. 만일 제3의 인물이 실제로 있었다고 하면 그 두 사람 중 한 사람한테만 전화를 걸지 굳이 두 사람에게 전화를 걸 필요가 어디 있겠는가. 제3의 인물이 원하는 것은 한 사람의 용의자이지 두 사람은 아닐 테니까. 그리고 대체 제3의 인물이 될 수 있는 사람이 누구란 말인가?

어스킨은 틀림없이 노섬벌랜드에 있었다. 그 사람은 역시 아니다. 그렇다면 월터 페인이 재키 애플릭에게 전화를 걸고서는 자기한테도 역시 전화가 걸려 온 척한 것일까? 아니면, 애플릭이 페인에게 전화를 걸고는 역시 똑같이 자신도 그런 전화를 받은 것처럼 한 것일까? 역시 그 두 사람 중 하나다.

이제 경찰은 그 둘 중의 누가 과연 범인인지 알아낼 거야. 아무래도 우리 부부보다는 기민하고, 또 우리보다 수완도 좋을 테니까. 그리고 그동안 두 사람은 줄곧 감시를 당할 것이다. 그러니 또다시 어제 오늘과 같은 일은 할 수 없을 것이다.

그웬다는 다시 몸을 흠칫 떨었다. 누군가가 자신을 죽이려고 한다는 사실에 금방 익숙해지지 않았던 것이다. 제인 아주머니도 벌써 예전에 말했었지, '위험한 일'이라고.

하지만 자신과 가일스는 위험하다는 그 말을 별로 대단하게 받아들이지 않았다. 심지어 릴리 킴블이 죽고 난 뒤에도 그웬다의 머릿속에는 누군가가 그녀와 가일스를 죽이려 한다는 생각이 전혀 떠오르지 않았던 것이다. 그녀와 가일스가 18년 전에 일어난 일의 진상에 너무나 가까이 다가가고 있었기 때문에 그 누군가가 자신들을 죽이려 할지 모른다는 생각을 벌써 했어야 하는 것인데—당시 무슨 일이 일어났었는지, 그리고 누가 그런 일을 저질렀는지를 알아내려고 하기 때문에.

월터 페인과 재키 애플릭…… 대체 둘 중 누구일까?

그웬다는 눈을 감고는 자신이 어제 오늘 새롭게 알게 된 사실을 갖고 그 두 사람들을 다시금 살펴보기로 했다.

월터 페인—조용한 남자, 사무실 책상에 앉아 있던 모습—거미줄 가운데에 매달려 있던 그 파르스름한 색깔의 거미. 죽은 듯이 움직이지 않는, 그래서 도무지 해가 없어 보이는—블라인드가 내려진 집 안에 누군가 죽은 사람이 있다. 18년 전에 죽은 누군가가 여전히 거기 있다.

이제 보니 그 조용한 월터 페인의 모습도 오히려 사악하고 불길하게만 느껴진다. 월터 페인—언젠가 자기 형에게 죽일 듯이 덤벼들었던 남자. 그리고 헬렌이 코웃음을 치며 결혼을 거절한 남자. 그것도 한번은 여기 영국에서 그리고 그다음에는 인도에서—두 번에 걸쳐. 이중의 굴욕감.

월터 페인—너무나 조용하고 무표정한, 그래서 갑작스럽고 필사적인 폭력에 의해서만 자신의 감정을 나타낼 수 있는 사람. 저 조용하고 차분한 리지 보든이 그러했듯이……

그웬다는 갑자기 눈을 떴다. 자기는 이미 월터 페인이야말로 범인 그 사람이라고 확신한 것은 아닐까?

눈을 감지 않고 공명정대하게 크게 뜨고 본다면 애플릭에 대해서도 생각해 볼 수는 있을 것이다.

그의 요란한 체크무늬 양복, 위압하려는 듯한 태도—월터 페인하고는 그야말로 정반대이다. 애플릭에게는 억압되었다거나 조용하다거나 하는 구석이 전혀 없다. 하지만 그가 그런 태도를 몸에 익힌 것은 오히려 열등감의 소치였을지도 모르는 일이다. 흔히 그러는 수가 있다고 전문가들이 말하지 않던가. 자기 자신에 대해 자신이 없는 사람이 흔히 괜한 허풍을 떨면서 자신을 내세우고 으스대기 쉽다고.

그가 헬렌에게 거절당한 것은 그녀에게 별로 적합하지 않은 상대였기 때문이다. 상처는 점점 더 곪아들었고 또 쉽사리 잊히지도 않았다. 출세해야겠다는 굳은 결심. 피해망상(모두가 자기에게 등을 돌리고 있다는 생각)—어떤 '적'이 씌운 억울한 누명 때문에 고용주에게서 해고를 당하기도 했다.

그것은 분명히 애플릭이 정상이 아니라는 것을 보여주는 사실이다. 그리고 그런 남자가 남을 죽이면 자신이 강한 인간이라는 기분을 강렬하게 느끼리란 사실도 능히 짐작할 수 있는 일이다.

그 선량해 보이고 명랑한 얼굴—그것은 실로 잔인함을 숨긴 얼굴이었던 것이다. 그는 잔인한 남자였다. 그리고 여위고 창백한 얼굴을 한 그의 아내는 그것을 알고 있었기 때문에 그를 두려워한다. 그러한 그를 릴리 킴블이 위협했기 때문에 그녀는 죽었다. 또한 그웬다와 가일스는 그의 살인죄를 캐내려는 등 성가시게 굴었다. 그러므로 그웬다와 가일스 역시 죽어야 한다. 그런데 그 과정에서 옛날에 자신을 해고했던 월터 페인을 끌어넣을 수도 있는 기회가 생겠다—이렇게 생각하니 아주 썩 그럴 듯한 줄거리였다.

그웬다는 몸을 떨고는 공상에서 벗어나 현실적인 문제로 되돌아왔다. 가일스가 집으로 돌아오면 차를 마시고 싶어 할 테지. 그전에 빨리 이 점심 설거지를 해치워야 한다.

그녀는 쟁반을 가지고 와 그릇들을 부엌으로 옮겼다. 부엌은 모든 것이 아주 말끔히 치워져 있었다. 코커 부인은 정말 보석 같은 존재다.

개수대 옆에는 외과용 고무장갑 한 켤레가 놓여 있었다. 코커 부인은 설거지를 할 때면 언제나 그 장갑을 끼고 했다. 병원에서 근무하는 그녀의 조카가 싼 값으로 사다준 것이다.

그웬다는 그 장갑을 손에 끼우고는 설거지를 하기 시작했다. 이렇게 하면 설거지를 해도 손이 멀쩡한 것이다.

그녀는 접시를 닦아 접시꽂이에 꽂고는 그 밖의 식기들도 모두 닦아 깔끔하게 정돈해 놓았다. 그러고 나서 그녀는 여전히 생각에 잠긴 채 층계를 올라갔다. 스타킹도 그렇고 한두 가지 빨 것이 있었지. 그렇다면 장갑은 벗을 필요 없이 그냥 끼고 있자.

마음속 맨 앞에서는 이런 생각을 하고 있었지만, 마음속 그 어딘가에, 저 밑바닥에서는 어떤 다른 생각이 그녀의 의식을 채찍질하고 있었다.

월터 페인이냐 재키 애플릭이냐. 그녀는 중얼거렸다. 분명히 그들 두 사람 중 하나였다. 그리고 그녀는 그 두 사람 모두에게 불리한 근거를 충분히 찾아낸 바였다. 그런데 그 사실이야말로 그녀를 불안하게 만드는 것이었다. 왜냐하면 그녀로서는 단도직입적으로 표현해서, 그 두 사람 중 어느 한쪽에 불리한 근거를 찾아낼 수만 있다면 더 만족스러울 듯한 심정이었기 때문이다. 지금쯤이면 누구라도 범인이 그 두 사람 중 어느 쪽인지 알아내야만 한다. 그런데 그웬다로서는 괴롭게도 아직도 오리무중이었던 것이다.

누구 딴 용의자라도 있어 준다면⋯⋯. 하지만 딴 용의자란 있을 수 없었다. 리처드 어스킨은 애초에 혐의 밖의 인물이었기 때문이다. 릴리 킴블이 살해되던 날, 그리고 브랜디에 누군가가 손을 댄 날 리처드 어스킨은 저 멀리 노섬벌랜드에 있었던 것이다. 그렇다, 리처드 어스킨은 애초에 혐의 밖의 인물이다.

그녀는 그 사실이 왠지 기뻤다. 왜냐하면 리처드 어스킨에게 호감을 갖고 있었기 때문이다. 리처드 어스킨—정말 매력적인 사내. 의심과 질투로 번뜩이는 눈, 게다가 낮고 굵은 음성을 지닌 그런 바윗덩이 같은 여자하고 결혼하다니 너무나 가엾지 뭐야. 그 여자의 음성……, 꼭 남자 목소리였어.

꼭 남자 목소리 같은…….

갑자기 그 생각이 기묘한 불안감과 더불어 그녀의 마음속을 전류처럼 꿰뚫고 지나갔다.

남자 목소리……. 혹시, 혹사—지난밤에 가일스의 전화를 받은 사람은 어스킨 소령이 아니라 그 부인이 아니었을까? 아냐, 아냐—그럴 리 없어! 무슨 그런 생각을, 절대 아니야! 만일 그렇다면 나하고 가일스가 모를 리 없을 거야. 게다가 어스킨 부인이 전화를 받기 전부터 누구한테서 온 전화인지 알 리가 없잖아. 그래, 맞아, 어제 전화를 받은 건 분명히 어스킨 소령 그였어. 그의 말대로라면 자기 아내는 집에 없었다잖아…….

아내가 집에 없다…….

그렇다면—아냐, 불가능한 일이야. 있을 수 없어! 하지만……, 혹시 어스킨 부인이? 질투 때문에 미치광이가 된 어스킨 부인이 저지른 일일까? 릴리 킴블이 따로 편지를 보낸 사람이 혹시 어스킨 부인이었을까? 레오니가 그날 밤 창밖으로 내다보았을 때 정원에 있었던 사람이 혹시 여자 아니었을까?

그때 갑자기 아래층 현관문이 탕 하고 열렸다. 누군가 현관문으로 집 안에 들어온 것이 분명했다.

그웬다는 욕실에서 나와 층계참으로 다가가 그 위에서 몸을 굽히고 난간 아래를 내려다보았다. 들어온 사람이 케네디 의사임을 안 그녀는 적이 마음을 놓았다. 그러고는 소리쳤다.

"박사님 여기예요!"

그녀는 두 손을 앞으로 내밀고 있었다. 물에 젖어서 버들거리는, 이상하게 핑크빛이 도는 잿빛 손, 그 손.

그녀는 장갑을 낀 자기 손을 보고 무언가 생각나는 것이 있었다…….

케네디 의사는 손으로 눈 위를 가린 채 위를 올려다보았다.

"그웬다요? 얼굴이 보이지 않아, 눈이 부셔서……."

그웬다는 날카롭게 비명을 질렀다…….

원숭이 앞발 같은 자기 손을 내려다보면서, 그리고 홀에서 들려오는 그 목소리를 들으면서—.

"당신, 당신이었군요!" 그녀는 숨 가쁘게 소리를 질렀다.

"당신이 그녀를……, 헬렌을 죽였어요. 이제야……, 이제야 알겠어요. 당신이었어요, 모두 다. 당신 짓이었어요……."

그는 그녀를 향해 계단을 올라왔다. 천천히 그녀를 올려다보면서.

"왜 나를 그냥 놔두지 않았지?" 그가 입을 열었다.

"왜 난데없이 끼어들었느냐 말이야? 왜, 대체 왜 그 애를 다시 생각나게 한 거야? 이제 막 그 애를 잊기 시작했는데—막 잊히던 참이었는데. 그런데 당신이 그 애 생각을 다시 하게 만든 거야. 헬렌, 나의 헬렌을, 그 일을 모조리 다 파헤쳐내 가지고는—덕분에 난 릴리를 죽여야 했어. 그리고 이젠 당신마저 죽여야겠어. 헬렌을 죽인 것처럼……, 그래, 헬렌을 죽인 것처럼 말이야."

이제 그는 그녀 앞으로 바싹 다가와 있었다. 그의 손이 그녀를 향해 뻗쳐 있었다. 바로 그녀의 목줄기를 향해 뻗쳐 있음을 그녀는 알았다. 그 친절하고 사람 좋은 듯한 얼굴, 점잖은 중년 남자다운 평범한 얼굴—그 얼굴은 지금도 변함이 없었다. 하지만 그 눈만은, 그 눈만은 정상이 아니었다…….

그웬다는 목구멍에서 소리가 얼어붙어 버린 채 서서히 그의 손길을 피해 뒷걸음질 쳤다. 아까는 그녀의 입에서 비명소리가 나올 수 있었지만 지금은, 전혀 비명을 지를 수가 없었다. 그리고 설혹 비명을 지른다 해도 들어줄 사람은, 아무도 없다.

집 안에는 지금 아무도 없었다.

가일스도, 코커 부인도, 그리고 마플 양마저도 정원에 나가 있어서 집 안에는 없었다. 아무도—. 게다가 옆집은 너무 멀리 떨어져 있어서 비명소리가 들리기엔 어림도 없었다. 그건 그렇고 그녀는 비명을 지를 수조차 없었다. 너무나 공포에 질려 비명소리조차 새어나오지 않았던 것이다. 그 공포는 자기 앞으로 다가오고 있는 그 끔찍한 손 때문이었다…….

그녀는 아기방이 있는 곳으로 뒷걸음질쳤다.

한 걸음, 그리고 또 한 걸음—. 하지만 결국 그는 아기방 문에 등을 댄 그녀의 목을 죄어올 것이다…….

가련하고 가냘픈 신음소리가 그녀의 입술 사이에서 나직하게 흘러나왔다.

그때 케네디 의사가 갑자기 걸음을 멈추고는 홀쩍 뒤로 물러서면서 비틀거렸다. 누군가가 눈에 비눗물 세례를 퍼부었던 것이다. 그는 숨이 차 헐떡거리면서 눈을 깜박이더니 손을 얼굴로 가져갔다.

"정말 다행이지 뭐예요!"

마플 양의 목소리였다. 집 뒤의 층계를 마구 달려 올라왔기 때문에 숨소리가 가빴다.

"마침 장미 나무에 낀 진딧물을 분무기로 잡던 참이었으니 망정이지……."

제25장

토키에서 나눈 후일담

"이봐요, 그웬다, 당신을 그 집에 혼자 놔두고 나가 있어선 안 되는 건데 그랬어요." 마플 양이 말하고 있었다.

"난 아주 위험한 사람이 아직 체포되지 않고 있다는 것을 알고 있었어요. 그래서 정원에서 조심스럽게 지켜보고 있었지."

"그럼, 아주머니는 범인이 그 사람이란 것을, 전부터 죽 알고 계셨던가요?" 그웬다가 물었다.

마플 양과 그웬다, 그리고 가일스는 토키에 있는 임페리얼 호텔의 테라스에 앉아 있었다.

"무대배경을 바꾸기로 하지요."

마플 양이 이렇게 제안하자 가일스가 그웬다를 위해 그러는 게 좋을 거라고 맞장구쳤으며, 프라이머 경감 역시 동의했으므로 이들 세 사람은 곧 토키까지 차를 몰고 온 것이었다.

마플 양은 그웬다의 질문에 입을 열었다.

"글쎄, 모든 정황이 그를 가리키고 있는 것 같기는 했지만, 불행히도 그것을 증명할 만한 증거가 아무 데도 없었어요. 그저 정황 증거일 뿐 그 이상은 아무것도 없었지요."

마플 양을 호기심에 찬 눈초리로 바라보던 가일스가 말했다.

"하지만 저에게는 아무런 정황 증거도 보이지 않던데요."

"저런, 가일스, 한번 생각해 봐요. 우선 그 사람은 현장에 있었잖아요."

"현장에 있었다고요?"

"분명히 있었죠. 켈빈 할리데이 씨가 그날 밤 의사 집으로 갔을 때 그는 막 병원에서 돌아온 참이었지요. 게다가 그 당시 케네디 의사의 병원은 힐사이드

(아니 지금은 세인트 캐서린 저택이라고 하죠) 근처에 있었다고 사람들이 그러잖아요. 그러니 두 사람도 이젠 깨달았겠지만 그는 바로 그때 그 장소에 있었던 거예요. 그리고 그 밖에도 여러 가지 자질구레한 사실들이 있어요.

헬렌 할리데이는 리처드 어스킨에게 자기는 집에서 행복하지 못하기 때문에 외국으로 가서 월터 페인과 결혼하려 한다고 말했어요. 행복하지 못하다— 이건 바로 자기 오빠랑 함께 사는 것이 행복하지 못하다는 것이었죠. 하지만 그녀의 오빠는 사람들의 설명을 종합해 보면 그녀를 퍽이나 사랑했어요. 그런데 왜 그녀가 행복하지 못했을까? 애플릭 씨는 두 분께 그렇게 말했다죠. '그 아가씨가 가여웠다'고. 그가 그렇게 말한 건 정말 진심이었을 거예요. 그 사람은 진심으로 헬렌을 가엾게 여긴 거예요.

헬렌이 왜 그런 떳떳하지 못한 방법으로 애플릭 청년을 만나러 갔겠어요? 그건 그녀가 그를 열렬히 사랑해서가 아니었어요. 그건 이렇게 생각해 볼 수 있지 않을까요? 정상적이고 떳떳한 방법으로는 젊은 남자들을 만나러 나가지 못했기 때문이라고. 그녀의 오빠 케네디 의사는 '완고하고 구식이었다'고 했죠. 그 말은 어딘지 모르게 윔폴 거리의 배럿 씨를 연상시키잖아요?"

그웬다는 부르르 몸을 떨었다.

"그 사람은 미쳤어요. 미치광이예요."

"그래요. 그 사람은 정상이 아니었죠. 그는 자기 이복동생을 사랑했죠. 그리고 그 사랑은 날이 갈수록 독점적이고 도덕적으로 불건전한 것이 되었지요. 그런 일은 두 사람이 생각하는 것보다 더 흔히 있는 일이랍니다. 자기 딸이 결혼하는 것을 싫어하는 아버지—심지어는 젊은 남자를 만나는 것조차 싫어하는 아버지. 배럿처럼 말이에요. 난 그 테니스 네트 이야기를 들었을 때 바로 그걸 생각했답니다."

"테니스 네트라고요?"

"그래요, 그 이야기는 나한테 아주 인상적이었어요. 한번 생각해 봐요. 젊은 아가씨 헬렌이 학교를 마치고는 집으로 돌아오는 거예요. 젊은 아가씨들이 인생에서 얻으려는 그 모든 것을 그녀 역시 열렬히 원하고 있었어요. 그리고 또 젊은 남자들과도 만나 연애 놀음도 하고 싶어 안달이었고"

"바람기가 좀 많은……."

"아니, 그렇지 않아요!" 마플 양이 힘주어 말했다.

"그 점이 바로 이번 범죄에 있어서 가장 사악한 면 중 하나예요. 케네디 의사는 육체적인 면에서만 그녀를 죽인 것이 아니에요. 사실 주의 깊게 돌이켜 보면 헬렌이 남자라면 아무나 다 좋아했다는 둥, 그리고(그웬다, 당신이 한 말이 뭐였지요?) 아, 그래요. 색정광이었다는 식의 말을 한 것이 다름 아닌 케네디 의사 자신이었다는 것을 알 수 있잖아요? 하지만 내 생각엔 헬렌은 그저 평범한 젊은 아가씨, 그저 남자와 즐거운 시간을 보내면서 연애도 좀 하다가 마침내는 자기가 고른 남자와 결혼하여 정착하기를 바라는 그런 평범한 아가씨였을 뿐이에요. 그 이상도 그 이하도 아니었지요.

그런데 그 오빠가 취한 수단을 좀 봐요. 우선 그는 자기 여동생의 자유를 허락하지 않고 아주 완고하고 구식인 방법으로 그녀를 옭아맸지요. 그러고 나서는 그녀가 테니스 파티를 열자고 하자─그거야 젊은 아가씨들이 흔히 갖는 평범하고도 아무 해가 없는 소망인데도 그는 동의하는 척 해놓고는 어느 날 밤에 몰래 그 테니스 코트를 갈기갈기 찢어 버린 거예요. 매우 의미심장하고 사디스트적인 행위가 아니고 뭐겠어요.

하지만 그래도 여전히 그녀가 테니스며 댄스를 하러 나갈 수 있는 것을 알자 그는 일부러 그녀를 신발 깔개 위에 걸려 넘어지게 해서 그 긁힌 상처에 병균을 감염시켜 낫지 못하게 한 거죠. 그래요, 분명히 그랬으리라 생각해요……. 확실해요.

하지만 헬렌이 이러한 모든 사실을 알아챘으리라고는 여겨지지 않아요. 물론 자기 오빠가 자신에게 깊은 애정을 갖고 있는 것은 알았지만 왜 집에만 있으면 괜히 불안하고 불행한 느낌이 드는지는 알 수가 없었던 거예요. 하지만 분명히 느낌은 그랬어요. 그래서 결국 그녀는 인도로 건너가 월터 페인하고 결혼하려고 마음을 굳혔지요. 목적은 순전히 멀리 도망치고 싶은 마음에서였지요.

그런데 무엇에서부터 멀리 도망치려고 한 것일까요? 그건 그녀 자신도 몰랐지요. 아직 너무 젊고 고지식했기 때문이에요. 어쨌든 그녀는 인도로 떠났고,

가는 길에 리처드 어스킨을 만나 그와 사랑에 빠진 거예요. 그 대목에서도 역시 그녀는 색정광이 아니라 얌전하고 명예를 아는 여자다운 행동을 보였어요. 그의 아내를 버리라고 그를 부추기지 않은 거죠. 오히려 그녀는 그가 그러지 못하도록 설득했지요. 하지만 막상 인도에 도착해 월터 페인을 만나자 그녀는 도저히 그와 결혼할 수는 없다는 것을 깨달았고, 그러고는 어찌 달리 할 도리가 없어 오빠한테 전보를 쳐서 돌아갈 여비를 부쳐달라고 했던 거예요.

영국으로 돌아오는 길에 그녀는 그웬다의 아버지를 만났죠. 그리고 그녀는 거기서 또 하나의 도피구를 발견한 거예요. 이번에는 행복한 미래를 그려볼 수도 있는 도피구였지요. 그웬다, 헬렌은 거짓으로 사랑하는 척하면서 억지로 당신 아버지와 결혼한 것이 아니었어요. 당시 그웬다의 아버지는 깊이 사랑했던 아내의 죽음이 남겨다준 상처를 서서히 잊어가고 있었고, 헬렌 그녀는 불행한 사랑의 상처에서 회복되어 가고 있던 참이었죠. 이러한 상처를 안고 있는 사람들이었던 만큼 두 사람은 서로를 도와줄 수 있었지요.

내 생각엔 그녀와 켈빈 할리데이 씨가 런던에서 결혼하고 그 뒤에야 딜머스로 내려가 그 소식을 전한 것은 매우 의미 깊은 일로 여겨져요. 헬렌 생각에는 그러는 편이 더 현명한 일이라고 여겨졌던 거지요. 상식적으로 생각하면 딜머스에 내려가서 그곳에서 결혼하는 것이 당연했을 텐데 말이죠.

물론 난 지금도 그녀가 자신이 처한 무서운 사태에 대해 눈치챘으리라고는 여겨지지 않아요. 하지만 그녀는 왠지 불안했고, 때문에 오빠에게 자기 결혼을 'fait accompli(불어로 '기정사실'이라는 뜻)'로 제시하는 편이 더 안전하겠다고 생각한 거예요.

켈빈 할리데이는 케네디 의사에게 친절했고 또 호감을 가졌지요. 케네디 의사 쪽에서는 이 결혼에 대해 기뻐하는 척하려고 마음을 먹었고요. 부부는 결국 이곳에서 가구가 딸린 집을 빌렸지요.

자, 이제 우리는 아주 중요한 사실에 직면하게 되는 거예요. 켈빈 씨에게 아내가 마약을 먹였다는 주장 말이에요. 이 일에 대해서는 두 가지로 설명해 볼 수 있어요. 그런 일을 할 기회를 갖고 있었던 것은, 오로지 두 명밖에 없었으니까요. 우선 헬렌 할리데이가 자기 남편에게 독을 먹였다고 해봅시다.

그렇다면 그 이유는? 혹은 헬렌이 아니고 케네디 의사가 마약을 먹었다고 생각해 볼 수도 있지요. 케네디 의사는 할리데이 씨가 그에게 상담을 한 걸로 보아 분명히 할리데이 씨의 주치의였어요. 할리데이 씨는 케네디 의사의 의학적 지식에 신뢰감을 갖고 있었지요. 그리고 아내가 자기에게 독을 먹이고 있다는 생각도 케네디 의사가 그에게 은근히 빙 돌리는 말로 불어넣어 준 생각이 틀림없어요."

"하지만 아무리 마약이라 해도 자신이 아내를 목 졸라 죽이고 있는 환각을 불러일으킬 수 있을까요?"

가일스가 의심스러운 듯이 물었다.

"제 말은 그런 특수한 효과를 지닌 마약이란 건 있을 수 없지 않느냐는 겁니다."

"이봐요, 가일스, 당신 또 그 함정에 빠졌군요. 남의 말을 곧이곧대로 믿는 그 함정 말이에요. 할리데이 씨가 그러한 환각을 품었었다고 하는 것을 입증할 증거는 케네디 의사의 말이었을 뿐이에요. 할리데이 씨 자신의 일기에서도 그런 말은 없었어요. 물론 자신에게 어떤 환각 증세가 나타난다는 말은 썼지만 그것이 구체적으로 어떤 환각이었는지는 쓰지 않은 거예요. 하지만 나더러 말하라면, 케네디 의사가 할리데이 씨에게 그와 같은 단계의 경험을 거친 뒤 아내를 목 졸라 죽인 남편들이 많다고 이야기했을 게 분명해요."

"케네디 의사, 정말 사악하기 짝이 없는 사람이로군요."

그웬다가 소름끼친다는 듯이 말했다.

"내 생각엔—." 마플 양이 계속했다.

"그즈음 그 의사의 정신상태는 정상인과 미치광이 사이의 경계를 넘어섰으리라고 봐요. 그리고 때마침 그 가련한 헬렌이 그 사실을 깨닫기 시작한 거예요. 릴리가 그날 엿들은 건 그러니까 그녀가 자기 오빠에게 한 말이 분명해요.

'난 언제나 당신이 두려웠어요.'

그녀는 이런 말도 했다지요. 그녀에게도 그 사실만은 언제나 분명했던 거예요. 그렇게 해서 그녀는 딜머스를 떠나기로 결심하고는 남편에게 노퍽에다 집을 사자고 졸랐죠. 그러고는 남편에게 절대 비밀로 해달라고 부탁했지요. 그 사실을 비밀로 해달라고 한 것은 분명히 어떤 해답을 가리키고 있는 거예요. 그녀는 누군가가 그 사실을 알까 봐 두려워했던 거죠. 그것은 범인이 월터 페인이라고 생각해도 맞지 않는 이야기고 재키 애플릭이라고 해도 맞지 않는 이야기예요. 더더구나 리처드 어스킨은 분명히 아니고요. 그래요, 그 사실은 그녀의 집에서 보다 가까운 곳을 가리키고 있는 거였어요.

그런데 켈빈 할리데이 씨가 그 일을 자기 처남에게도 비밀로 하는 건 우습다고 생각하고는 그만 케네디 의사에게 그 말을 해버린 거지요. 그리고 그 일로 인해서 켈빈 할리데이 씨는 자기 운명뿐 아니라 아내의 운명까지도 파국에 몰아넣고 말았지요. 케네디 의사는 헬렌이 자기 곁을 떠나 남편과 함께 행복하게 살게 하고 싶은 마음이 전혀 없었기 때문이에요. 내 생각엔 아마도 애초에 그의 목적은 그저 마약으로 할리데이 씨의 건강을 망치려고 했던 것뿐이라고 봐요. 하지만 그 희생자와 헬렌이 자기 곁에서 도망치려고 한다는 사실이 드러나자 그는 완전히 제정신을 잃은 거예요. 그래서 그는 병원에서 외과용 장갑 한 켤레를 가지고는 세인트 캐서린 저택의 정원을 가로질러 집 안으로 들어가 홀 안에 있던 헬렌을 목 졸라 죽였어요.

아무도 그를 본 사람은 없었지요. 집 안에 아무도 없었으니까. 아니, 적어도 그의 생각은 그랬어요. 그래서 그는 사랑과 광기에 사로잡혀 그 비극적인 연극 대사, 그 상황에 너무도 딱 들어맞는 그 대사를 인용했던 거예요."

마플 양은 한숨을 내쉬더니 혀를 끌끌 찼다.

"난 어리석었어요, 정말 어리석었지요. 우리는 모두 어리석었던 거예요. 그 사실을 즉각 알아챘어야 하는데—'말피 공작부인'에서 나온 그 대사야말로 이 사건 전체에 대한 진정한 열쇠였다는 것을. 그 연극에서도 역시 그 대사를 하는 인물은 여동생이 사랑하는 남자와 결혼하자 복수하기 위해 그녀의 목숨을 빼앗았잖아요? 그래요, 그걸 몰랐다니 우린 정말 어리석었지 뭐예요."

"그래서 그다음에는요?"

가일스가 초조하게 물었다.

"그다음에 그는 그 악마 같은 계획을 실천에 옮긴 거지요. 우선 시체를 2층에 옮겨놓고 옷가지를 여행가방에 꾸렸지요. 그러고는 나중에 할리데이 씨로 하여금 자신이 아내를 죽였다고 믿게 하기 위해 메모를 한 장 써 휴지통에 넣은 거예요."

그때 그웬다가 입을 열었다.

"하지만 그의 입장으로 보아선 우리 아버지에게 살인죄를 덮어씌우는 편이 더 나았으리라고 생각되는데요."

마플 양은 고개를 내저었다.

"아니에요, 그렇게 위험한 짓은 할 수 없었죠. 케네디 의사는 민첩한 스코틀랜드인다운 상식을 충분히 지니고 있었던 거예요. 게다가 그 사람은 경찰에 대해서는 아주 대단히 경의를 품고 있었지요. 원래 경찰이란 한 인간이 살인을 저질렀다고 믿기까지는 많은 확신을 거쳐야 한답니다. 만일 할리데이 씨에게 혐의를 걸게 해놓으면 경찰은 이것저것 거북한 질문을 하게 될 테고, 여러 가지 시간과 장소에 대해 거북한 심문을 하게 되겠죠.

그래요, 그의 계획은 보다 단순하고 또 내가 보기엔 보다 악마적인 것이었어요. 그의 계획은 우선 할리데이 씨로 하여금 자신이 아내를 죽였다고 믿게 하는 거였고, 그다음은 자기가 미쳤다고 믿게 하는 것이었습니다.

그가 할리데이 씨에게 정신병원에 들어가라고 권한 것은 사실이지만, 할리데이 씨가 진정으로 그것이 모두 망상이라고 믿게 하고 싶은 것은 아니었어요. 그웨니, 당신 아버님은 다른 무엇보다 당신을 위해서 그 이야기를 믿기로 한 거라고 생각해요. 그러고는 그 이후에도 죽 자신이 그녀를 죽였다고 믿어오다가, 그렇게 믿으면서 돌아가신 거예요."

"사악해요!" 그웬다가 외쳤다.

"사악한 짓이에요. 정말, 너무나 사악해요!"

"그래요—." 마플 양이 대답했다.

"그 말밖에는 정말 달리 표현할 길이 없군요. 그리고 그웬다, 내 생각엔 바로 그것이 당신이 어렸을 때 본 것을 이렇게 오랜 세월이 지나도록 여전히 기억하게 한 이유라고 생각해요. 그날 밤, 그 집 안에 떠돌고 있었던 것은 진정으로 사악한 기운이었어요."

"하지만 그 편지 말입니다—." 가일스가 입을 열었다.

"헬렌이 쓴 그 편지는 어떻게 된 겁니까? 그 편지는 헬렌이 직접 쓴 편지였 잖습니까. 그렇다면 그 편지를 위조로 볼 수는 없는 것 아닙니까?"

"아니, 위조예요! 그리고 그것이 바로 케네디 의사가 지나치게 재주를 부린 대목이요. 그 사람은 여기저기 조사를 해보고 다니는 당신과 가일스의 행동 을 멈추게 하고 싶었던 거예요. 아마도 그는 헬렌의 필적을 아주 근사하게 흉 내 낼 수 있었겠죠—하지만 전문가의 눈을 속일 정도는 아니었어요. 그래서 그는 헬렌의 필적 견본이라고 하면서 자신이 쓴 편지와 함께 그 견본을 당신 에게 내주었지만 그것 역시 그녀가 쓴 것은 아니었어요. 자기가 직접 쓴 것이 었죠. 그러니 두 필적이 꼭 들어맞을 수밖에요."

"맙소사!" 가일스가 외쳤다.

"그런 수법일 줄은 꿈에도 생각 못했어요!"

"그렇죠, 당신은 그 의사가 한 말만을 그대로 믿었기 때문이요. 그러기에 사람을 믿는다는 것은 언제나 위험스러운 일이기 마련이랍니다. 난 사실 사람 을 믿지 않게 된 지가 여러 해 돼요."

"그럼 그 브랜디는?"

"헬렌의 편지를 갖고 세인트 캐서린 저택으로 온 날 저지른 짓이죠. 그날 그 사람은 나와 정원에서 이야기를 했어요. 코커 부인이 밖으로 나와 내게 케 네디 의사가 찾아왔다는 말을 하는 동안 그는 집 안에서 기다리고 있었지요. 그 브랜디에 약을 넣는 거야 잠깐이었겠죠."

"과연!" 가일스가 말했다.

"그래서 그날 절보고 그웬다를 집으로 데려가 브랜디를 좀 마시게 하라고 그랬군요. 릴리 킴블이 살해된 뒤에 우리가 경찰서로 갔던 그날 말입니다. 그 런데 어떤 방법으로 릴리 킴블과 일찍 만날 약속을 했을까요?"

"그거야 아주 간단한 속임수죠. 그가 원래 그녀에게 보낸 편지에는 딜머스 중계역을 2시 5분에 출발하는 기차를 타고 매칭스 홀트에서 내려 우들레이 캠 프로 자기를 만나러 오라고 씌어 있었어요. 아마 숲에서 불쑥 튀어나와 오솔 길을 올라가고 있는 릴리를 세워서는 그녀의 목을 졸랐겠지요. 그러고는 그녀 가 품속에 갖고 있던 편지와 당신들이 본 그 편지를 슬쩍 바꿔친 거예요.

그녀가 품속에 그 편지를 갖고 있었던 것은 집을 찾으려면 그 편지에 그려진 지도가 필요할 테니 넣고 오라고 케네디 박사가 시켰기 때문이죠. 이어 그는 집으로 돌아와 당신들을 대접할 준비를 하고는 릴리를 기다리는 양 자그마한 연극을 연출한 거예요."

　"그런데 릴리가 정말 그 의사에게 협박을 했을까요? 그녀의 편지를 보니 그런 것 같지는 않던데. 그녀의 편지에는 오히려 애플릭을 의심하는 것처럼 씌어 있던데요?"

　"그랬을지도 모르지요. 하지만 스위스 소녀 레오니가 릴리에게 이야기한 것이 있잖아요. 때문에 릴리는 케네디 의사에게 정말 위험한 존재였지요. 왜냐하면 그녀는 그날 밤 아기방 창문 너머로 그가 땅을 파고 있는 것을 보았거든요. 다음 날 아침에 의사는 그녀에게 솔직하게 말했죠—할리데이 소령이 아내를 죽였다고. 그리고 할리데이 소령이 제정신이 아니라는 것과 자신은 아기를 위하여 그 일을 감쪽같이 감추어두려는 것이라고 말이죠. 물론 그렇다고 해도 레오니가 경찰에 가야 한다고 생각했다면 그렇게 했어야 했지요. 하지만 경찰에 가는 일은 레오니로서는 퍽 불쾌한 일이었을 테죠. 뭐 그 밖에도 여러 가지 이유가 있었겠지만—.

　레오니는 경찰이라는 말만 들어도 금방 겁을 먹는 소녀였죠. 그리고, 그웬니, 당신을 아주 좋아했고 또 '독토르(의사 선생이라는 뜻)'의 생각이 언제나 가장 좋다고 절대 믿고 있었어요. 게다가 케네디 의사는 그녀에게 상당한 금액의 돈을 주어 스위스로 떠나보냈지요. 하지만 그녀는 스위스로 떠나기 전에 릴리에게 묻는 것을 자기가 보았다는 것 등을 귀띔해 주었어요. 릴리 역시 그 당시 의혹을 품고 있던 터라 레오니의 말을 그대로 믿게 되었죠. 그러고는 레오니가 본 무덤을 파고 있던 사람이 켈빈 할리데이라고 당연히 생각해 버리고 말았던 거예요."

　"하지만 케네디 의사는 그런 일을 몰랐을 텐데요." 그웬다가 입을 열었다.

　"물론 몰랐을 테지요. 때문에 그는 릴리의 편지를 읽고는 레오니가 릴리에게 자기가 창밖으로 무언가 보았다며 창밖에 세워둔 차 이야기까지 한 것을 알고는 대경실색했어요."

"차라고요? 재키 애플릭의 차 말인가요?"

"그 점이 또 하나의 오해를 산 점이지요. 릴리는 재키 애플릭의 자동차라고 여겨지는 차가 창밖의 길가에 세워져 있었던 것을 기억하고 있었지요. 아니, 기억하고 있다고 생각한 거예요. 그녀는 이미 할리데이 부인을 만나러 온 그 수수께끼의 남자에 대해 상상력을 발동하고 있었지요. 물론 병원이 바로 근처에 있었기 때문에 길가에는 좋은 차들이 여러 대 주차하고 있었겠죠.

하지만 한 가지 기억해 둘 것은 그날 밤 병원 밖에 세워둔 차에는 의사의 차도 있었다는 사실이에요. 그렇기 때문에 의사는 릴리가 말한 차가 바로 자기 차일 거라는 성급한 결론을 내리게 된 거죠. '멋진' 자동차라는 둥 릴리가 붙인 수식어 같은 것은 의사에게는 무의미한 것이었고요."

"알았습니다." 가일스가 말했다.

"양심의 가책 덕분에 릴리의 그 편지가 의사에게는 무서운 협박장으로 비친 게로군요. 하지만 레오니에 대해서는 대체 어떻게 알아내셨습니까?"

마플 양은 입술을 오므리며 대답했다.

"의사는—마침내 체념했답니다. 프라이머 경감이 대기시켜 놓고 간 부하들이 달려 들어가 체포하자 모든 것을 체념하고 자기 범행을 처음부터 끝까지 죄다 자백했다나 봐요. 레오니는 스위스로 돌아간 직후 죽은 모양이더군요. 수면제 과용이라던가……. 아, 그래요, 케네디 의사는 운 같은 건 믿지 않고 모든 일을 완벽하게 처리했죠."

"브랜디로 나를 독살하려 한 것처럼—."

"당신하고 가일스는 의사에게 있어서는 너무나 위험한 존재들이었지요. 그 웬다가 의사에게 헬렌의 시체가 홀에 누워 있는 것을 보았다는 말을 안 한 건 천만다행이었어요. 덕분에 의사는 생생한 목격자가 있었다는 것을 영영 모르고 말게 되었죠."

"월터 페인하고 재키 애플릭에게 걸려온 전화 말입니다. 그것 역시 그가 건 것일까요?" 가일스가 물었다.

"그래요. 만일 경찰이 누가 브랜디에 독을 섞었는지를 탐문하게 되면 그 두 사람 중 하나에 필시 혐의가 걸릴 테니까요. 그리고 만일 재키 애플릭이 혼자

차를 타고 왔다면 꼼짝없이 릴리 킴블의 살인자로 몰릴 뻔했지 뭐예요. 이 근처에는 이제 그 사람 얼굴을 아는 사람이 별로 없으니까—월터 페인이라면 알리바이가 있었을 테고요.”

“날 귀여워했던 것 같았는데—.” 그웬다가 말했다.

“아기 때의 그웨니를 말이에요.”

“그도 자기 임무를 다해야 했으니까요. 그에게 이번 일이 어떤 의미를 주는지 상상해 봐요. 18년의 세월이 흘렀는데 당신하고 가일스가 갑자기 나타나서는 이것저것 묻고 과거 일을 조사하면서 죽은 듯했던 살인사건을, 하지만 그저 잠자고 있었을 뿐인 살인사건—회상 속의 살인사건을 잠에서 깨게 했으니……. 그런 일은 하지 말았어야 하는 일이었어요. 너무나 위험스러운 일이었으니까. 난 그동안 정말 불안했답니다.”

“가엾은 코커 부인—.” 그웬다가 말했다.

“그녀는 저 때문에 죽을 뻔한 거예요. 구사일생으로 살아나긴 했지만. 회복이 되고 있다니 정말 기뻐요. 가일스, 코커 부인이 우리에게 다시 와줄까요? 이런 끔찍한 일이 있은 뒤에도?”

“아기 돌보는 일이 생긴다면 와주겠지.”

가일스가 엄숙하게 대꾸했다. 그러자 그웬다는 얼굴을 확 붉혔고 마플 양은 빙그레 웃으며 토베이 건너편으로 시선을 보내는 척했다.

그웬다가 새삼 놀라운 듯이 입을 열었다.

“정말 공교로운 장면이었지 뭐예요! 내가 그 고무장갑을 끼고 그것을 바라보고 있는데 바로 그때 그가 홀에 들어와 그 연극 대사와 너무나 똑같은 말을 하다니……. ‘얼굴이’ 그리고 ‘눈이 부셔서 보이지 않는다’라는 등…….”

그녀는 온몸을 부르르 떨었다.

“‘그녀의 얼굴을 덮어……눈이 부셔서 내 눈이 보이질 않아……그녀는 젊어서 죽었어…….’ 그렇다면 그 대사 속의 그녀가 내가 될 뻔했군요. 마침 그 자리에 제인 아주머니가 계시지 않았던들…….”

그녀는 잠시 말을 끊고는 다시 나직한 목소리로 말했다.

“가엾은 헬렌, 아름답고 가엾은 헬렌……, 젊은 나이에 죽어야 했던……. 가일스, 그녀는 이제 그 집에 없을 거예요—그 홀에도 역시. 난 어제 당신하고 집을 나서기 전에 그걸 느꼈어요. 이제 그곳에는 그 집만이 있을 뿐이에요. 그리고 그 집은 우리를 좋아하고 있어요. 감사의 마음 때문인지……. 그러니까 우리만 그러고 싶다면 우린 그 집으로……, 돌아갈 수 있는 거예요"

<끝>

여기 소개하는 《잠자는 살인(Sleeping Murder, 1976)》 은 애거서 크리스티(Agatha Christie, 영국, 1890~1976)의 마지막 작품으로서, 86번째 추리소설이며 66번째 장편이다.

크리스티 여사는 1976년 1월 12일 85세의 나이로 세상을 떠났다. 그녀가 타계한 뒤 두 권의 추리소설이 발표되었는데 한 권은 1973년에 쓴 《운명의 문(Postern of Fate)》 이며 나머지 한 권이 바로 《잠자는 살인》 이다.

크리스티는 1942년 《서재의 시체(The Body in the Library)》 를 쓴 뒤에 야심작 두 권을 써두고서 자신이 작고한 뒤에 발표키로 했다. 그것이 바로 《커튼(Curtain, 1975)》 과 잠자는 살인》 이다. 이 두 권 중 《커튼》 은 에르퀼 포와로가 죽는 작품으로서, 크리스티 여사가 타계하기 바로 전 해인 1975년에 발표되었다. 여기서 한 가지 재미있는 사실은 위에 소개한 세 작품의 발표순서이다. 공식적으로는,

1973년 64번째 장편 《운명의 문》
1975년 65번째 장편 《커튼》
1976년 66번째 장편 《잠자는 살인》

이상에서 보면 《운명의 문》 발표연도가 잘못 기록되어 있는 듯싶다. 그러나 《운명의 문》 이 1973년에 원고가 완성된 것으로 확인되어 위와 같이 순서가 정해졌다.

한편 《잠자는 살인》 에서 보면 마플 양이 마지막 작품인데도 1962년 《깨어진 거울(The Mirror Crack'd from Side to Side)》 에서는 이미 세상을 떠난 것으로 되어 있는 밴트리 대령이 등장한다. 이것은 《잠자는 살인》 이 1942년도 경에 쓰인 것으로 보면 이해가 갈 것이다.

마플 양이 등장하는 작품은 장편 12권, 단편집 1권이다.